제4회 블루픽션상 수상작

이제미 장편소설

비룡소

사랑하는 가족에게

 차례

1	도대체 내가 뭘 잘못했느냐고	9
2	지리한 수업	23
3	21세기 백일장	38
4	번데기	43
5	디퀘 외삼촌	51
6	문학 서바이벌	67
7	밀리언달러 스튜던트	88
8	나를 주인공으로 써라	91
9	네 적을 사랑하라	105
10	장애물	112
11	시간을 정복한 남자	119
12	치타와의 만남	129
13	가정 방문의 날	142
14	사막에서 온 편지	153
15	이야기의 주인	163

16	백지수표	172
17	악마의 목소리	181
18	예약하지 않은 방문자	185
19	변비 예찬론자를 사랑하는 일	201
20	성공의 이미지를 그려라	208
21	팬에서 적으로	216
22	대단한 제안	229
23	가로수길	237
24	톨스토이의 사막	243
25	인터내셔널 호텔에서 걸려 온 전화	248
26	백 분 토론	262
27	순수한 상상력	278
28	천재 소녀 작가의 탄생	291

　　작가의 말　　　　　　　　　　298

1
도대체 내가 뭘 잘못했느냐고

 벽돌에 구워 먹는 삼겹살이라고 들어 봤는가? 나는 '참벽돌 삼겹살'에서 일하고 있다. 오늘도 손님 상에서 삼겹살을 열심히 잘라 주고 있는데 뎀보가 나를 불렀다.
 "언니, 밖에 누가 찾아왔는데?"
 아, 또야. 나는 가위와 집게를 뎀보에게 건네고 가게 밖으로 나갔다. 밖에는 예상대로 진수 오빠가 와 있었다. 결혼식이라도 다녀왔는지, 위아래 다 정장 차림이었다. 오빠는 쭈그려 앉아 인상을 팍 쓰고 있다가 나를 보더니 자리에서 벌떡 일어났다. 그러고는 한 손으로 전봇대를 짚더니 심각한 표정으로 말했다. 기르던 개라도 죽었나?
 "미안하다."

"미안한 줄 알면 이러지 말아야 하는 거 아냐?"

"아무리 생각해 봐도…… 이건 아니다 싶어서."

"아니긴 뭐가 아니야? 이미 다 끝난 일인데."

아, 머리가 핑 돈다. 그렇게 얘기했는데도 말귀를 못 알아듣는단 말인가. 혹시 내 얘기를 지푸라기로 듣고 초가집을 지은 거 아닐까?

"내가 오늘 어디 갔다 왔는지 알아?"

오빠가 주머니에서 주섬주섬 종이를 한 장 꺼냈다. 개를 잃어버린 게 틀림없다.

"봐."

그 종이는 이력서였다.

"면접 보고 왔어. 다섯 군데에서. 아, 고기 냄새 난다. 저쪽으로 좀 가자."

우리는 근처에 있는 다른 전봇대 앞으로 자리를 옮겼다.

"수선아, 니가 은숙이한테 잘 좀 얘기해 줘. 난 은숙이 아니면……."

진수 오빠는 목이 메는지 차마 말을 잇지 못했다. 젠장, 왜 그딴 얘기를 나한테 하는 건데! 내가 은숙이 시다바리가?

"은숙이는 오빠가 싫다잖아. 꺼지라잖아! 오빠 스토커야? 왜 자꾸 이래?"

진수 오빠가 멍한 표정으로 허공을 응시하며 "은숙이는 그런 말 안 했어, 나 싫다고 안 했단 말이야." 하고 중얼거렸다. 왜 나한테

와서 이러는 거야? 이 인간, 머리에 도깨비 방망이 맞은 거 아냐? 나는 깊은 한숨을 내쉬고 차근차근 조목조목 따져 주었다.

"오빠가 좋은데 왜 헤어지자고 하겠어? 안 그래?"

"내가 부족해서 그런 거야. 내가 대학도 안 가고 직장도 없이 놀기만 하니까……. 수선아, 난 말이야, 아직도 은숙이를 보면 가슴이…… 가슴이 뛰어…… 미칠 것 같아."

진수 오빠는 그렇게 말하며 내게 좀비처럼 가까이 다가왔다. 나는 전봇대에 바짝 붙어 섰다. 뭐, 뭐야. 이 인간, 왜 이래! 나는 주춤거리며 뒤로 물러섰다. 그 인간은 사랑을 갈구하는 모기처럼 계속해서 웽웽대며 가까이 다가왔다.

"난 아직도 은숙이를……."

"……가, 가까이 오지 마."

"왜 그래?"

"그, 그냥 거기서 얘기해."

진수 오빠는 영문을 모르겠다는 표정을 짓다가 다시 자기 얘기를 늘어놓았다. 내 심장은 벽돌 위에 올려놓은 삼겹살처럼 연기를 내며 끓고 있었다.

"그래서, 내 말은, 은숙이가 졸업할 때까지 기다리려고. 그동안 열심히 일해서 성공하면 은숙이도 다시 돌아오지 않을까? 응?"

"그, 그럴 수도 있겠지. 그치만 은숙이가 오빠가 번듯한 직장이 없어서 찬 것만은 아닐걸? 오빠는 다리도 짧고, 성격도 여자 같잖아. 그래서일 수도 있는데?"

"……너 나한테 왜 그래?"

"미안. 내가 원래 말을 잘 못하잖아."

"어쨌든…… 은숙이를 생각하면…… 마치 파티가 끝난 후의 빈자리를 보는 것처럼 마음이 허전해. 한곳에 뿌리박으면 절대로 움직이지 않는 나무가 되겠다고 맹세했는데……."

"은숙이한테 그랬단 말이야?"

아, 은숙아, 어쩐지 진수 오빠가 바람만 불면 심하게 흔들린다 했더니.

"수선아, 난…… 나무가 되고 싶어."

그래, 전봇대도 괜찮지 않아? 나는 우리 주변을 윙윙대며 날아다니는 모기들을 하나하나 마우스로 찍어 버리고 싶은 충동을 느꼈다. 그때 가게 안에서 사장이 나를 불렀다.

"수선아, 3번 손님 고기 좀 뒤집어 드려!"

젠장, 자기가 좀 할 것이지! 나는 곧 가겠다고 소리치고는 "그래, 오빠. 오빠가 하고 싶은 대로 해. 은숙이한테 그 남자랑 헤어질 때까지 기다리겠다고 해." 하고 말했다. 그러자 진수 오빠는 얼굴이 한층 밝아져서는 "고맙다!" 하고 외치며 어두운 골목 쪽으로 걸어갔다. 그러다가 갑자기 "수선아!" 하고 나를 불렀다. 아 씨, 또 뭔데?

"넌 소설가니까 하는 말인데, 헤어졌다가 다시 이루어지는 연인들 얘기 좀 써 줘! 쓸 거 없으면 말이야!"

"아, 알았어. 다신 찾아오지 마!"

진수 오빠는 손을 흔들며 어둠 속으로 사라져 갔다. 비척비척 걸어가는 오빠의 뒷모습이, 왠지 생마늘을 씹어 삼켰을 때처럼 내 골을 띵하게 울렸다. 이건 슬픔이나 동정이 아니다. 평생 친구 뒤치다꺼리만 하고 살 것 같다는 공포에서 기인된 증상이다. 요즘 은숙이 안 만난 지가 몇 달째인데 진수 오빠는 왜 나를 찾아와서 못살게 구는 건지 이해가 안 됐다.

앞치마에 손을 찔러 넣으며 가게 안으로 들어오니 사장이 나를 노려보며 이를 꽉 깨물어 보였다.

"넌 오늘 일당 하나도 없는 줄 알아."

사장은 그릇에 마요네즈로 버무린 삶은 감자 샐러드를 뜬 뒤 황급히 손님 상으로 가져갔다. 사장에게 반찬 뜨는 일을 시키다니, 오늘 너 죽고 나 죽자는 소리였다. 그렇다고 일당을 안 줘? 좋아, 그럼 난 내일부터 가게에 안 나올 테니까 그렇게 아시라고. 하나도 안 무섭다. 어차피 난 이 가게에서 최저 임금에도 못 미치는 돈을 받고 있었다. 수업이 끝나자마자 출근해서 꼬박 여섯 시간을 일해도 내가 받는 일당은 고작 이만 원이었다.

나는 콧방귀를 뀌고는 반찬이 떨어지거나 뭔가 필요한 것을 주문하는 손님은 없는지 홀 안을 휘 둘러보았다. 7번부터 11번 상까지는 회식을 온 제약 회사 사람들로 발 디딜 틈조차 없었다. 특히 그중 꼭 생쥐를 닮은 막내 사원은 돈도 못 받는 반찬을 더 달라고 계속해서 앵앵대고 있었다. 제약 회사 사람들만 오면 뇌를 과산화수소 속에 한 번 집어넣었다 뺀 것처럼 머릿속이 하얘졌다.

그들은 고기를 구워 입속에 넣으면서 그 입으로 동시에 더 달라고 주문하는 족속이었다. 다행히 지금은 온 지 이미 두 시간 정도 지났다. 이따금 술만 가져다주면 잠잠해지는 타이밍이었기 때문에, 앞치마에서 소설책을 꺼내 훔쳐볼 정도의 여유는 누릴 수 있었다.

내가 읽고 있는 책은 이보험이라는 작가가 쓴 『변비의 최후』라는 소설이었다. 난 그 책을 무슨 부적처럼 몸에 지니고 다녔다. 친구들에게 읽으라고 추천하면서도 절대 빌려 주지는 않았다. 책이 내 손을 떠나 있으면 불안해서 잠이 오지 않기 때문이다. 그 책만 가지고 있으면 난 도스토예프스키나 헤밍웨이라도 될 수 있을 것 같은 기분이 들었다. 그럼 차라리 그 할아버지들 책을 가지고 다니지 그러냐 하겠지만 그 할아버지들 책은 재미가 없었다. 내가 원하는 책은 '위대한' 책이 아니라 남에게 빌려 주면 잠이 안 올 정도로 늘 몸에 지니고 싶은 책이다. 『호밀밭의 파수꾼』에 나오는 콜필드가 책을 읽은 후 작가에게 전화를 걸고 싶은 책이 좋은 책이라고 말한 것처럼 내게도 좋은 책을 선별하는 특별한 기준이 있는 것이다.

주인공이 변비에 걸린 사람들의 세계로 떠나는 장면까지 읽었을 무렵, 뭔가가 휙 하고 내 책을 낚아채더니 주방으로 던져 버렸다. 내가 책 커버까지 사서 씌워 놓은 보물 같은 소설책을 사장이란 인간이 빼앗아서 더러운 물때가 끼어 미끌거리는 주방 바닥으로 내던져 버린 것이다. 나는 반찬통들 사이로 머리를 집어넣어,

반으로 접힌 채 바닥에 나뒹굴고 있는 내 '보물'을 내려다보고는 다시 머리를 밖으로 빼냈다. 그리고 미친 게 틀림없는 사장을 노려보았다. 내가 받은 충격을 어느 정도는 감지했는지 붉은색 스웨터를 입은 사장이 딴청을 피우며 말했다.

"그러게 내가 서빙 중에 책 읽지 말랬지?"

사람은 분노를 참을 수 없을 때 두 가지 방식으로 행동한다. 울부짖어서 몸속에 이글이글 끓어오르는 응어리를 분출해 내거나, 아니면 똑같은 방법으로 복수하는 것. 하지만 손님이 많은 곳에서 첫 번째 방법을 택할 수는 없었다. 그래서 난 두 번째 방법을 택했다. 사장은 똑똑한 것처럼 보여도 실은 머리가 나쁜 사람이었다. 화를 낼 수 있는 건 자기뿐이라고 믿고 있었으니까.

나는 아무 말도 하지 않고 참았다. 주방에서 설거지를 하던 사모님이 주방 바닥에 엎어져 있는 책을 집어 건네며 또 무슨 일이 있었느냐는 듯 나를 쳐다보았다. 난 여전히 아무 말도 하지 않았다. 그리고 평소대로 행동하며 기회를 노렸다. 잠시 후 사장이 제약 회사 사람들에게 서비스로 계란 프라이를 해 주기 위해 주방으로 들어갔다. 이때다. 난 조용히 앞치마를 벗어 동동주를 보관하는 냉장고 위에 걸쳐 놓고는 마치 화장실에라도 가는 것처럼 가게를 나왔다. 그리고 냅다 달리기 시작했다.

지하철역은 가게에서 팔 분 거리에 있었다. 마구 뛰어가면 오분 만에 도착할 수 있을지도 모른다. 다시 저 가게에 들어가느니 차라리 차에 치여 죽는 게 낫다. 난 진심으로 그렇게 생각하고 있었다. 신호가 바뀌자마자 횡단보도를 뛰어 건넜다. 어디로 갈지는 구체적으로 생각하지 않았다. 하지만 머릿속 한구석에서는 문학 동호회에서 만난 대학생 언니가 사는 고시원을 떠올리고 있었다. 그 언니는 대학교 2학년이었는데 시도 쓰고 소설도 쓰고 시나리오도 쓴다고 했다. 못하는 게 없는 언니였다. 언니는 내겐 선망의 대상이었다. 하지만 늘 자기는 부족하고 한심하다고 스스로를 폄하했다. 가슴이나 키는 좀 부족할지 몰라도 난 언니가 쓴 소설을 꽤 높이 평가하고 있었기 때문에 언니의 푸념은 배 부른 소리로밖에는 들리지 않았다. 일단 자신의 작품이 형편없다고 푸념할 수 있는 시간이 있다는 것 자체가 내겐 엄청난 사치로 보였다. 난 소설을 쓸 시간은커녕, 소설에 대해 생각할 시간조차 없었다. 서빙 중에 책을 읽고 있으면 아까처럼 책이 주방으로 날아가거나 갈가리 찢기는 운명이었다.

의정부역 앞에 다다라 교통카드를 판독기에 찍고 계단을 올라가는데 어디선가 불길한 오토바이 엔진 소리가 들렸다. 난 재빨리 계단을 뛰어 올라갔다. 뒤에서 고함을 치며 나를 부르는 소리가 들리자 난 거의 네발로 기어 올라가다시피 했다. 놀라서 굴러 떨어지지 않은 것만 해도 다행이었다. 사장은 내가 화장실에 간 게 아니라 도망친 거라는 걸 알아차리고는 오토바이를 몰고 여기까지 쫓아온 것이다. 그렇게까지 해서 최저 임금에도 못 미치는 돈으로 사람을 부려 먹으려 드는 사장이 내 눈엔 인간처럼 보이지 않았다. 사장은 뒤에서 내 머리채를 휘어잡고는 호통쳤다.

"이년아, 어디 가려고 그래? 엉? 너 누구 집에 가는 거야? 남자 새끼 집에 가는 거야, 뭐야?"

"놔! 이거 놓으란 말이야!"

"말해, 빨리 말하지 못해?"

사장은 내 머리채를 놔주지 않고 역사 계단 밑으로 질질 끌고 내려왔다. 사장은 자기 말을 듣지 않는 사람이 있으면 그렇게 개새끼처럼 질질 끌고 가는 못된 버릇이 있었다. 예전에 음식을 먹고 돈을 내지 않으려고 잠든 척한 술주정뱅이를 만세 상태로 질질 끌어내 식당 밖으로 집어 던진 적도 있었다. 뜻을 이룬 술주정뱅이는 다음에 또 같은 짓을 반복했고 그때는 멱살을 잡힌 채 질질 끌려 나갔다. 하여간 사장은 이 세상에 말로는 해결되지 않는 일이 무수히 많다고 생각하는 사람이었다.

난 머리채를 잡힌 채 질질 끌려 내려오면서 울부짖었다.

"이거 놔! 사람 살려! 소리 지를 거야! 사람 살려!"

그러자 나보다 겨우 두세 살 많아 보이는 공익 근무 요원 하나가 이상한 낌새를 눈치채고는 우리 쪽으로 걸어왔다.

"무슨 일이세요? 아가씨, 괜찮아요?"

그가 나를 불쌍히 여겨 주었다. 나는 계속 엉엉 울면서 사장의 손아귀에서 벗어나려고 발버둥을 쳤다. 사장이 공익을 향해 팔을 휘휘 내저으며 말했다.

"저리 가. 가서 네 일이나 보란 말이야."

그러자 살짝 열 받은 공익이 반발하며 나섰다.

"나 참. 이 무슨. 아가씨, 아는 사람이에요? 경찰에 신고해 드려요?"

경찰 얘기가 나오자 그제야 상황을 파악한 사장이 내 머리채를 놓아주었다. 그리고 교감 선생님처럼 준엄하게 공익을 타일렀다.

"여보쇼. 애 아버지가 딸내미 자식 교육 좀 시키는데 그게 경찰에 신고까지 할 만한 일입니까?"

애 아버지라는 말에 공익이 움찔하며 나를 쳐다보았다. 나는 눈물, 콧물을 질질 흘리며 가쁜 호흡을 고르고 있었다. 지하철만 도착해 있다면 지금이라도 도망쳐서 아빠를 엿 먹이고 싶었다.

그랬다. 나는 사장으로부터 DNA를 물려받은 뒤 십팔 년간 잡혀 살아온 그의 딸내미였다. 초등학교에 들어가기 전에는 운다고 발로 밟힌 적도 있었다. 아빠는 기억이 안 난다고 하지만. 그래서인지는 몰라도 난 또래 애들에 비해 유난히 가슴이 작았다. 아무래도 가슴을 밟힌 모양이었다. 공익은 못 믿겠다는 듯한 눈초리로 나를 쳐다보며 물었다.

"진짜 아버지예요?"

"정수선 너, 솔직하게 얘기해. 내가 네 아버지가 아니면 따까리야 뭐야?"

아빠가 불쑥 끼어들었다. 아버지가 아니라고 얘기하면 아빠는 정말로 경찰서까지 끌려갈지도 몰랐다. 살면서 꼭 한 번쯤은 아빠를 내 손으로 경찰서 철창 안에 집어넣을 거라 예감한 적은 있지만 아무래도 지금은 너무 이른 것 같았다. 한 오 년이나 십 년쯤

뒤가 되어도 그리 늦지는 않을 터였다. 그 기회는 인생에서 딱 한 번 써먹어야 하니까 정말 급박한 순간이 아니면 자제해야 한다.

내가 아빠가 맞다고 고개를 끄덕이자 공익은 못 믿겠다는 표정을 지으며 몇 차례나 똑같은 질문을 반복했다. 아무래도 그는 누나나 여동생이 없는 모양이었다. 여자를 저렇게 막 대할 수 있다니, 하면서 충격을 가눌 길이 없어 보이니 말이다. 결국 나는 동호회 언니가 사는 고시원에 가지 못하고 배추처럼 아빠의 오토바이 뒷자리에 실려 가게로 돌아올 수밖에 없었다. 가게에 도착하니 제약 회사 사람들은 돼지비계까지 다 먹어 치운 뒤 볶음밥만 약간 남겨 놓고 가 버렸다. 가게에 떠도는 분위기로 이 집에 무슨 마가 끼었다는 걸 짐작하고 일찍 파한 모양이었다. 그래도 술병은 깨끗하게 비어 있었다. 고기나 밥 남기는 건 괜찮지만 술 남기는 건 아까워하는 이상한 어른들이었다.

뎀보와 대충 상을 치우고 걸레질까지 하고 나니 11시가 가까워져 있었다. 케이블 영화 채널에서는 「살인의 추억」을 방영해 주고 있었다. 일 년 동안 가게에서 일하면서 벌써 세 번째 보는 거였다. 가방 속에 처박아 놓은 내 보물 같은 소설책은 아무리 수건으로 닦고 헤어드라이어로 말려도 얼룩을 없애는 게 불가능할 정도로 훼손되어 있었다. 새로 사지 않는 이상 옛날처럼 되돌릴 수는 없을 것 같았다. 난 새 책을 사고 싶지 않았다. 이 책에 정이 워낙 많이 들었기 때문에 새 책을 사면 글과 내가 나누었던 교감이 어긋날 것만 같은 불길한 예감이 들었다.

뎀보가 벽돌을 헝겊으로 닦아 낸 뒤 돼지비계로 기름을 바르고는 앞치마를 벗어 옷걸이에 걸어 두었다. 앞치마에는 벽돌에 불을 지르는 가스총과 집게가 들어 있었다. 뎀보는 장부를 꺼내더니 오늘도 만날 하는 질문을 했다.

"썬, 오늘 몇 시에 나왔니?"

"6시."

뎀보가 벽시계를 올려다보더니 바로 콧방귀를 뀌었다.

"뻥 치지 마. 6시 반에 나왔잖아."

"무슨 소리야? 예약 손님 있다고 해서 집에도 못 가고 학교서부터 눈썹 휘날리게 뛰어왔는데. 엄마한테 물어봐."

6시 반에 나왔다고 하면 지각 벌금으로 일당이 삼천 원 깎이기 때문에 선의의 거짓말을 할 수밖에 없었다. 뎀보가 주방에서 열 시간 넘게 설거지를 하고 있는 엄마에게 내가 진짜로 정시에 출근했느냐고 물었다. 엄마는 변비에 걸린 사람처럼 얼굴이 노랗게 질려 고개를 끄덕였다. 닦아도 닦아도 계속 닦아야 하는 그릇이 나온다면 얼굴이 그렇게 변할 만도 했다. 뎀보는 못 믿겠다는 표정으로 장부에 자기와 나의 출퇴근 시간을 기록하고는 신발장으로 가서 나이키 운동화를 꺼내 신었다. 뎀보는 참벽돌 삼겹살의 부사장으로, 나보다 한 살 어린 친동생이다. 만화 영화에 나오는 공룡 '덴버'를 닮아 내가 '뎀보'라고 별명을 지어 주었다. 그러니까 정리해 보자면 참벽돌 삼겹살에서 일하는 사람들은 모두 가족이라는 얘기가 된다. 주방에서 설거지하는 사모님은 우리 엄마,

똑 소리 나게 장부 정리를 하는 템보는 내 여동생, 그리고 지하철 역까지 쫓아와 나를 잡아 온 사장은 나의 아버지라는 얘기다. 한마디로 '참벽돌 가족'이었다.

템보는 뒷정리를 잘 부탁한다고 큰 소리로 '명령'하고는 일수 찍으러 가는 아줌마처럼 숄더백을 멘 채 당당히 가게를 나섰다. 나이는 내가 한 살 많지만 템보가 일을 더 꼼꼼히 잘해서 아빠는 그녀에게 부사장 자리를 임명했다. 할 수만 있다면 가게를 그만두고 싶었지만 지금은 도저히 그렇게 할 수 있는 상황이 아니었다. 아빠가 외삼촌의 보증을 서 줬는데 그게 잘못되는 바람에 빚을 크게 져서 한 달에 은행 이자만 오백만 원씩 빠져나갔다. 그래서 온 가족이 힘을 합쳐 가게를 꾸려 나가지 않으면 집이 넘어갈 판이었다. 아빠는 집에 있는 살림살이에 빨간 차압 딱지만은 붙지 않도록 자신의 모든 능력을 총동원하고 있었다. 나는 그것을 알면서도 언제 끝날지 모르는 이 상황을 하루하루 지옥처럼 견디고 있다. 차압 당한 것은 아빠의 재산뿐만이 아니었다. 외삼촌 때문에 나는 내 인생까지도 차압 당했다.

나는 소설가가 되고 싶었다. 그래서 매일매일 책을 읽고 소설을 써야 하지만 지금은 그럴 수가 없다. 집을 은행에 빼앗기지 않으려면 당분간은 소설을 접어야 한다. 그러나 철딱서니 없는 내가 그 상황을 진득하게 참아 내고 운명을 받아들일 리 만무했다. 나 대신, 시급을 조금 더 주고 아르바이트생을 쓰면 어떻겠느냐는 제안을 받아들이지 않는 아빠에게 질려 가출 계획까지 세우고 있었던 것이다. 가게를 시작한 지 여덟 달이 다 되어 가고, 가출 생각을 한 지는 석 달도 넘었지만 아직까지 한 번도 실행한 적은 없다. 갈 곳도 마땅치 않고 학교는 또 어떻게 다닐지 걱정되어서였다. 더군다나 아빠는 내가 가출하면 만날 학교로 출근해서 나를 잡으려고 진을 치고 있을 게 분명했다.

나는 축축한 밀걸레로 제약 회사 직원들이 앉았던 자리를 대충 닦아 냈다. 그러고는 바닥에 널브러져 있는 소주병들을 상자에 차곡차곡 집어넣어 밖에다 내놓았다. 이것도 참벽돌 가족의 귀중한 재산이었다.

2
지리한 수업

학교에 가니 게시판에 못 보던 포스터 하나가 붙어 있었다. 수도권 소재의 태산여대에서 개최하는 문학 백일장 공고였다. 자세히 읽어 보니 대회는 이 주 후였고 주최 측이 정신이 있는 건지 없는 건지, 한창 수업을 받고 있을 오전 10시부터 백일장이 시작된다고 적혀 있었다. 백일장에 참가하려면 수업을 빠져야 한다는 얘기였다. 하지만 상금이 최고 오십만 원인 데다 최고상을 타게 되면 특전으로 자기네 대학에 문학 특기자 전형으로 지원할 수 있는 자격이 주어진다고 써 놓았기 때문에 그냥 지나칠 수 있는 평범한 기회가 아니었다. 게다가 수업을 들어도 무슨 내용인지 하나도 알아듣지 못할 바에는 차라리 백일장에 나가 솜씨를 발휘하는 게 더 나을 것 같았다.

1교시가 끝난 뒤 교무실을 찾아가 담임에게 내 거룩한 뜻을 전달했다. 내가 문학에 관심이 있는지 전혀 몰랐던 담임은 지금 수능 모의고사 문제집을 열 권 더 풀어도 모자랄 판국에 무슨 놈의 백일장이냐는 듯 뜬금없다는 표정으로 나를 쳐다보았다. 그럴 만도 했다. 담임은 내게 관심이 없었다. 돼지비계만큼도 없었다. 나는 공부를 잘하는 것도, 집이 부자인 것도 아니었다. 그렇다고 얼굴이 예쁘거나 아이들에게 인기가 좋거나 싸움을 잘하는 것도 아니었다. 난 이렇다 할 특징이 없는 학생이었다. 가끔 동성애 만화책을 빌려 와 학교의 왕따 비슷한 애들과 돌려 보기는 했지만 담임의 관심을 끌 만큼 위험한 수준은 아니었다. 한마디로 있어도 그만, 없어도 그만인 아이였다. 나는 교무실 안의 다른 선생들 눈치를 살피며 말했다.

"그래도 한번 해 보는 게 시도조차 안 하는 것보다는 낫잖아요. 만약에 상을 타면 문학 특기자 전형으로 지원할 수 있는 기회도 준다고 하니까, 전 그쪽으로 도전해 보는 게 나을지도 모른다는 생각이 들어요. 솔직히 말해서 제가 성적이 좋아 대학에 들어갈 수 있는 부류는 아니잖아요?"

담임은 긍정도 부정도 하지 않고 잠자코 앞을 노려보았다. 내가 반에서 몇 등 정도 하는지 잘 떠오르지 않는 게 분명했다. 담임이 석차를 기억할 수 있는 애들은 앞에서 10등까지의 애들과 꼴찌뿐이었다. 나머지는 닐리리, 닐리리 맘보였다. 담임은 내가 나간 다음 내 석차를 확인해 봐야겠다고 생각했는지, 고개를 뒤로 돌려 문학 담당인 허무식 선생에게 말했다.

"허샘, 게시판에 백일장 공고 붙은 거 허샘한테 얘기하면 돼요?"

허무식 선생은 거울을 보며 코털을 뽑다가 깜짝 놀라며 이쪽을 바라보았다. 그는 항상 코털이 반쯤 바깥으로 삐져나와 있었다. 가위로 자르면 해결될 텐데도 그는 코털을 안으로 집어넣으려고만 들었다. 한 가지 방법밖에 모르는 인간이었다. 허무식 선생은 헛기침을 하며 반에 백일장에 참가하려는 학생이 있는지를 물었다. 담임이 나를 가리키며 "애한테 백일장 공고문 한 부만 복사해 주세요." 하고 말했다.

난 담임을 설득시킬 만한 말들을 엄청나게 준비해 왔다. 가령 우리 집안 사정이라든가, 아빠의 뭐 같은 성격이라든가, 나의 생활 패턴, 흥미 따위에 대해서 말이다. 하지만 담임은 단 한마디로 내가 참가하든 말든 신경 쓰지 않겠다는 의사를 분명히 한 것이다. 뭐하러 수업까지 빠져 가며 그런 데를 나가느냐, 헛된 꿈은 그만 꾸고 모의고사 문제를 하나라도 더 풀어라, 하고 잔소리를 해 대는 시간조차 아까운 게 분명했다.

담임은 내게 비호감이었다. 담임도 나를 좋아하지는 않겠지만 나도 담임이 좋아지질 않았다. 노력하면 어떻게든 호감도가 상승할 수도 있겠지만 굳이 좋아하려고 노력하고 싶진 않았다. 나는 담임의 책상을 떠나 문학 담당인 허무식 선생의 자리로 가 섰다. 그러고는 그가 복사기에 백일장 공고문을 복사하는 것을 물끄러미 보고 있었다. 그가 인쇄물을 건네며 말했다.

"뭘 쓰려고 하는데?"

"네?"

"시, 소설, 수필, 셋 중에 뭘 쓸 거야?"

내가 소설을 쓰고 싶다고 대답하자 그는 잘 생각했다고 말했다. 뭘 잘 생각했느냐고 물으니 검정 모나미 볼펜을 굴리며 그가 대답했다.

"소설은 한번 뜨기만 하면 인세 수입이 꽤 괜찮거든. 잘 생각했어."

허무식 선생은 그래도 내가 선생들 중 가장 인간적이라고 생각하는 사람이었다. 그는 늘 여학생들에게 공부나 돈보다는 몸매가 더 중요하다고 역설했다. 돈은 있을 만큼만 있으면 된다. 가장 중요한 건 건강이다. 건강해지려면 에스 라인을 만들어야 한다. 버스에서도 힙업 운동을 하고, 허리를 꼿꼿이 펴고 앉아서 허리 라인을 살리라며 무슨 구호처럼 말하고 다녔다. 언젠가 학생들 중 하나가 부모에게 그 사실을 일러바쳐 성희롱 발언으로 학교에서 잘릴 뻔한 사건이 있었던 뒤로는 조금 자제하게 되었지만, 아무튼 그는 다른 선생들처럼 석차에 연연하는 좀생이는 아니었다. 자신의 욕망에 충실하고, 자신이 삼십칠 년을 살아오며 깨달은 진실을 학생들에게 용기 있게 얘기해 주는 유일한 산 지식인이었다. 다른 선생들은 그냥 다 열심히 공부해서 훌륭한 사람이 돼라, 는 주의였다. 하지만 누구나 열심히 공부해서 훌륭한 사람이 될 수 있다면 우리 학교 선생들은 죄다 간디, 예수, 헬렌 켈러 같은 사람들이어야 한다. 하지만 현실은 시궁창이었다.

허무식 선생이 백일장 개최 날짜에 동그라미를 치며 말했다.

"근데 날짜가 앞으로 이 주밖에 안 남았네? 아이 씨, 이 녀석들은 공고문을 좀 더 일찍 보내 주든가 말이야. 일 처리를 꼭 이렇게 발등에 불이 떨어져야 한다니까. 너 혹시 써 놓은 거 있냐? 소설 말이야."

써 놓은 게 있긴 했다. 하지만 새로 쓰는 게 좋을 것 같았다. 공고문에 명시된 작품의 분량은 70매 내외였지만 내가 써 놓은 것은 적어도 150매는 넘는 분량이었기 때문이다. 그렇다고 해서 허리를 뚝 잘라 보낼 수도 없었다. 분량이 맞는 소설이 있긴 했지만 그건 내가 봐도 수준이 영 아니어서 보내지 않는 게 나았다. 상황을 듣고 고민하던 허무식 선생은 검지 손톱 끝으로 책상 유리판을 톡톡 두드리더니 입을 열었다.

"어쩔 수 없다. 새로 쓸 수밖에. 태산여대는 일단 예심에서 괜찮은 작품을 추려 낸 다음 개네들만 학교로 불러서 백일장을 치르거든? 예심을 통과 못하면 아무리 실력이 좋아도 백일장 자체에 참가할 수가 없어. 내 말 무슨 뜻인지 이해하지?"

나는 고개를 끄덕였다. 허무식 선생은 심각한 표정으로 두 손을 모아 깍지를 꼈다. 그러고는 눈을 감은 채 뭔가를 중얼거렸다. 워낙 작은 소리였기 때문에 뭐라고 하는지는 알아들을 수 없었다. 좀 이상한 사람이라는 생각만 들 뿐이었다.

"좋아. 한 주 만에 70매 분량의 소설을 쓸 수 있는가 하는 건 너한테 달렸어. 뭐, 어떤 게 그렇지 않은 게 있겠느냐만은. 네가 정말로 문학 특기자로 대학을 가고 싶다면, 그리고 소설을 좋아한다면, 한번 도전해 봐. 하루에 10매씩 쓰면 일주일 만에도 쓸 수 있겠지. 대신, 수업 시간에는 절대 쓰면 안 된다. 알겠니?"

"네."

나는 그렇게 말하고 담임 쪽을 힐끗 쳐다보았다. 담임은 고개를 숙인 채 마우스를 딸그락거리고 있었다. 비록 내게는 비호감이었지만 반에서 10등 안에 드는 애들한테는 지극 정성이었다. 쉬는 시간에도 모니터를 들여다보며 뭔가를 열심히 관리 중인 것 같았다. 피부 관리실 같은 걸 했어도 말아먹지는 않았을 거다.

허무식 선생이 복사해 준 공고문을 교실로 가져와 가방에 쑤셔 넣었다. 다음 수업은 지리였다. 말 그대로 정말 지리한 시간이 아닐 수 없었다. 그 지리한 시간을 때우는 데는 동성애 만화를 보는 것만큼 좋은 게 없었다. 지리 선생은 일단 수업에 들어오면 학생들한테는 눈길도 주지 않고 칠판에 뭔가를 가득 필기하는 것을 자신의 사명으로 생각했기 때문에 지리 시간은 만화책을 보기에 가장 좋았다. 하지만 나는 만화책 대신 연습장을 꺼내 놓았다. 지금은 만화책보다 더 급한 게 있었다.

태산여대에 응모할 200자 원고지 70매 분량의 소설을 쓰기 위해 아이디어를 이것저것 궁리해 보았다. 일전에 쓰려고 꿍쳐 놓았던 아이디어가 몇 개 있는데 그걸 짬뽕시켜서 이야기를 풀어 볼까, 아니면 전혀 새로운 아이디어로 써 볼까. 막상 소설을 쓰는 시간보다 그렇게 아이디어를 찾아 머리를 굴려 보는 시간이 난 더 좋았다. 마치 마법을 부리는 것 같은 기분이었다. 뭐든지 상상할 수 있었고 뭐든지 글로 옮겨 적을 수 있었다. 연습장과 볼펜, 그리고 지리 선생의 지리한 수업 시간 같은 조건만 갖추어진다면 말이다. 그래서 어떤 때는 학교에 있는 시간이 더 좋기도 했다. 가게에 나가면 손님과 아빠의 눈치를 볼 수밖에 없으니까.

지리 선생의 판서 소리를 배경음악 삼아 소설의 첫 문장을 써 나갔다. 삼겹살 집을 운영하는 남자가 주방에서 발견한 처녀 쥐와 사랑에 빠지는 내용이었다. 주방에선 이따금 쥐가 출몰했는데 아빠는 그 쥐들을 셔터 내릴 때 쓰는 갈고리로 때려잡아 죽이곤 했다. 그 기억이 내가 그런 이상한 소설을 쓰는 데 영감을 준 것이다. 갈고리로 쥐를 잔인하게 꼬챙이에 끼우는지, 아니면 그냥 착하게 때리기만 해서 잡는지는 알 수 없었지만(절대로 식당 밖으로 그냥 보내지는 않았다.) 아무렇지도 않게 잡아 죽이는 것만은 분명했다. 인정사정 봐주지 않는다는 말은 바로 이런 때 쓰는 표현이었다.

주인공 남자가 주방에서 처녀 쥐와 만나는 부분까지 쓰고 있는데 갑자기 머리 위로 그늘이 졌다. 비가 오려나? 고개를 들어 보니 지리 선생이 도저히 사람이라고 생각할 수 없는 터미네이터 같은 표정으로 나를 내려다보고 있었다. 가끔 지리 선생을 볼 때면 그도 나처럼 감정이라는 것을 느끼는 사람이라는 게 믿기지 않을 때가 있는데 지금도 그는 바로 그런 생각이 들 만한 표정을 짓고 있었다. 지리 선생이 두툼한 손을 앞으로 내밀며 말했다.

"내놔."

나는 연습장을 꽉 부여잡고 인간적으로 호소하는 눈빛을 보냈다. 한 페이지도 채 쓰지 않았지만 이걸 빼앗기면 담임에게까지 들어갈 것 같았다. 게다가 그 앞장엔 남자 둘이서 키스하는 그림이 그려져 있었다. 아, 안 돼. 하지만 지리 선생은 정말로 터미네이터처럼 내 의사를 알아듣지 못하고 계속 무식하게 손바닥을 앞으로 내밀고 있었다. 연습장을 주지 않으면 한 시간이고 두 시간이고 그러고 있을 태세였다.

나는 하는 수 없이 연습장을 덮고 그에게 건네주었다. 지리 선생은 조용히 연습장을 펄럭이더니 내가 소설을 써 놓은 부분을 펼쳐 들었다. 그러고는 모두가 볼 수 있도록 연습장을 머리 위로 높이 들어 올렸다. 아이 씨. 난 두 눈을 꾹 감았다. 왜 대한민국이라는 나라는 수업 시간에 자기가 좋아하는 걸 하게 해 주지 않는지 참으로 마음에 들지 않았다. 왜 좋아하는 걸 하도록 내버려 두지 않느냔 말이다. 그때 머리 위에서 바윗덩어리처럼 묵직한 목소리가 들려왔다.

"모두들 여길 보길 바란다. 너희들은 내가 필기하라는 소리를 하지 않으면 절대로 하지 않는다. 하지만 이 학생은 내가 시키지도 않았는데도 조용히, 처음부터 끝까지 칠판에 있는 내용을 옮겨 적었다. 같은 상황에 놓였는데 어떤 놈은 졸고(그는 고개를 돌려 구석 자리 쪽을 막대기로 찔렀다.), 어떤 놈은 음악 감상을 하고(이번엔 창가 자리), 어떤 놈은 문자를 보내고(내 앞자리), 어떤 놈은 필기를 한다(이번엔 나다.). 지금부터는 왜 같은 상황 하에서도 행동 양식이 이렇게 다른지, 한번 깊이 생각해 보는 시간을 가졌으면 한다. 왜인 것 같나?"

지리 선생이 음주를 하셨나? 난 잠시 내가 소설을 쓴 게 아니라 지리 선생의 판서를 베껴 썼나 하고 나 자신을 의심해 보았다. 하지만 아무리 생각해 봐도 지리 선생의 말처럼 성실히 학생의 사명을 다한 기억은 없는 것 같았다. 지리 선생이 내 연습장을 모두에게 흔들어 보이며 계속 훈계했다.

"나도 알고 있다. 모든 인간은 같은 조건에서 태어나 자라지 않았다는 것을. 여기 있는 어떤 놈들의 집은 개차반일 것이다. 수업이 끝나고 집에 가면 아버지가 밥 차리라면서 물건을 집어 던지고, 욕을 하고, 너희들 어머니를 때릴지도 모른다. 그리고 너희들도 맞을지 모르지. 학원은커녕 아르바이트를 해서 돈을 벌어 오라고, 그렇게 해서 전기 요금에라도 보태라고. 계집애가 공부는 무슨 놈의 공부, 졸업하자마자 일찌감치 취직이나 해서 어미, 아비를 먹여 살리라고 종용 당하는 놈들도 있을지 모른다."

지리 선생은 발걸음을 돌려 반대쪽으로 걸어갔다. 그의 손에는 내 연습장이 무슨 독립운동 깃발처럼 펄럭이고 있었다.

"또! 어떤 놈들의 집은 드라마에 나오는 집 같을 것이다. 수업이 끝나고 집에 가면 엄마가 수고했다며 가방을 방까지 들어 주고, 과외 선생이 올 때까지 온 식구들이 텔레비전도 틀지 않고 네놈들의 비위를 맞추며, 과외 선생이 오면 골드키위 같은 값비싼 과일을 깎아 네놈들의 공부방까지 갖다 대령할 것이다. 그래도 네놈들은 성적이 원하는 만큼 오르지 않는 걸 과외 선생 탓으로 돌리거나, 엄마가 자꾸 짜증스럽게 이것저것 참견하기 때문이라며, 자기 머리가 나쁜 탓이라고는 절대로 인정하지 않을 것이다."

그런가? 그럴지도 모른다. 아무래도 지리 선생은 오늘 저 말을 하려고 작정하고 교실에 들어온 모양이다. 어쩔 수 없다. 남은 수업 시간 동안 하고 싶은 얘기를 하도록 들어 주는 수밖에. 선생의 스트레스가 풀리지 않으면 학생들도 스트레스를 받는 것은 당연지사다.

"하지만 적어도 지금 이 시간, 이 교실 안에서만은 모두가 같은 조건이다. 같은 선생을 앞에 두고, 같은 교실에 앉아서, 같은 내용이 적힌 칠판을 바라보고 있다. 그런데 왜 너희는 이토록 다른 태도를 보이는 것인지, 가슴 위에 손을 올려놓고 생각해 보길 바란다."

묵념이라도 하라는 건가. 국군의날도 아닌데 이 무슨······.
"모두 가슴에 손 올려놓지 못해?"

지리 선생이 갑자기 버럭 소리를 질렀다. 애들이 서로 눈치를 보며 가슴 위에 손을 올리기 시작했다. 진짜 올려놓으라는 건 줄은 몰랐잖아, 왜 소리를 지르고 야단이야? 나는 내 연습장이 무사히 내 품으로 돌아올 수 있을까 걱정하며 가슴을 움켜쥐었다. 신경성 스트레스로 심장이 찌릿찌릿했다.

"지금부터 나를 따라 복창한다. 왜 나는 같은 조건에서 다른 행동을 했을까. 왜 나는 수업 시간에 이러이러한 짓을 했을까. 각자가 지금까지 한 짓을 넣어 소리 내어 복창해 본다. 실시!"

하지만 아이들은 서로 눈치를 살피며 쉽사리 따라 하지 않았다. 지리 선생은 맨 앞에 앉은 여학생에게 다가가 말했다.

"너부터 시작한다. 지금까지 한 짓을 넣어, 나는 왜 수업 시간에 이러이러한 짓을 했을까, 하고 말해 본다. 시작!"

그러자 여자애가 잠시 지리 선생을 올려다보더니 "진짜로 하라고요?" 하고 물었다. 선생은 두말할 것도 없이 다시 "시작"을 외쳤다. 그러자 여자애가 당당한 목소리로 복창했다.

"나는, 왜 수업 시간에 딴 생각을 했을까."

그 말이 끝나기가 무섭게 애들이 소리 없이 웅성거리며 그 애를 비웃었다. 그 애의 이름은 최고야로 우리 반에서 왕따였는데, 이상한 행동을 잘 하는 유별난 애였다. 걔는 어떤 상황에서도 당당했다. 칭찬 받을 때도(그런 적은 아주 드물었지만), 야단 맞을 때도, 싸울 때도 항상 당당했다. 선생들 사이에서도 기가 세기로 유명한 애였다. 하지만 지리 선생은 딴 생각을 한 사실을 솔직하게 고백한 최고야를 칭찬해 주었다.

"좋다. 너는 왜 수업 시간에 딴 생각을 했는지 한번 깊이 생각해 본다. 다음은 너!"

지리 선생이 뒷자리에 앉은 여학생을 가리켰다. 그 애는 아기 같은 목소리를 내는 여자애였는데 수학 문제가 안 풀린다고 수업 시간에 운 적이 있었다. 하지만 최고야 같은 담력은 없었기 때문에 나는 그 애가 솔직하게 지리 선생의 말을 따를 거라고는 생각지 않았다. 하지만 최고야의 영향 때문인지 그 애는 떨리는 목소리로 고해성사를 시도했다.

"나는 왜…… 지리 시간에…… 수학 문제를 풀었을까."

교실의 온도가 뚝 떨어졌다. 나는 갑자기 의자에 걸쳐 놓았던 잠바를 입고 싶었다. 이게 그렇게까지 솔직할 필요가 있는 상황인가. 고해성사를 마친 여학생이 갑자기 책상에 엎드려 엉엉 울기 시작했다. 지리 선생에게 미안해서인지 아니면 머리가 나쁜 자신에게 화가 나서인지는 알 수 없었다. 지리 선생은 이번에도 잘했다고 말하며 그 애의 뒤통수를 쓰다듬어 주었다. 점점 상황이 이상하게 돌아가고 있었다.

다음에 지목 받은 애도 자신의 죄를 솔직히 시인했다. 아무래도 지리 선생은 필기를 하지 않은 게 분명한 애들만 골라서 고해성사를 하게 만드는 모양이었다. 선발 주자들을 띄엄띄엄 고르는 것만 봐도 알 수 있었다. 교사가 되기 전에 무슨 사채를 받아 내는 일이라도 했나, 지리 선생은 인간의 심리를 정확히 꿰뚫고 그것을 자기가 원하는 방향으로 끌어당기는 데 천부적인 솜씨를 발휘하고 있었다. 아무래도 뒤통수에도 눈이 달린 모양이었다. 그렇지 않고서야 수업 중에 딴짓을 한 학생들만 쏙쏙 골라낼 리가……. 어떤 애는 낙서를 했다고 했고, 어떤 애는 문자를 보냈다고 고백했다. 어떤 애는 졸았다고 했고, 어떤 애는 스트레칭을 했다고 말했다(가장 파격적인 대답으로, 수업 중에 어떻게 스트레칭을 했는지는 의문이다.). 지리 선생은 그 애들 모두에게 잘했다고 응원의 말을 해 준 뒤 맨 마지막으로 내게 가까이 다가와 말했다.

"자, 이제 정수선 네 차례다. 복창한다. 나는 왜 수업 시간에 다른 애들처럼 딴짓을 하지 않고 열심히 필기를 했을까."

나는 조개처럼 입을 꾹 다물었다. 난 필기한 적이 없다. 소설을 쓴 적은 있어도 말이다. 선생이 다시 한 번 복창하라고 나를 다그쳤다. 나는 도대체 내게 원하는 게 뭐냐고 묻는 눈빛으로 그를 올려다보았다. 그러자 그가, 터미네이터처럼 무뚝뚝한 표정으로 일관하던 지리 선생이, 내게 미소를 지어 보였다. 비웃거나 사람을 조종하려는 미소가 아니라 푸근한 미소였다. 그의 눈은 자기 말대로 해도 된다고 말하는 듯 영롱하게 빛나고 있었다. 나는 조용히 시키는 대로 했다.

"나는, 왜 수업 시간에, 열심히 필기를 했을까."

"더 크게!"

"나는! 왜 수업 시간에 열심히 필기를 했을까!"

지리 선생이 "좋다!" 하고 외치고는 연습장을 내게 돌려준 뒤 교단으로 걸어가 섰다. 그리고 교탁에 손을 얹은 채 학생들을 한 번 휙 둘러보고는 말했다.

"모두들 똑같은 조건에서 왜 저마다 다른 행동을 했는지 깊이 생각해 보는 시간이 되었길 바란다. 그 답은, 자기만이 알고 있을 것이다. 나는 지금 너희들이 딴 생각을 하고, 문자를 보내고, 꾸벅꾸벅 존 것을 뭐라고 하는 것이 아니다. 자신이 왜 그렇게 했는지 원인을 생각해 보고, 그 원인이 너희들을 괴롭게 하지 않는다면, 그런 자기 자신이 떳떳하고 자랑스럽다면, 너희들은 당당할 수 있다. 저기 앉아 있는 저 최고야처럼 당당해야 한다. 하지만 그 원인이란 게 한심하고, 저급하고, 너희들 미래에 하등 도움이 안 되는 쓸데없는 것이라고 생각된다면……! 과감히 접어라. 이게 오늘 내가 너희들에게 할 수 있는 말의 전부다. 이상."

지리 선생은 말을 마치고는 교단을 성큼성큼 내려가 문을 열고 교실을 나갔다. 아이들이 기지개를 켜며 지리 선생을 욕했다. 뭐야, 재수 없어. 사이코 아냐? 미친 지리 등등. 하지만 난 잠시 아무 말 없이 그 자세 그대로 앉아 있을 수밖에 없었다.

지리 선생의 행동을 정확히 이해할 수는 없었지만 왠지 그가 「매트릭스」에 나오는 키아누 리브스처럼(네오가 트리니티의 가슴 속에 손을 집어넣어 심장을 다시 뛰게 했지.) 내 가슴 속에 손을 집어넣고 심장을 움켜쥐었다 놓은 것 같았다. 난 그 충격으로 얼이 빠져 있었던 것이다. 연습장을 책상 서랍 밑에 집어넣고 책상 위에 엎드렸다. 아무하고도 말하고 싶지 않았다. 말을 걸지 않아 줬으면 했다.

'그 행동의 원인이 자랑스럽고 떳떳하다면 너희들은 당당할 수 있다. 당당해야 한다…….'

나는 당당했다. 선생이 판서하는데 학생이 연습장에다 소설을 썼다는 게 얼핏 들으면 한심한 것 같아 보여도 모든 상황을 알고 있는 나는 당당할 수 있었다. 소설을 쓸 수 있는 시간이 일주일밖에 없지 않은가. 지금 이렇게 하지 않으면 난 스스로를 구제할 수 없게 되고 만다. 하지만 지리 선생에게 오늘 같은 대접을 받고 나니 다음 수업 시간 때 똑같은 짓은 할 수 없겠다는 생각이 들었다. 그는 자비와 미소로 나를 환생시킨 것이다. 이 스물다섯 평의 매트릭스 안에서, 다음에도 수업 시간에 딴짓을 하면 내 심장을 꺼내 터뜨려 버리겠다고 고함을 지른 것이나 마찬가지였다. 지리 선생은 미소로 사람을 감전시켜 버릴 수도 있는 인간이었다.

3
21세기 백일장

백일장 날, 강당에 들어서자 너무 일찍 왔는지 아직 열 명이 채 안 되는 학생들이 좌석에 앉아 있었다. 난 중간 정도에 자리를 잡고 앉아 『변비의 최후』를 꺼내 읽었다. 이 부적만 몸에 지니고 있으면 모든 일이 잘 풀릴 것 같았다. 주제로 뭐가 나올지는 알 수 없었지만, 어떤 주제가 주어지든지 내가 머릿속에 가지고 있는 이야기들과 결합시켜 어떻게든 근사한 이야기를 만들어 내겠다는 자신감이 가슴속에 움트고 있었다.

태산여대는 내가 가고 싶어 하던 학교는 아니지만 막상 와 보니 썩 나쁘지 않았다. 학교가 아담하고, 잔디밭은 없었지만 실내 체육관처럼 녹색 구장이 깔린 먼지 안 나는 운동장도 있고, 시골 구석에 있어서 번화가와도 거리가 멀었다. 또 학교 건물 뒤에 산이 있어서 공기도 맑았다. 게다가 몇 정거장만 걸어가면 명문대와도 가까워서 미팅 건수가 제법 있을 것 같았다. 하지만 미팅 따위는 아무래도 좋았다. 난 미팅 같은 것에 별로 흥미가 없었다. 술이나 예쁜 옷 따위에도 관심이 없었다. 그저 대학에 들어가 지루한 수업을 듣는 대신, 소설을 쓸 수 있으면 그걸로 행복했다. 태산여대에는 문예창작과가 있으니 여기 입학하면 원 없이 소설을 쓸 수 있겠다는 생각은 들었다. 그리고 아빠는 여대에 대해 환상을 품고 있었기 때문에 내가 태산여대 백일장에 나간다고 했더니 손뼉을 치면서 좋아했다. 내가 상큼한 여대생이 되어 플레어 스커트를 입고 교정을 거니는 모습을 상상하는 것 같았다. 그러거나 말거나.

우여곡절 끝에 일주일 만에 예심용 소설을 완성해 백일장 본선에 진출하게 된 것만 해도 내겐 엄청나게 버거운 일이었다. 그도 그럴 것이 아침 일찍 학교에 나와 소설을 쓰고, 점심시간에도 빵으로 대충 때우며 애쓴 덕에 간신히 원고 제출 시간을 맞출 수 있었다.

잠시 후 강당으로 학생들이 하나 둘씩 들어오기 시작했다. 본선 진출자는 총 서른여섯 명이었다. 이래서야 원, 원고 냈던 애들은 다 뽑은 거 아냐? 하지만 자신감을 잃지 말아야 했다. 난 응모자가 한 삼백육십 명쯤은 됐을 거라고 생각하기로 했다.

사회자가 강단 위에 올라가 먼 곳에서 오느라고 수고가 많았다고 반겨 주었다. 알고 보니 참가자가 삼백 명이 넘었다. 내가 상상한 숫자와 비슷했다. 그때부터 심장이 미친 듯이 요동치기 시작했다. 내가, 삼백 명이 넘는 학생들 가운데 뽑혔다는 거지? 아싸! 학교 성적은 서른 명 중 25등이었지만 글쓰기에선 삼백 명 중 30등이었다. 아니, 어쩌면 20등, 아니 10등 안에 들었을지도 모른다. 사회자가 주제를 발표하려고 뜸을 들이는데 핸드폰이 지잉 하고 울렸다. 확인해 보니 허무식 선생이 보낸 문자였다.

―시작했니? 긴장하지 말고 예심만큼만 해. ^O^

갑자기 가슴이 짠해지면서 눈물이 날 것 같았다. 담임도 안 보내 주는 문자를 허무식 선생이……. 그는 내가 헐레벌떡 완성해 간 소설을 읽고 자기가 좋아하는 스타일은 아니라고 했지만 아무튼 예심 통과 정도는 할 수 있을 것 같다고 말해 주었다. 문학 천재 내지는 신동이라고 해 주길 내심 기대했건만 허무식 선생은 지나치게 솔직한 게 단점이었다. 나는 그의 불완전한 인격을 존중해 주기로 했다.

백일장은 한 시간 반 동안 진행되었다. 주제는 번데기. 시든 소설이든 모두 번데기를 주제로 글을 써야 했다. "같은 조건에서 왜 나는 그런 행동을 했는지 가슴 깊이 생각해 보길 바란다."라고 했던 지리 선생의 목소리가 귓가에 울려 퍼졌지만 애써 그 목소리를 털어 버리고 소설 쓰기에 집중했다. 번데기라니, 무슨 그런 주제를 선택했는지 생각해 낸 사람의 수준이 의심스러웠다. 하지만 원래 내가 가지고 있던 아이디어와 접목시키자 꽤 근사한 이야기가 만들어지기 시작했다.

얼마 전 아빠가 안과에서 안구건조증 진단을 받고 인공 눈물을 눈에 넣는 걸 본 적이 있었는데, 만약 눈에서 번데기가 나오는 남자의 이야기를 쓰면 어떨까 생각한 것이 이야기의 발단이 되었다. 내 눈에서 번데기가 나온다면 난 죽고 싶겠지만 주인공은 강한 심지를 가진 사람이었다. 그래서 번데기 장수에게 가서 자기 눈에서 나온 번데기를 구워 팔라고 제안하여 친해지게 된다. 나중에는 동업해 돈까지 벌게 되는데, 결국엔 눈에 엄청나게 큰 번데기가 서식하게 되어 남자는 방에 틀어박히고 만다. 봄이 되자 남자는 눈이 너무 가려워서 도움을 청하기 위해 창문을 열었는데 갑자기 눈에서 뭔가가 튀어나오는가 싶더니, 나비 한 마리가 창밖으로 폴폴 날아가더라는 얘기였다.

소설을 완성한 뒤 백일장 담당자에게 제출하고 강당을 빠져나왔다. 내 몸에서도 커다란 나비 한 마리가 번데기처럼 웅크리고 있다가 폴폴 날아간 기분이었다. 긴장이 풀리자 몸도 가벼워졌다. 시상식은 한 시간 반 뒤였다. 그렇게 짧은 시간 동안 수작을 가려낼 수 있다면 이곳 교수들은 정말 엄청난 사람들이었다. 노벨문학상 후보들만 모여 있는 집단이라고 봐도 과언이 아니었다.

만약 뽑히지 않더라도 너무 실망하지 말자고 스스로에게 말했다. 나는 학교 밖으로 나와 근처 가게에서 야채 샌드위치를 하나 사 먹었다. 그러고는 예의상 허무식 선생에게 문자 메시지를 보낼까 하다가 그만두었다. 발표가 날 때까지 기다리는 게 좋을 것 같아서였다. 나는 가게 안에서 샌드위치를 먹으며 한 시간을 버텼다.

이 대회에서 상을 타게 되면 내게도 희망이 생기는 것이다. 대학에 갈 수 있다는 희망 말이다. 지금까지의 내 성적만 보면 나는 등록금만 내면 갈 수 있는 낮은 대학에 가야 할 운명이었다. 아빠는 딸을 그런 학교에 보내느니 차라리 가지 말라고 할 게 분명했고. 하지만 내가 이름 있는 대학에 갈 수 있다면 아빠의 태도도 달라질 것이다. 부사장 뎀보도 더 이상 나를 깔보고 무시하지 못하리라. 뎀보는 자기가 부사장이랍시고 항상 내게 명령이었다. 썬, 물 좀 가져와. 썬, 저기 대걸레로 훔쳤니? 썬, 지각했으니까 삼천 원 깎는다……. 그 모든 게 지긋지긋했다. 문예창작과에 다니면 소설을 쓴다고 구박하는 사람도 없을 거다. 그곳에 가서 나는 나만의 날개를 만들어 달 것이다.

4
번데기

 이튿날 점심시간, 허무식 선생은 자리에 없었다. 거의 모든 선생들이 자리에 없었다. 도대체 어디에 있는 걸까? 삼 분쯤 기다렸지만 돌아올 기미가 보이지 않아서 결국 허무식 선생의 핸드폰으로 전화를 걸어 보기로 했다.
 복도로 나와 전화를 걸며 걷고 있는데 저쪽에서 우리 반의 날라리 이효진이 허무식 선생 옆에 착 달라붙어 걸어오고 있는 것이 눈에 띄었다. 뭐가 그렇게 좋은지 허무식 선생도 마치 신종 플루에 감염된 사람처럼 헤벌쭉하고 있었다. 이효진은 교칙 따윈 상관없다는 듯 교복 치마를 무릎까지 줄여 입고 머리도 길게 기르고 있었다. 연기 수업을 받는다고 학교를 나오는 날보다 안 나오는 날이 더 많은 애였다. 가끔 같은 날 지각해 나란히 토끼뜀을 뛴 적이 있어 얼굴은 아는 사이였다. 물론 대화다운 대화를 나눈 적은 없었다. 이효진과 난 다른 세계에 속해 있는, 다른 부류의 사람이었다. 우리의 공통점은 지각을 자주 한다는 것뿐이었다. 내가 허무식 선생을 향해 고개를 꾸벅 숙여 보이자 그가 반색하며 말했다.

"정수선, 너 어떻게 됐어? 이 자식, 대회에 갔다 왔으면 어떻게 됐는지 선생님한테 맨 먼저 보고를 했어야지. 뭐야? 어떻게 됐어?"

난 아무 말도 하지 않고 바닥을 내려다보았다. 허무식 선생이 작게 한숨을 내쉬었다.

"뭐, 너무 실망할 필요 없어. 앞으로 공모는 많이 있으니까. 태산여대랑 너랑은 인연이 아니었나 보다, 야."

그때 옆에 있던 이효진이 허무식 선생에게 더 찰싹 달라붙으며 무슨 일이냐고 물었다. 허무식 선생은 그 멀대 같은 애의 질문에 대답하지 않고 내게 말했다.

"주제가 뭐였는데? 어려운 거였어?"

"번데기였어요."

"번데기?"

허무식 선생은 잠시 고개를 갸웃거리다가 뭐 그런 이상한 주제를 줬지, 하고 혼잣말을 했다. 하지만 다음 순간 뭔가를 깨달았다는 표정으로 이렇게 말했다.

"교수가 하루키의 소설을 읽은 모양이야."

"하루키요?"

"그래. 하루키가 쓴 『1Q84』라는 소설에 '공기 번데기' 얘기가 나오거든. 소설 제목이긴 하지만. 분명해. 교수 하나가 그 책에서 영감을 얻어 그날 백일장 주제를 번데기로 한 거야."

하지만 그건 그렇게 중요한 문제가 아니었다. 하루키는 책을 좋아하는 사람들 열 명 중 다섯 명 이상은 읽는 국민의 영양 간식 같은 존재가 아닌가. 하지만 난 하루키보다 이보험이 더 좋았다. 하루키의 소설은 유리창이나 텔레비전을 통해 들여다보는 것 같은 느낌이 들었지만 이보험의 소설은 실제 두 눈으로 직접 목격하는 것처럼 현장감이 있어 답답함이 덜했다. 단순히 같은 나라 같은 공간에 살기 때문인지도 모르지만 말이다.

"그게 뭐 어떻다는 거예요? 전 그 책을 아직 안 읽어 봐서……."

그러자 허무식 선생은 내가 원한다면 책을 빌려 주겠다고 했다. 도서관에서 빌려 보려고 했지만 아무리 기다려도 순서가 돌아오지 않아 어쩔 수 없이 샀다면서 말이다. 내가 고맙다고 말하자 허무식 선생은 지금 당장 빌려 주길 원하느냐고 물었다. 나는 그의 옆에 서 있는 이효진을 힐끗 쳐다보았다. 그러자 이효진이 허무식 선생에게 콧소리를 내며 애교를 부렸다.

"선생님, 저랑 하실 얘기 있잖아요. 저 잘할 자신 있단 말이에요."

"글쎄, 그게 나 혼자만의 힘으로 되는 게 아니라니까 그러네. 그러게 누가 너더러 오디션에서 떨어지랬어? 괜히 엄한 사람 잡지 말고, 이럴 시간에 연기 연습이나 더 해. 원로 연기자들도 대사도 잘 못 외우는 애를 주인공 시키겠다고 하면 그만두겠다고 하고 집에 갈 거야."

"선생니임!"

이효진이 앙칼진 목소리로 허무식 선생의 팔에 매달렸다. 하지만 허무식 선생은 누가 보기라도 할세라 이효진을 자신의 팔에서 재빨리 떼어 내고는 나를 데리고 교무실 쪽으로 향했다. 오디션? 연기 연습? 도대체 무슨 말을 하는 거야? 전후 사정을 알 수 없었지만 그렇다고 캐물어 볼 만큼 친한 사이도 아니어서 나는 조용히 그를 따라 교무실 안으로 들어갔다.

그는 자기 책상으로 가 앉더니 휴대용 가습기를 작동시키고 발밑의 히터를 켰다.

"이렇게 안 하면 수분이 빠져나가서 얼굴이 쭈글쭈글해지거든."

그가 변명하듯이 말했다. 그러고는 책상 위에 놓여 있는 종이를 집어 들어 정체를 확인했다. 내가 책상 위에 뒤집어 놓고 나간 상장을 확인한 그의 표정에서 빛이 쏟아졌다.

"이야, 정수선! 너, 된 거였어? 우수상? 뭐야, 이놈의 자식!"

"그냥 한 번에 말하면 재미없잖아요."

"이 자식, 이거······."

그는 믿기지 않는 듯 상장과 나를 계속 번갈아 보더니 내 어깨를 두드려 주었다.

"잘했다. 수고했어."

난 망설이다가 교복 주머니에서 초코바를 꺼내 그에게 건넸다.

"이거 드세요. 선생님이 잘하라고 문자 보내 주셔서 상까지 받은 것 같아요."

그는 왠지 감동 받은 듯한 얼굴로 나를 빤히 쳐다보더니 초코바를 받아 들었다.

"고맙다. 이제 실력이 입증됐으니까 다음번 공모도 한번 노려 볼 만하겠어. 또 나갈 거지?"

"잘 모르겠어요. 그러고는 싶은데."

"왜? 무슨 문제 있어?"

나는 지금의 내 상황을 말할까 말까 망설였다. 아무도 없는 곳에서 얘기하고 싶었다. 하지만 아무도 없는 곳에 가서 얘기하자고 하면 허무식 선생이 부담스러워할까 봐 그냥 여기서 얘기하기로 했다.

"실은, 아빠가 가게를 하시는데 수업이 끝나면 바로 가게로 가서 일해야 돼요. 아빠가 아르바이트생을 안 쓰려고 하시기 때문에 저랑 동생이 일을 돕고 있거든요. 지금까지 일 년을 꼬박 그렇게 했어요. 근데 공모에 계속 참가하려면 소설을 부지런히 써야 하잖아요. 정말 공장처럼. 학교에 다니고 가게에서 일하면서 소설을 쓸 수 있을지……. 이번에도 정말 힘들게 써낸 건데."

아빠가 소설책을 집어 던진 얘기까지는 하지 않았다. 우리 아빠가 그런 잔인무도한 인간이라는 걸 허무식 선생이 알게 하고 싶지 않았다. 그는 고개를 끄덕였다. 그러고는 다시 한 번 내 상장을 들여다보고는 말했다.

"시간이 없는 게 문제다……. 일단, 오늘부터 당장 70매짜리 소설을 쓰기 시작해. 공모 소식이 들어올 때마다 내가 너한테 정보를 알려 줄 테니까, 넌 그냥 계속 쓰는 거야. 정말 소설 공장처럼. 난 감독관이고, 넌 공장 직원인 거야. 내 말, 무슨 뜻인지 알겠어?"

"……시도는 해 볼게요."

나는 고개를 숙이고 말했다. 어쩐지 쓸데없는 짓을 벌이고 있다는 기분을 떨쳐 버릴 수가 없었다. 아빠는 집이 넘어가지 않게 하려고 가게를 붙잡고 발버둥을 치고 있는데 나는 소설이나 쓰고 앉아 있겠다니.

정말 내가 수도권에 있는 대학에 갈 수 있을까. 소설을 써서? 믿기지 않는 일이었다. 이번에는 그냥 운이 좋아서 상을 타게 된 것일 수도 있다. 전국에 있는 글 좀 쓴다는 애들과 경쟁해서 이길 수 있을지 별로 자신이 없었다. 걔네들 중에는 공부까지 잘하는 애들도 있었다. 백일장에서 들은 바로는 예고 애들은 소설 쓰고 시 쓰는 걸 수업 시간에 체계적으로 공부한다고 했다. 소설 선생님, 시 선생님이 따로 있어서 작법 같은 것을 전문적으로 공부한다는 것이다. 그런 애들을 내가 뛰어넘을 수 있을지 겁이 나는 건 당연한 일이었다.

내가 시키는 대로 해 보기는 하겠다고 하자 허무식 선생이 또

다시 두 손을 모으고 눈을 감더니 알아들을 수 없는 말을 중얼거렸다. 태산여대 백일장에 나가기 전에도 했던 행동이었다. 난 호기심을 참지 못하고 물었다.

"선생님, 지금 뭐하신 거예요?"

그가 맑은 눈으로 나를 올려다보았다.

"기도."

"......?"

"네가 무사히 소설을 계속 써서 유명한 작가가 되게 해 달라고 빌었다."

난 아무 말도 하지 않았다. 그가 왜 내게 이런 호의를 베푸는지 알 수 없어서였다. 고맙긴 했지만 내게만 유별나게 친절하게 구는 건지, 아니면 모든 학생들에게 이렇게 친절한 건지 알 수 없었다. 성희롱조 발언으로 쫓겨날까 봐 미리부터 학생들을 상대로 인기 관리를 하는 것일 수도 있었다.

나는 의례적으로 감사하다고 말했다. 그는 상장을 복사해야 하니 나중에 와서 찾아가라고 말하고는 책꽂이에 꽂혀 있던 책 한 권을 꺼내 내게 건넸다. 표지를 보니 무라카미 하루키의 『1Q84』 1권이었다.

"보고 갖다줘야 한다. 비싼 책이니까."

"네. 고맙습니다."

나는 책을 품에 안은 채 고개를 꾸벅 숙여 보이고는 교무실을 나왔다. 교무실 밖에서 이효진이 아직도 서성거리며 허무식 선생을 기다리고 있었다. 둘이 무슨 사인가? 예비종이 울리는 바람에 뭔가를 물어볼 새도 없이 교실로 향할 수밖에 없었다. 이 책은 뺏기면 안 되니까 수업 시간에 읽는 건 포기해야겠다.

5
디쿼 외삼촌

엄마는, 무거운 구형 노트북을 가게까지 가져와 키보드를 두들겨 대는 내가 안쓰럽지도 않은지 내 신경을 계속 자극하고 있었다. 왕짱구를 와작와작 소리 나게 씹어 먹으며 텔레비전을 보고 있었기 때문이다. 텔레비전에는 엄마가 좋아하는 건강 장수 프로그램이 방영되고 있었다. 위암 환자를 소개하며 어떻게 위암을 이겨 냈는지, 암 판정을 받았을 때의 기분은 어땠는지 같은 내용의 인터뷰가 흘러나오고 있었다. 엄마는 인간은 어떤 병에든 걸릴 수 있으니 항상 그에 맞게 대처해야 한다고 생각했다. 하지만 내게 그 소리는 귀를 틀어막고 싶은 소음에 불과했다. 나는 참다못해 자리에서 벌떡 일어나 텔레비전을 꺼 버렸다. 왕짱구를 입 속에 밀어 넣고 있던 엄마가 내 버르장머리 없는 행동에 버럭 성을 냈다.

"소리 줄이면 되잖아, 이 기집애야!"

"지금 소설 쓰는 거 안 보여? 나 대학 가야 해. 가야 한다고! 다른 애들 엄마는 자식 공부하는 데 방해될까 봐 발소리도 안 낸다는데 엄만 왜 그래? 딸자식, 인생 포기하게 만들고 싶어?"

"이 기집애가 말하는 것 좀 봐."

엄마가 눈을 부라렸다. 그래 봤자 난 하나도 안 무서웠다. 싸울 시간도 아깝다는 생각에 다시 노트북 모니터에다 시선을 고정하고 소설을 계속해서 써 나갔다. 재미로 쓰던 소설이 갑자기 입시용 과제로 변해 버렸다. 그런 부담감 때문인지 예전엔 거미가 거미줄 자아내는 것처럼 글이 줄줄 이어지던 느낌이 지금은 뭔가 뻑뻑해져 버렸다. 운동화 고무 밑창을 아스팔트 바닥에 문대는 느낌이었다. 이게 아닌데…….

엄마는 내 말에 느낀 바가 있긴 했는지 왕짱구를 아까보다 조용하게 씹었다. 하지만 그 과자의 특성상 아무리 조용히 씹어도 다른 과자를 씹는 것의 오십 배 정도 큰 소리가 난다는 것을 엄마도 나도 알고 있었다. 내가 이마에 내 천(川) 자를 그린 채 키보드를 두드리지 못하고 있자 엄마는 과자 봉지를 묶어 카운터에 던져 넣고는 주방으로 들어가 버렸다. 얼마 없는 설거지라도 하는 게 낫겠다 싶었던 모양이다.

학교가 끝나자마자 가게로 출근해 세 시간 동안 등받이도 없는 바닥에 꼿꼿하게 앉아 있었더니 허리에 무리가 왔다. 나는 몸을 비틀면서 허리 운동을 했다. 목을 뒤로 꺾어 간단한 스트레칭을 하기도 했다. 그 모습을 본 엄마가 불쑥 나와서 내 목을 뒤로 심하게 꺾어 주었다. 위하는 척하면서 사람을 괴롭히는 건 엄마의 타고난 재주였다. 엄마가 내 목뼈를 치킨 목처럼 꺾어 버리려 하자 나는 비명을 지르며 엄마의 손을 뿌리쳤다.

"아악! 아파, 아프단 말이야!"

"너 편하게 해 주려고 그런 건데 왜 그래?"

엄마가 내 비명에 놀라서 말했다.

"죽을 뻔했잖아! 저리 가! 나한테 다가오지 말란 말이야!"

나는 한껏 예민해져서 입에서 나오는 대로 떠들어 댔다. 엄마는 한 시간 후 아빠가 올 텐데 내가 가게에서 노트북을 두들기는 걸 보면 노트북을 부숴 버릴지도 모른다고 악담을 퍼부어 댔다. 이런 놈의 집구석에서 내가 뭘 한다고 이러는 걸까. 회의가 찾아오면서 눈물이 핑 돌았다. 다른 집 부모들은 자식을 좋은 대학에 보낸다고 학원은 물론이요, 과외에, 맛있는 외식, 심지어 발까지 닦아 준다던데, 내 부모라는 인간들은 하나같이 배려라는 게 없었다. 눈치도 없었다. 사춘기라는 것도 모르고 자라 온 나는, 열여덟이 되어서야 뒤늦은 사춘기를 경험하고 있었다.

모든 게 환경 때문이었다. 작은 외삼촌만 아니었어도 나는 집에서 편하게 소설을 쓰고 있었을 것이다. 아니다, 외삼촌이 아니라 문제는 아빠였다. 아무리 외삼촌이 보증을 서 달라고 졸라 댔어도 아빠가 식구들을 생각해서 거절했다면 이렇게 생고생을 하지 않아도 되었을 것이다. 아무리 친한 사람도 보증은 절대 서 주지 말라고 입버릇처럼 말해 왔던 아빠가 자기가 말했던 구덩이에 스스로 빠진 건 어떻게 말로 설명할 수 있는 문제가 아니었다.

6시가 되기 오 분 전, 밖에서 공포의 오토바이 소리가 들려왔다. 엄마는 리모컨으로 텔레비전을 끄고는 아빠가 보기 전에 빨리 노트북을 구석에 치워 두라고 말했다. 가게는 밖에서 안이 훤히 들여다보이는 구조였기 때문에 뭔가 조금이라도 수상쩍은 짓을 했다가 아빠에게 발각되면 바로 화를 돋울지도 몰랐다.

나는 노트북을 정리해 옷걸이 뒤에 깊숙이 숨겨 두었다. 기분이 좋지 않았다. 3시부터 6시까지 내내 노트북 앞에 앉아 있었지만 한 문단도 제대로 쓰지 못한 것이다. 엄마가 텔레비전을 틀어 놓은 데다 자리는 불편하고, 아빠나 손님이 언제 급습할지 모른다는 불안감 때문에 도저히 소설에 집중할 수가 없었다. 헤드폰으로 귀를 틀어막고 있었지만 소설은 진도가 나가질 않았다. 무엇보다도 무슨 얘기를 쓰고 싶은 건지 나 자신조차 알지 못하고 있었다.

아빠는 김치가 떨어졌다며 김치 아저씨에게 전화를 걸어 식재료를 주문했다. 고기 아저씨에게도 전화했다. 난 자신이 해야 할 일을 정확히 알고 있는 아빠가 부러웠다. 가게를 시작한 후로 식구들 앞에서 웃는 모습이 사라진 아빠는 손님들 앞에서만은 누구보다도 인자하고 인심 후한 사람이 되어 있었다.

그때 아빠 핸드폰으로 전화가 걸려 왔다. 아빠는 전화를 받더니 인상을 쓰면서 가게 밖을 살폈다. 누가 찾아왔나? 아빠는 알겠다고 고개를 끄덕인 뒤 주방으로 가서 엄마에게 말했다.

"고기, 파지(못 파는 고기)로 이 인분만 차려 봐."

"왜? 누가 온대?"

엄마가 주방 밖으로 고개를 내밀고 물었다. 아빠가 내게 앞치마를 입으라고 명령한 뒤 말했다.

"영호가 온대네."

영호? 영호라면 외삼촌 아냐? 무슨 낯짝으로 여길 찾아오겠다는 건지 외삼촌의 꿍꿍이를 이해할 수가 없었다. 찾아오려면 조금 더 일찍, 아니면 조금 더 늦게 왔어야 했다. 지금은 우리 가족 모두가 너무나 힘든 시기였다. 특히 나는 외삼촌 때문에 글을 못 쓰게 됐다는 좌절감에 복어처럼 잔뜩 독이 올라 있었다. 혹시 배고파서 온다는 건 아니겠지?

아빠의 명령 때문에 할 수 없이 반찬을 테이블에 세팅해 놓고 기다리는데 잠시 후 문이 열리고 익숙한 모습의 남자가 가게 안으로 들어왔다. 모자를 쓰고 있어 처음엔 손님인 줄 알고 인사했지만 고개를 들 때 얼굴을 확인하니 내가 익히 알고 있는 인간이었다. 외삼촌이었다. 외삼촌은 맨 먼저 주방에 있는 엄마에게 "누나, 잘 있었어?" 하고 인사를 하고는 내게도 알은체를 했다.

"수선이 너 많이 컸다?"

외삼촌의 최대 장점은 뻔뻔하다는 것이었다. 최대 단점도 물론 뻔뻔하다는 것이었다. 외삼촌은 빈손이었다.

"다 큰 지 오래됐거든?"

나는 톡 쏘아붙이고는 외삼촌을 구석 테이블로 안내했다. 이렇게 손님처럼 보이는 사람이 한 사람이라도 있어야 손님이 또 들어오는 법이다. 외삼촌은 가게 안을 휘 둘러보고는 가게가 아담하고 좋다고 칭찬했다. 아담한 게 장점이 될 수도 있긴 했다. 가게가 큰데 손님은 하나도 없으면 더 썰렁해 보일 테니까 말이다. 나는 테이블 밑 화로에 손을 넣어 가스총으로 불을 붙인 뒤 엄마가 준 파지 고기를 가져와 벽돌판에 구웠다. 외삼촌은 우리 가게에 처음 와 봤기 때문에 모든 걸 신기해했다.

"이거 진짜 벽돌이냐?"

삼촌이 벽돌을 젓가락으로 툭툭 두들겼다.

"진짜 벽돌이야."

세상에는 어이가 없는 사람들이 진짜로 많다. 진짜 벽돌은 시멘트로 만들어져 불과 기름에 약하다는 사실을 초등학생이라도 알 텐데 굳이 물어보고 또 물어보는 족속이 있었다. 그럴 때마다 아빠는 진짜 벽돌이라고 말하라고 시켰다. 하지만 진짜 벽돌이라고 대답하면 또 사람들은 젓가락으로 벽돌을 툭툭 두드려 보면서 "에이, 아닌데, 철판인데." 하고 토를 달았다. 외삼촌 역시 젓가락으로 다시 두들겨 보더니 고개를 갸웃거리며 소리가 벽돌 같지 않다고 의아해했다.

나는 뜨겁게 달구어진 벽돌판에 삼겹살을 깔고 포기김치 대가리를 집게로 집은 뒤 배추를 가위로 싹둑싹둑 잘랐다. 외삼촌이 그런 내 솜씨를 보더니 헤어 디자이너를 해도 되겠다고 칭찬했다. 고기까지 손수 다 잘라 주고 불을 낮춘 뒤 내 자리로 돌아가려는데 외삼촌이 나를 붙잡았다.

"너도 같이 먹자. 밥 가져와서 여기 앉아."

외삼촌이 자신의 맞은편 자리를 가리키며 말했다. 나는 고개를 저었다.

"난 됐어. 별로 배 안 고파."

멋쟁이였던 외삼촌은 회사 부도를 맞고 난 후 스타일이 완전히 달라져 있었다. 쇼핑몰이 한창 잘될 때는 수염에, 보잉 선글라스에, 트루릴리전 청바지까지 빼입으면 완전히 멋있었는데 지금은 뭐랄까, 패션 감각 있는 거지 같았다. 똑같은 수염인데도 돈이 있을 때와 없을 때는 천지 차이였다. 그렇게 생각하니 좀 안돼 보였다. 아빠는 무슨 서류 뭉치를 외삼촌에게 가져와 밥도 먹기 전에 체하게 만들었다. 외삼촌과 아빠는 오래전부터 계약서 같은 것을 앞에 놓고 밀담을 즐겨 왔다. 정확히 말하면 외삼촌은 사업가였고 아빠는 자본가였다. 그러니까 아빠는 외삼촌 쇼핑몰의 대주주였던 셈이다.

나는 두 사람이 사업 얘기를 하도록 놔두고 '일수, 대출 상담'이라 글자가 인쇄된 메모지에 소설 아이디어들을 끄적였다. 그러다가 외삼촌의 이야기를 써 볼까 하는 생각이 들었다. 외삼촌은 고등학교 때 집을 뛰쳐나가 동대문 쇼핑몰에서 아르바이트를 하며 어깨 너머로 일을 배우더니 결국 삼 년 후 직접 자기 가게를 차려 대박을 낸, 전직 옷 가게 쇼핑몰 CEO였다. 특이하게 남자인데도 여자 옷을 좋아해서 파는 옷의 대부분은 여자 옷이었다. 외삼촌이 대박을 터뜨렸던 상품은 트루릴리전 청바지 사업이었다. 한 벌에 삼사십만 원을 호가했지만 외삼촌이 딜러도 겸해 외국에서 직접 들여와 파는 수입 청바지는 불티나게 팔렸다. 나랑 동생도 하나씩 얻어 입었다. 그때는 그 청바지가 그렇게 비싼 건 줄 모르고 그냥 막 입었지만 나중에 그 진가를 알게 된 뒤부터는 옷장에 애지중지 모셔 놨다. 지금은 삼겹살을 많이 먹어서 허리 살이 불어나고 엉덩이도 축 처져 입어도 모양이 나지 않게 되었지만. 아무리 입었을 때 맵시가 난다는 비싼 청바지라 해도 기본적인 몸매가 받쳐 주지 않으면 말짱 꽝이었다.

아무튼 외삼촌의 청바지 사업은 대박이 났고 그때는 아예 여자 친구 부대를 몰고 다닐 정도로 외삼촌은 인기도 좋았다. 여자들도 그냥 여자가 아니라 다들 모델급이었다. 키가 크고 늘씬해서 무슨 연예인이나 연예인 지망생처럼 보였다. 외삼촌은 직업상 피팅 모델들에게 둘러싸여 있을 수밖에 없었기 때문에 그들과 일도 하고 연애도 하면서 인생을 신나게 즐기고 있었던 것이다.

아빠가 계약서 같은 것을 들이밀면서 계속 붙들고 늘어지는 바람에, 외삼촌은 고기를 거의 먹지 못하고 있었다. 나는 화롯불을 조정하면서 아빠의 어깨를 툭 치고 말했다.

"어휴, 외삼촌 밥 좀 먹게 그만 괴롭혀."

아빠는 그제야 이곳이 식당이고, 자신이 앉아 있는 곳이 밥상

머리라는 것을 깨달은 듯 외삼촌에게 그만하고 밥이나 먹으라고 말하고는 자리를 떴다. 외삼촌은 자신을 구해 준 내가 고마웠는지 굳이 내 손목을 잡아 끌고 자기 앞에 앉히며 같이 먹자고 권했다. 하긴, 혼자 먹기는 민망하겠지.

삼겹살은 일 년째 먹고 있는데도 질리지 않았다. 외삼촌이 고기를 구워 내 밥그릇 위에 얹어 주었다. 원래 이렇게 다정한 사람이 아니었는데, 사업이 망하니 갑자기 인간성이 좋아졌나? 그러고 보면 망하는 게 꼭 나쁜 일만은 아닌 모양이었다. 외삼촌이 챙겨 주자 기분이 좋아진 나는 외삼촌이 좋아하는 계란찜을 서비스로 만들어 주었다. 그러고는 최근 내가 능력을 발휘한 사건에 대해 떠들어 대기 시작했다.

"전국에 있는 고등학교가 오백 개 정도 되는데, 그중에서 삼백 팔십 명이 응모했다니까? 난 35등 안에 들어서 백일장까지 간 거고! 근데 거기서 또 2등을 먹었다는 거 아냐. 어때, 이래도 외삼촌이 나를 무시할 수 있어?"

"내가 언제 너를 무시했다고 그래? 난 언제나 네 예술적 재능이 남다르다고 생각했어."

나는 그 말을 믿을 수 없었다. 외삼촌은 내 성적이 암담하다는 얘기를 듣고서 아빠한테 내가 졸업하면 쇼핑몰에 아르바이트생으로 들어오게 해 일을 가르치면 어떻겠느냐고 얘기했었다. 하지만 말이 가르치는 거지, 막상 외삼촌 밑에 들어가 일하게 되면 시종처럼 나를 부려 먹을 게 분명했다.

"한 시간이 지나도 못 쓰고 끙끙대는 애들이 있더라고. 주제가 좀 독특했거든. 번데기가 뭐야, 번데기가."

나는 허무식 선생이 빌려 준 『1Q84』를 떠올리며 말했다. 외삼촌이 그래서 어떤 이야기를 썼느냐고 물어보았다. 나는 외삼촌한테 눈 속에 번데기를 키우다가 나중엔 나비로 만들어 창밖으로 날려 보낸 남자의 이야기를 들려주었다. 외삼촌은 멍하니 듣고 있다가 다시 젓가락을 놀리며 물었다.

"그래서 그 남자는 장님이 된 거야?"

"뭐?"

"그렇잖아. 눈 속에 그렇게 큰 번데기를 키우고 있었으면 눈이 멀고도 남지. 소설가라면 리얼리티를 생각해야지, 수선아."

외삼촌이 나를 타이르듯이 말했다. 하지만 난 남자를 장님으로 만들고 싶지 않았다. 그 이야기는 희망에 대한 이야기였다. 그러니까, 남들과는 좀 다른 삶을 살며 갑갑해하던 남자의 눈에서 어느 날 갑자기 아름다운 나비가 탄생했다는 얘기를 통해 'No pain, no gain. 고통이 없으면 얻는 것도 없다.'의 정신을 말하고 싶었던 거였다. 하지만 감성 지수가 떨어지는 외삼촌이 그런 심오한 뜻을 알아챌 리 없었다. 난 외삼촌의 주장을 부정했다.

"싫어. 이 남자는 장님으로 만들지 않을 거야. 나비를 날려 보내고 난 뒤에 이 남자는 남들보다 더 밝은 눈으로 세상을 보게 만들 거야."

"그런 소설이라면 별로 재미없겠는데? 장님이 된다면 난 그 소설을 사서 보겠어. 하지만 그렇지 않다면 그냥 잠이나 더 자고 말겠다."

외삼촌은 자라나는 새싹에다 재를 뿌렸다. 내가 말을 말아야지. 외삼촌은 숟가락으로 밥그릇을 긁다가 고개를 돌려 아빠를 힐끗 쳐다보며 물었다.

"근데 오늘 너네 아빠 기분이 어떠시냐?"

"아빠? 왜?"

"글쎄."

"그냥, 좋지도 나쁘지도 않아 보이는데?"

외삼촌은 아무리 봐도 우리 아빠 표정이 별로 안 좋아 보인다고 하더니, 내가 아빠 표정은 원래 저렇다고 하니까 수긍이 가는 듯 고개를 끄덕거렸다. 그러고는 밥을 계속 깨작거렸다.

주방에 들어가 엄마한테 설거지를 도와줄까 하고 예의상 묻고 있는데 갑자기 외삼촌이 밖으로 나가더니 자동차 트렁크에서 쇼핑백을 꺼내 가게로 가지고 들어왔다. 선물이라도 사 왔나 궁금해하던 찰나, 외삼촌이 쇼핑백에 든 청바지를 꺼내 아빠에게 건넸다. 가격표도 뜯지 않고, 매장에서 바로 가져온 것처럼 비닐로 포장되어 있었다. 외삼촌의 사업 실패와 밀려드는 은행 대출 이자의 고통을 겪으면서 청바지라면 보는 족족 찢어 버리고 싶어 하는 아빠였기에 외삼촌의 행동은 제정신이 아니라는 생각밖에 안 들었다. 뭐냐고 묻는 듯 쳐다보는 아빠에게 외삼촌이 말했다.

"선물이에요. 요즘 압구정에서 잘나가는 옷인데, 매형한테 어울릴 것 같아서 하나 샀어요."

아빠는 이딴 거 필요 없으니 더 이상 부모 속이나 썩이지 말고 어디 무역 회사 같은 곳에 취직이나 하라고 말했다. 외삼촌은 프리미엄진 딜러 노릇을 하면서 외국 물도 좀 먹어 봤기 때문에 영어도 할 줄 알았다. 협상에도 능한 편이었다. 외삼촌은 그래도 자기 성의를 봐서 한 번만 입어 봐 달라고 사정했고 아빠는 선물이라니 별 의심 없이 주방으로 들어가 청바지로 갈아입고 나왔다. 원래는 입고 있던 바지 위에 곧장 입으려고 했는데 엄마, 외삼촌, 내가 말도 안 된다고 아우성을 치자 귀찮다는 티를 팍팍 내며 주방으로 들어간 것이다.

청바지를 입고 나온 아빠를 보니 옷이 좋긴 좋구나 하는 생각이 들었다. 가게에 나온 지 한 시간이 지났음에도 불구하고 관자놀이 부근에 아직까지 베개에 눌린 자국이 남아 있는 아빠였지만, 바지를 입은 하체만은 이십 년은 젊어 보였다. 뭐랄까. 하체만 조인성이랄까? 내가 멋있다고 칭찬해 주자 아빠는 거울에 자신의 모습을 이리저리 비춰 보며 아무리 그래도 가게에서 사장이 이런 청바지를 입고 있을 순 없다고 좋은 기색을 감췄다. 외삼촌이 아빠의 좋아하는 모습을 보더니 용기를 좀 얻은 표정으로 물었다.

"어때요, 매형? 간지 죽이죠?"

"근데 허리가 좀 빽빽한 것 같은데? 어때, 젊어 보이냐?"

외삼촌이 대답 대신 양 엄지 두 개를 치켜 들었다. 만약 외삼촌이 남들처럼 평범하게 고등학교를 졸업하고 대학을 갔다면 학사

경고를 받았을 게 뻔했다. 하지만 교수한테 뇌물 공세와 애교 작전을 펼쳐 무사히 학점을 채워 졸업했을 것이다. 외삼촌은 편법으로 살아가는 인간이었다.

아빠가 만족스러운 듯 거울에 자신의 모습을 이리저리 비춰 보고 있을 때였다. 외삼촌이 2단계 행동을 개시했다. 쇼핑백에서 팸플릿 같은 것을 꺼내 아빠에게 보여 주었다. 무슨 자동차 영업 사원 같았다.

"이게 바로 디퀘, 디스퀘어드라는 옷이거든요! 매형, 제가 일전에 말씀드린 적 있죠? 조인성이 입고 나와서 유명해졌다는 캐나다 명품 있잖아요. 이게 요즘 강남권에서 유명한, 정식 수입 매장이 유명 백화점밖에 없는 옷이에요. 여기 팸플릿 보시면 디자이너도 나와 있어요. 딘앤댄! 쌍둥이 디자이너인데 패션계의 워쇼스키 형제랄까요? 왜 매트릭스 영화 만든 감독 있잖아요? 한마디로 천재라는 얘기죠. 압구정 애들한테 이 옷이 왜 인기인지 아세요?"

그제야 아빠는 외삼촌의 뜻을 알아채고는 벨트를 풀며 주방으로 향했다. 엄마가 주방에서 고무장갑을 낀 손을 외삼촌에게 휘저어 보이며 더 이상 아빠를 자극하지 말라고 신호를 주었다. 하지만 외삼촌의 도전 정신은 타의 추종을 불허했다. 아무 말도 하지 않는 아빠의 뒤통수에 대고 외삼촌은 계속 못을 박았다.

"바로 여자가 남자로도 느껴지고, 남자가 여자로도 느껴지도록 옷에 유니섹스라는 DNA를 집어넣었거든요! 이 청바지를 보세요! 남자용이지만 여성의 부드러운 곡선을 살린 엘레강스한 스타치, 그리고 남성의 거친 느낌과 빈티지함까지 두 개의 성을 동시에 갖고 있잖아요? 매형! 제 얘기 좀 들어 보세요! 이번엔 진짜라니까요! 매형도 입어 봐서 아시잖아요?"

외삼촌은 동대문에서 장사하던 버릇을 못 고치고 아직도 장사꾼처럼 굴고 있었다. 하지만 아빠한테 그런 게 통할 리가 없었다. 아빠가 주방에서 청바지를 벗어 가지고 나와 외삼촌에게 던지며 말했다.

"간지고 뭐고, 너 이거 빨리 내 눈앞에서 치워 버리지 않으면 갖다가 불에 태워 버릴 테니까 그렇게 알아."

"아, 매형! 한 번 실패하지 두 번은 안 해요. 저 아시잖아요? 그렇게 멍청한 놈 아니라는 거. 딱 한 번만, 한 번만 기회를 주세요. 예? 저번 사업은 한인 타운에 사는 그놈이 사기를 쳐서 그렇게 된 거고, 이번엔 방향 자체가 달라요. 이번엔 아예 대놓고 이미테이션으로 자체 제작해서 팔 거라니까요. 외국 안 가요. 진짜 끝내주게 카피 따는 디자이너 하나를 섭외했거든요? 프랑스 파리로 유학까지 갔다 온 친군데 현지 명품 의류 회사에서 일 배우다 온 친구예요. 동대문 카피랑은 차원이 다르다니까요. 예?"

아빠는 들은 척도 하지 않고 어디론가 전화를 걸었다. 엄마는 불안해하는 눈빛으로 외삼촌에게 얼른 청바지 갖고 사라져 달라고 호소하고 있었다. 난 바닥에 떨어져 있는 청바지를 주워 나한테 갖다 대 보고 있었다. 아빠가 수화기에다 대고 주문한 지 세 시간이 지났는데 왜 아직까지 김치가 안 오는 거냐고 고래고래 소리를 질렀다.

"이래 가지고 장사하겠어요? 못하겠으면 관두든가! 까짓 거래처 바꿔 버리면 그만이니까! 하루가 멀다 하고 이러면 나한테 장사 말아먹으라는 거예요, 뭐예요?"

아빠는 외삼촌 때문에 열불이 난 속을 괜한 김치 아저씨한테 폭발시키고는 외삼촌에게 고함을 질렀다.

"밥 다 먹었으면 어서 집에 들어가, 인마! 너 때문에 청바지만 봐도 속에서 신물이 올라오니까."

외삼촌은 내게서 그 디퀘인가 뭔가 하는 청바지를 빼앗아 무슨 예단이라도 되는 양 고이 접어 쇼핑백에 넣고는 말했다.

"매형, 후회하실 거예요. 전 어떻게든 자금 대 줄 사람 찾아서 다시 일어설 거예요. 인간 윤영호, 여기서 죽지 않아요!"

아빠가 콧방귀를 뀌었다.

"저 자식 저거 아직도 정신 못 차렸네. 야 인마, 너도 이제 나이가 서른하나야. 그만큼 나이 먹었으면 알아서 처신해. 네가 그러니까 경희인지 뭔지 하는 여자애도 떠난 거 아냐."

여자 얘기가 나오자 외삼촌은 만약 자기가 죽는다면 그건 아빠의 세치 혀 때문일 거라는 표정을 지었다. 하지만 다시금 여기서 죽지 않겠다는 말을 떠올렸는지 곧장 표정을 바꾸고는 쇼핑백을 들고 나가 차 트렁크에 집어넣었다. 그러고는 나를 한번 힐끗 쳐다보고는 운전석에 올라 그대로 차를 몰고 가 버렸다. 이러려고 찾아온 것인가. 하기야, 목적 없이 그냥 밥만 얻어먹으려고 찾아

왔을 리는 없었다.

외삼촌의 차가 떠나자 가게에 정적이 찾아왔다. 엄마는 말없이 그릇을 달그락거리며 설거지에만 매달렸고, 아빠는 신문을 뒤적거리며 나라 돌아가는 상황을 살폈다. 나는 거울에 세정제를 뿌려 마른걸레로 먼지를 닦아 냈다. 일견 평화로운 오후 풍경이었다.

6
문학 서바이벌

아침 자습시간에 『1Q84』를 읽었다. 허무식 선생이 추천한 책답게 그럭저럭 지루하지 않게 읽히는 맛이 있었다. 그래도 자습시간에 소설을 읽자고 결심하니 아침 6시 반에 일어나는 게 그렇게 괴롭지만은 않았다. 역시 사람은 자기가 좋아하는 걸 해야 한다.

내가 그 책에서 가장 흥미롭게 읽은 구절은 주인공이 이미 완성된 남의 소설을 고쳐 나가는 장면이었다. 양을 늘려서 설명이 부족한 부분을 보충하고, 필요 없는 부분은 과감히 쳐 나간다는 식의 문장이었다. 이유는 정확하게 설명할 수 없지만 난 그 부분이 맛있게 읽혔다.

쉬는 시간에도 쉬지 않고 소설을 썼다. 다섯 시간밖에 자지 못했기 때문에 수업 시간엔 꾸벅꾸벅 졸기 일쑤였지만 쉬는 시간에만은 눈이 또랑또랑해져서 소설 쓰기에 매달렸다. 이번에 쓰는 소설은 짬뽕 국물에 코를 박고 죽은 남자의 이야기였다. 어릴 때 외삼촌에게서 짬뽕 국물에 코를 박고 오 분 동안 있으면 코가 매워서 죽는다는 말을 들은 기억이 이 소설의 모티프가 되었다. 생각해 보면 말도 안 되는 얘기였다. 짬뽕 국물이 아니라 우동 국물이어도 오 분 동안 국물 속에 코를 박고 있으면 누구라도 호흡 곤란으로 질식할 것이다. 하지만 어릴 땐 외삼촌의 얘기라면 다 믿어서 짬뽕이란 무시무시한 음식이구나 하고 생각한 기억이 아직까지도 머릿속에 남아 있었다.

3교시는 문학이었다. 허무식 선생은 언제나 증조할아버지 옷을 물려 입은 것처럼 약간은 시대에 뒤떨어진 양복 차림이었다. 게다가 가슴 부근의 주머니에는 실크 손수건까지 꽂고 있었다. 본인은 그게 우아하다고 생각할지 몰라도 내 눈엔 올드패션 그 자체였다.

또 허무식 선생은 이 반에서 한 얘기를 저 반 가서 하기로도 유명했다. 전날 수업에 들어가서 할 멘트를 미리 짜 오는 모양이었다. 집에 방송 작가가 있는 것도 아닐 텐데 참으로 기이한 일이었다. 그는 21세기의 교육은 엔터테인먼트가 되어야 한다고 주장하는 보기 드문 '죽은 시인'이었다. 나는 남몰래 그의 별명을 '죽은 시인'이라고 부르고 있었는데, 그가 「죽은 시인의 사회」라는 영화 속에 나오는 로빈 윌리엄스 캐릭터와 비슷하기 때문이었다.

오늘 허무식 선생은 기분이 저조해 보였다. 이유는 알 수 없지만 무슨 부모님 상이라도 당하고 온 듯한 얼굴이었다. 인생무상하다는 표정을 짓고 있는 허무식 선생에게 아이들이 차렷, 경례를 하고 인사했다. 언제나 그랬듯 그는 뉴스에 나오는 현장 기자식 멘트로 답인사를 대신했다.

"오늘은 일주일 중 가장 시간이 안 간다는 수요일, 그것도 하루 중 가장 시간이 안 간다는 3교시에, 손으로 턱을 받치고 또 저 인간이 무슨 소리를 할까 반쯤 눈을 감은 채, 지루하게 학교에 화재 비상 경보등이 울리기만을 기다리는 명문여고 2학년 7반 여학생들에게, 우리의 영원한 우상 마이클 잭슨의 일주년 추모식에 대해 어떻게 생각하느냐고 물어봤~습니다."

아이들은 조용히 다음 멘트를 기다렸다. 허무식 선생이 아이들을 휘 둘러보고는 말했다.

"어어~ 오 분만 자요."

그의 유머를 이해한 3분의 1가량의 아이들이 시시덕거리며 웃어 주었다. 물론 나도 웃었다. 오 분 뒤에 웃었지만 말이다. 그의 유머는 항상 뒤늦게 이해되는 감이 있었다. 만약 재깍 웃긴다면 교단 대신 방송국 스튜디오에 서 있었을 테지만. 그는 여전히 우울한 표정으로 아이들에게 말했다.

"오늘은 마이클 잭슨이 타계한 지 일주년이 되는 날이다. 그렇다. 바로 일 년 전, 세계적인 팝 아티스트, 팝의 황제가 돌아가셨다. 수업이 끝나면 난 나처럼 그를 추억하는 동호회 멤버들과 함께 추모식을 거행할 것이다. 아마 방송국에서도 촬영을 나오겠지. 하지만 수업은 생방송이기에, 난 오늘도 교사로서 맡은 임무를 충실히 수행하려고 한다."

나는 연습장에 '생방송'이라고 썼다. 물론 거기엔 아무런 의미도 없었다.

"만약 내가 슬픔을 참고 수업을 하는데, 너희들이 협조해 주지 않는다면 내 노력은 쓸모없는 것으로 전락하고 말겠지. 오늘만은 내 슬픔 위에 절망이란 바윗덩어리를 올려놓고 싶지 않다. 오늘은 마이클 형님이 준 슬픔만으로도 내 몸을 가누는 게 힘에 부치기 때문이다."

그러더니 학생들 전체를 다시 한 번 휘 둘러보았다. 그는 스피치에 소질이 있었다. 아침 조회 때 교장 선생님 대신 연설을 해 준다면 환상적일 텐데.

"그러니 만약 너희들 중 졸고 싶거나 졸 것 같은 학생이 있으면 자리에서 일어나 서 있어 주길 바란다. 그리고 서서 졸아 주길 바란다. 그것이 팝의 황제를 향한 마지막 예의라고 생각한다. 난 너희가 고개를 숙인 채 서서 졸아 주면 그것을 묵념의 뜻으로 받아들이겠다. 두 손을 얌전히 모은 채 고개를 숙이고 서서 결코 비틀거리지도 마라. 울 필요도 없다. 알겠지? 자, 그럼 문제집 펼치자. 반장, 지난 시간에 어디까지 풀었지?"

언제부턴가 학교는 학원으로 변해 버렸다. 선생도 교과서 대신 서점에서 파는 문제집으로 수업을 진행했다. 문제집을 사지 않으면 수업을 들을 수 없고 대학에도 갈 수 없었다. 문제집이 왕이었다.

수업이 끝난 뒤 교실을 나가려는 허무식 선생을 붙들고 혹시 공모 소식이 들어온 게 없느냐고 물어보았다. 그의 슬픔은 알았지만 나는 마이클 잭슨이 좋은 곳에 가는 것보다 내가 '인 서울' 하는 게 더 중요했다. 허무식 선생은 내 앞머리를 마구 헝클어뜨리더니 친절한 목소리로 말했다.

"글쎄다. 팩스 함을 확인해 보지 않아서. 출근하자마자 계속 정신이 없었거든."

그는 정말로 정신이 없어 보였다. 난 고개를 끄덕이며 알겠다고 했다. 그가 발걸음을 돌리려다가 소설은 얼마나 썼느냐고 물어보았다. 나는 어젯밤 자기 직전에 침대에서 쓴 연습장 세 쪽 분량의 내용을 보여 주며 이제 시작이라고 말했다. 침대 위에서 썼기 때문에 글씨는 나조차도 알아보기 힘들 정도로 괴발개발이었다. 하지만 허무식 선생은 내가 장차 소설계의 여왕이 될 거라면서 연습장 한 장을 북 뜯어 거기에 사인을 하게 했다.

"사인요?"

"잔말 말고 해. '존경하는 허무식 선생님에게'라고도 쓰고."

내가 사인을 하자 그는 그 종이를 잘 접어 양복 안주머니에 집어넣고는 말했다.

"앞으로 네가 유명해지면 값이 많이 뛸 거다."

나는 피식 웃고는 말했다.

"죽으면 더 뛰겠죠."

허무식 선생은 어린 것이 잔망스럽다고 핀잔을 준 뒤 여전히 기운 없는 모습으로 교실을 나섰다. 팝의 황제 마이클 잭슨의 일 주년 추모식이라고? 그게 그렇게 온몸의 기운을 다 앗아갈 정도로 슬픈 일이란 말인가. 사람이 한번 태어났으면 죽는 게 당연한 거 아닌가. 하기야, 마이클 잭슨은 허무식 선생의 어린 시절을 지배할 정도의 우상이었을 거고, 나 역시 내 어린 시절의 우상이 먼 훗날 죽었다는 뉴스가 들려온다면 기분이 가라앉을 거라는 걸 짐작하는 건 그리 어렵지 않았다. 정말 인생이 무상하다는 생각이 들 것 같았다.

 나는 내 청소년 시절의 우상 이보험 작가가 이 다음에 나이 먹어 죽었다는 기사를 접하는 내 모습을 떠올렸고, 그건 다른 세상 속에 살고 있던 또 하나의 나 자신이 죽어 버린 것과 맞먹는 슬픈 일 수도 있다는 것을 깨달았다. 그러자 허무식 선생이 사라진 복도가 왠지 더욱 휑하게 느껴졌다.

 점심시간이었다. 급식을 받으려고 줄을 서 있는데 누군가 내 어깨를 툭툭 쳤다. 돌아봤더니 최고야가 특유의 미소를 지으며 서 있었다.

 "뭐야?"

 "네 어깨에 비듬이 앉아서 털어 준 거야."

 그 애가 왕따를 당하는 이유는 너무도 분명했다. 나는 형식적으로 고맙다고 대꾸하고는 다시 고개를 앞으로 돌렸다. 머리를 적어도 나흘에 한 번씩은 꼭 감는데 이상하게 비듬이 없어지질 않았다. 왜일까. 식판을 꺼내기 위해 상체를 숙였다 들어 올렸는데 최고야가 또다시 말을 걸었다.

"너 허무식 선생님이랑 사귀지?"

이게 무슨 식판에 삼겹살 구워 먹는 소리인가. 난 어이 없다는 표정으로 그 애를 돌아보며 말했다.

"뭐래? 하나도 재미없어."

"재미없었어? 난 재미있는데. 각 반마다 허무식 선생님 좋아하는 애들이 꽤 있더라고. 나도 좋아하고. 너 그 긴 학다리 봤어? 허벅지도 튼실해."

나는 괜히 옆에 서 있다가 나까지 이상한 애 취급 받는 게 아닐까 싶어 최고야와 살짝 거리를 둔 채 식판에 반찬을 퍼 담았다. 오늘은 내가 좋아하는 시금치 무침과 연근 조림이었다. 다른 애들은 모두 먹을 게 없다고 투덜거렸지만 난 이상하게 그런 자연식이 좋았다. 어쨌거나 아무리 왕따여도 같은 반이고 또 그 애의 미래가 걱정돼 나는 급우로서 따뜻한 조언의 말을 던져 주었다.

"너, 학교에서는 그런 말 안 하는 게 좋을 거야. 선생님들이 생활기록부에다 자기들 멋대로 이상한 말을 써 놓을 수가 있다고."

내 대꾸에 최고야가 눈빛을 빛내며 떠들었다.

"이상한 말? 쓰라고 하지 뭐. 까짓것 쓰라고 해. 하나도 안 무서우니까."

최고야는 정말로 무서운 게 없어 보였다. 식판을 책상에 놓고 가방에서 숟가락 통을 꺼내는데 갑자기 누군가가 내 옆에 책상을 붙이더니 자기 식판을 내려놓았다. 이번에도 최고야였다. 난 기겁했지만 겉으로는 그런 티를 내지 않으려고 애쓰며 말했다.

"뭐, 뭐야?"

"나 오늘부터 정수선 너랑 같이 먹을 거야."

이 무슨 마이클 잭슨 무덤에 뽕망치 두드리는 소리란 말인가. 나는 재빨리 주위를 둘러보았다. 다른 애들의 시선은 일제히 우리를 향해 활활 타오르고 있었다. 나까지 왕따 취급을 받게 될 위기였다. 지금까지 왕따가 아니었던 건 아니지만 난 엄밀히 말해 '자의적 왕따'였다. 내가 애들과 어울리기 귀찮아 일부러 커뮤니티를 만들지 않았다는 뜻이다. 하지만 최고야는 '타의적 왕따'였다. 최고야는 애들과 어울리고 싶어 했다. 다만 상대 쪽에서 놀아 주지 않을 뿐이었다. 그러니 최고야와 나는 급이 다르다고 할 수 있었다.

"난 누구랑 같이 먹으면 소화가 안 되는 체질이라서. 미안하지만 혼자 먹게 내버려 뒀으면 좋겠는데."

나는 그렇게 말하고 싶었지만 최고야는 이미 부랴부랴 책상을 붙이고 내 옆자리에 앉아서 국을 떠 먹고 있었다. 난 마음이 그렇게 모진 인간이 못 되었다. 그렇지 않았다면 진작에 최저 임금도 못 받고 있는 가게를 뛰쳐나와 맥도날드에서 감자를 튀기고 있을 것이었다.

나는 오늘 하루는 어쩔 수 없다 생각하고는 책상 앞에 앉아 숟가락을 들었다. 최고야는 요즘 빅뱅이 엄청나다는 둥, 특히 지드래곤의 웃는 얼굴이 귀여운데 언제 같이 음악 프로 공개 방송에 방청하러 가지 않겠느냐는 둥 쉴 새 없이 떠들었다. 난 최고야가 말하는 지드래곤이나 2NE1에 전혀 관심이 없었기 때문에 그냥 그러냐고 고개만 끄덕거려 주었다. 말을 씹고 싶었지만 내겐 그럴 만한 용기도 없었다. 게다가 최고야의 특기인 당당함은 왠지 나를 점점 구석으로 몰고 가고 있었다. 그래서인지 그만 얼떨결에 빅뱅의 예능 프로 녹화장에 함께 가기로 약속까지 해 버리고 말았다.

"그래도 확실하게 약속하긴 힘들어. 아빠 가게에서 알바 하거든."

아빠는 크리스마스 때도 명절 때도 가게 문을 절대 닫지 않았다. 밤에도 웬만해서는 텔레비전에서 애국가가 흘러나올 때까지 영업을 계속했다. 아빠가 가게 문을 닫을 때는 주변의 다른 식당들 간판 불이 죄다 꺼지고 길거리에 돌아다니는 사람이 술주정뱅이밖에 없는 시간이었다. 최고야는 무슨 가게를 하느냐고 묻더니 삼겹살 집이라는 소리에 언제 자기 가족을 데리고 함께 오겠다며 흥분했다. 자기는 고기 킬러라고 했다. 난 최고야가 왜 이렇게 내게 달라붙으려고 하는지 알 수 없었지만 아무튼 가게 매상을 올려 준다고 하니 굳이 내칠 필요는 없을 것 같았다.

"좋았어! 간만에 고기 맛 좀 보겠는데? 참, 허무식 선생님도 같이 가면 좋겠다. 넌 선생님이랑 친하니까 한번 말해 봐. 나도 선생님한테 입시 상담 좀 받을 겸 고기도 얻어먹게."

목적은 허무식 선생이었군.

"너 허무식 선생님 좋아해?"

최고야는 자기가 있는 티 없는 티 다 내 놓고 내가 무슨 점쟁이라도 되는 듯 놀라워했다.

"너, 어디 가서 절대로 이런 얘기 하면 안 돼. 내가 허무식 선생님 사랑한다고."

갑자기 입맛이 없어졌다. 이 애는 왠지 지구인이 아닌 것 같았다. 어디가 모자란 걸까. 우리 같은 고등학생이 서른일곱이나 먹은 허무식 선생을 사랑한다니, 그게 가당하기나 한 소리인가. 설사 사랑한다고 해 봤자 그게 인생에 무슨 도움이 된단 말인가. 나는 이 애로부터 해방되기 위해 숟가락질을 빨리 하며 말했다.

"알았어. 절대 안 할 테니까 안심해."

"고맙다. 정수선 넌 입이 무거울 것 같아서 왠지 불안하지가 않아. 참, 너 밥 먹고 허무식 선생님이 교무실로 오라더라? 아까 복도에서 만났는데 나한테 전해 달라고 하셨어."

"허무식 선생님이?"

최고야가 왜인지는 나도 몰라 하는 표정으로 고개를 끄덕였다.

나를 기다리는 건지 허무식 선생은 책상에 앉아 진지하게 컴퓨터로 뭔가를 하고 있었다. 반 애들의 성적 조회를 하는 것일까. 표정이 너무 진지해 방해될 것 같아 조용히 허무식 선생의 옆으로

가 섰다. 고개를 앞으로 내밀고 책상 밑 유리판에 비친 컴퓨터 모니터를 보니 장기판 위에서 장기 시합이 한창이었다.

"장기도 둘 줄 아시네요. 전 알까기밖에 못하는데."

허무식 선생은 깜짝 놀라 고개를 들더니 혼이 나간 표정으로 나를 쳐다보았다. 흡사 몽유병 상태에서 장기를 두다 잠에서 깬 사람 같았다.

"괜찮으세요?"

"아, 음, 그래. 점심은 먹었니?"

"네. 최고야한테 저더러 오라고 하셨다면서요?"

허무식 선생은 재빨리 마우스를 움직여 EXIT 아이콘에 갖다 댔다. 하지만 왠지 클릭하지 못하고 망설이다가 나를 올려다보며 애원했다.

"수선아, 미안한데 선생님 이거 한 판만 마저 두면 안 될까? 장기라는 게 그냥 심심풀이인 것 같아도 지면 기분이 더럽거든."

최고야가 허무식 선생을 좋아하는 이유를 알 것도 같았다. 둘 다 외계에서 왔기 때문이다. 나는 그러시라고 하고는 창가에 기대선 채 인터넷 장기가 끝나길 기다렸다. 장기를 가르쳐 주려고 부른 건 아닌 게 분명했다.

교무실 창가에 서서 운동장을 내다보니 기분이 좀 색달랐다. 마치 교사의 눈으로 학생들을 관전하고 있는 기분이었다. 치마를 입은 채 운동장에서 타조처럼 뛰어다니는 여자애들을 보니 가슴만 컸지 머리에 피가 아직도 안 말랐구나 하는 생각이 들었다.

그렇게 삼 분쯤 있었을까. 마침내 허무식 선생이 나를 불러 책상 앞에 앉게 했다. 다른 선생들은 잠을 자거나 전화 통화를 하거나 책을 읽고 있었다. 동료 교사와 고구마를 나누어 먹으며 수다를 떠는 선생도 있었다. 교실이나 교무실이나 그게 그거였다.

허무식 선생이 접속한 곳은 문학 공모 정보가 꾸준히 업데이트되는 공모 전문 사이트였다. 그곳에는 이미 지나간 태산여대의 백일장부터 시작해서 율곡 이이의 정신을 기리는 '천 원짜리 청소년 문학상', 세종대왕의 업적을 기리는 '가나다라 백일장', 장영실 문화 재단의 '타임머신 문학상'을 비롯하여 전국 대학교에서 주최하는 백일장까지, 공모란 공모 정보는 다 모여 있었다. 허무식 선생은 그 게시물들을 하나씩 일일이 열어 보이며 내게 말했다.

"어때, 해 볼 만하지? 투지가 불타오르지?"

솔직히 말하면 난 대한민국에 이렇게 청소년 공모가 많은지도 지금 처음 알았고, 이 대회들의 반 정도만 참가해서 상을 타도 대학은 충분히 갈 수 있겠다는 생각에 오금이 저려 왔다. 어쩌면, 어쩌면 말이다, 난 반에서 10등 안에 드는 애들과 비슷한 점수 대의 대학에 입학할 수 있을지도 모른다. 오로지 소설에만 승부를 걸어서 말이다. 난 허무식 선생의 말에 동의한다는 뜻으로 고개를 끄덕였다.

"보기만 해도 군침이 넘어가지 않냐? 정수선, 너라면 할 수 있어. 내가 가만히 보니까 이 대회라는 건 말야, 매번 타는 애들이 또 타더라고. 한마디로 휩쓸 수밖에 없는 구조인 거지. 연말 가수 시상식 대상도 받는 애들이 또 받고 그러잖아? 천재란 그래서 시기와 질투를 받는 거지."

"제가 천재예요?"

나는 내 귀를 의심하며 물었다. 허무식 선생이 장기 수를 두듯 마우스를 경쾌하게 누르며 말했다.

"아니. 천재는 타고나는 거지. 그런 의미에서 넌 천재는 아냐. 단지 둔재는 아닐 뿐이지."

뭐야, 도대체 어느 장단에서 춤을 춰야 하는지 알 수가 없었다. 그가 게시물 하나를 열어 내게 보여 주며 말했다.

"봐, 장기에서도 '킹'을 먹으면 게임 끝나는 거야. 여기 있다. 비키로타키 재단 청소년 문학 공모."

비키로타키라면 변비약으로 유명한 제약 회사 아냐? 비키로타키 그룹은 제약 분야 말고도 보험, 출판, 서점 사업으로도 그 명성을 널리 떨치고 있는 대한민국 대기업의 요체라고 할 수 있는 곳이었다. 허무식 선생이 계속해서 말했다.

"들어 봤어? 비키로타키 재단은 비키로타키 생명 산하의 교육 문화 재단이라고 볼 수 있지. 여기 이사장이 변창훈인가 하는 사람인데 중학교까지밖에 배우질 못해서 그 한으로다가 교육 재단을 만들었다지 아마? 그러고 보면 참 세상만사 다 부질없지. 애들 하나라도 더 대학 보내겠다고 이렇게 악다구니를 쓰고 있는 우리 같은 사람들을 생각하면 말이야. 대학 가면 뭐해? 대학 안 가도 이렇게 돈만 잘 벌어 남의 집 자식들 교육까지 지원해 주는데. 안 그러냐?"

나는 다른 선생들이 들을까 봐 겁내며 주위를 둘러보았다. 다행히 체육 선생이 큰 목소리로 어떤 학생을 혼내고 있어서 허무식 선생의 헛소리는 전파되지 않은 것 같았다. 선생은 그런 내 걱정을 아는지 모르는지 대한민국 교육계의 현실을 계속 개탄했다.

"나도 서울대만 나오면 인생이 무슨 꽃길일 줄 알았다 이거야. 아무 걱정이 없을 줄 알았지. 하지만 대학? 그거 아무것도 아니다. 너. 대학 문턱도 못 밟아 본 놈이 무슨 피자 체인점인가를 내서 지금 아파트가 몇 채인지 아냐? 에이, 내가 말을 말아야지. 수선이 너, 한 가지만 잘해. 그럼 먹고사는 데 지장 없으니까. 괜히 돈도 안 되는 거 이것저것 잘하려고 하지 마. 알았냐? 소설 잘 쓰면 소설만 써."

난 대충 알겠다고 고개를 끄덕이고는 이 비키로타키 문화 재단에서 주최하는 공모가 중요한 거냐고 물었다. 그가 다른 건 다 생략하고 이 공모만 보여 주는 걸 보면 뭔가 무게가 다른 것 같아서였다. 그는 자기 옆의 소형 냉장고에서 1,000리터짜리 우유를 꺼냈다. 그러고는 헬스장에서 파는 것 같은 플라스틱 물통에 우유를 가득 쏟아부은 후 초코 분말 가루를 꺼내 통에 넣고 바텐더처럼 흔들었다. 나는 내게 주려는 줄 알고 약간 긴장했다. 하지만 그는 통을 계속 흔들어 대며 말을 이었다.

"가장 중요한 건, 캠프가 있어."

"캠프요?"

"그래. 청소년 문학 캠프. 일종의 백일장 같은 건데, 일단 예심에서 한 스무 명 정도를 추려서 그 애들만 데리고 수원인가 가평인가에 있는 인재 개발원으로 데리고 들어가는 거야. 사법고시 높은 점수로 패스한 애들만 데리고 산속으로 들어가는 것처럼 말이지. 무슨 로펌 같은 분위기가 나지."

로펌? 그게 뭐지?

"그리고 거기서 캠프파이어도 하고 심사 위원들이랑 얘기도 나누게 하고 강의도 듣게 하면서 머리를 일종의 문학적 진공 상태로 만들어 두는 거야. 그리고 마지막 날 드디어 백일장을 개최하는 거지. 수선이 너도 들어 봤는지 모르겠지만 청소년 공모, 이 바닥에도 엄연히 비리, 로비, 룰 같은 게 존재해서 누군가 대신 써 준 것, 혹은 있는 작품을 표절하거나 도용하는 사태가 가끔 발생한단 말이지. 그런 폐단을 미연에 방지하기 위해서 재단에서는 백일장 작품을 예심 통과 작품보다 더 비중을 두고 평가하는 시스템을 구축한 거야. 알겠어? 네가 아무리 예심 통과작을 그럴듯하게 써내더라도 이 문학 캠프에 참가해서 쓴 백일장 작품이 그저 그러면 넌 아예 상을 못 받거나 아니면 똥상이나 참가상 정도밖에 못 받게 된다고."

말하는 눈빛이 너무 무서워서 눈을 똑바로 쳐다보지 못하고 모니터로 눈을 내리깔았다. 아무래도 그는 내가 한 번 상을 탔다고 해서 나를 청소년 문학계의 J.D 샐린저로 만들 생각인 모양이었다. 그건 좀 부담스러운데. 난 알겠다고 고개를 끄덕였다. 허무식 선생은 자기 말에 자기가 흥분해서는 물통 뚜껑을 돌려 열고 초코 분말을 탄 우유를 벌컥벌컥 들이켰다.

"이렇게 마셔 줘야 근육이 계속 유지가 되거든. 내가 어디까지 얘기했지?"

"문학 캠프 가서 잘하라고요. 그게 중요하다고."

"그래. 비키로타키 재단 공모는 청소년이라면 누구나 한 번쯤 도전해 볼 만한 가치가 있어. 소설에 별 재능이 없거나 작가가 꿈이 아니라고 해도 말이야. 뭐랄까. 아주 독특하거든. 아직 스무 살도 채 안 된 놈들을 상대로 서바이벌 게임을 벌이는 거나 마찬가지지. 철저히 살아남을 수 있는 강한 녀석들만 발굴하니까. 그러니 그 게임에서 낙마하더라도 지금 나이에 그렇게 생생하고 처절한 패배감을 느껴 볼 수 있는 기회는 흔치 않으니 한 번쯤 도전해 봐도 손해는 아냐."

지금 나더러 처절한 패배감을 맛보라는 건가?

"서바이벌 게임이라뇨? 백일장이라고 하지 않으셨어요?"

나는 내가 잘못 들은 게 아닌가 하고 다시 물었다. 아무리 대학이 급하다 해도 문학 캠프에서 총에 맞고 싶진 않았다. 그가 고개를 저으며 말했다.

"백일장이지. 하지만 단순한 백일장이 아냐. 정해진 시간 내에 정해진 주제로 글을 쓰는 게 전부라고 생각하면 큰 코 다치지. 대부분은 잘 모르고 가지만, 이건 뭐랄까……. 정수선, 넌 운이 대단히 좋은 케이스야."

"운이 좋다고요?"

그가 고개를 끄덕였다. 마치 선글라스를 쓰고 있는 것처럼 표정을 제대로 읽어 낼 수가 없었다. 그럴 때의 허무식 선생은, 마치 음모를 꾸미고 있는 배고픈 사냥꾼처럼 보였다. 그가 두 손을 무릎 위에 얌전히 올린 뒤 다리를 꼬며 말했다.

"뭐, 아직 시간이 있으니까 지금부터 다 알 필요는 없겠지. 일단 정수선 네가 할 일은 예심 통과작을 쓰는 거야. 무조건 통과해야 해. 무슨 말인지 알겠나?"

하지만 나는 모니터 한 면을 가득 메운 다른 공모들에도 눈길이 갔다. 상을 하나 타는 것보다는 수십 개 타는 게 대학 가는 데 더 유리하지 않을까. 그게 가능하다면 말이다.

"네. 근데 선생님, 가장 가까운 공모가 어느 학교 거예요? 날짜를 알아야 지금 쓰고 있는 소설을 기한에 맞춰 완성할 수 있을 텐데."

그는 이번엔 다리를 반대쪽으로 바꿔 꼬았다. 그리고 나를 딱하다는 듯한 시선으로 쳐다보았다.

"정수선 넌 나한테 많이 배워야겠다. 정말 대학에 가고 싶은 거 맞냐? 정보가 그렇게 없어서야, 원. 잘 들어. 비키로타키 공모에서 수상하는 건 이런 자잘한 대회 스무 군데에서 수상하는 것과 맞먹는다. 파리를 젓가락으로 하나씩 잡을래? 아니면 이따만 한 파리채로 한 방에 때려잡을래?"

"……."

"왜 대답이 없어?"

"한 방에요."

사실 파리 따위는 별로 잡고 싶지 않았다. 그가 훈계를 계속 늘어놓았다.

"그래. 한 방에 잡아야 이 허무식 선생의 제자겠지. 다른 공모에선 다 탈락해도 좋다고 생각해라. 오직 이 비키로타키 공모에만 집중하도록 해. 그러면 네가 원하는 나머지 것들은 자연스럽게 해결될 테니까."

하지만 난 그의 말을 믿을 수 없었다. 상금 때문에라도 더 많은 대회에 도전하고 싶었던 것이다. 나는 최저 임금에도 미치지 못하는 돈을 받으며 아빠에게 노동력을 착취 당하는 불쌍한 문학소녀였다. 하지만 허무식 선생이 또다시 불호령을 내릴까 봐 다른 대회에도 나가겠다는 말은 차마 하지 못하고 있었다.

"근데요 선생님, 비키로타키 공모에서 수상하면 뭐가 좋은 거예요? 그러니까 상금이나 그 밖의 기타 특전 같은 것 말예요. 어느 대학에 갈 때 유리하다, 하는……."

"아, 내가 그걸 말 안 했나?"

그는 자세를 고쳐 앉더니 기지개를 켜며 아무렇지도 않은 투로 말했다.

"상금은 1억."

허무식 선생은 교사가 되지 않았다면 정말로 연예계로 들어갔을 것이다. 1억이라는 허무식 선생의 말에, 지금껏 우리를 투명인간 취급하던 주변의 선생들이 갑자기 일제히 우리 쪽을 쳐다보았다. 마치 쳐다보면 1억의 십 퍼센트를 준다고 말한 것처럼 말이다.

"농담이시죠?"

웃으며 말했지만 허무식 선생은 진지했다.

"오늘은 마이클 형님 때문에라도 농담 같은 건 안 하고 싶다. 1억이야. 서바이벌 게임에서 살아남는 최후의 일인에게만 주는 상금이지. 나머지 2, 3, 4등은 그냥 백만 원, 이백만 원 정도고. 그렇다고 2등 했다고 자살하거나 난동 피우면 안 된다."

아니 뭐 그런 백일장이 다 있어? 청소년 백일장이 아니라 무슨 경마나 카지노 게임에 출전하는 기분이었다.

"진짜 1억을 준단 말이에요?"

다른 선생들이 수군거리는 소리가 들려왔지만 허무식 선생은 교무실에 우리 둘만 있는 것처럼 별로 신경 쓰지 않았다.

"못 믿겠으면 인터넷에 접속해 봐. 물론 집에 가서."

그러더니 그는 손목시계를 보며 나 때문에 점심시간을 그냥 낭비했다느니 운동장에 나가서 운동도 못했다느니 하면서 불평을 해 댔다. 나는 그를 놀려 줄 심산으로 평소 치지도 않던 애드리브를 치고야 말았다.

"만약 상금이 정말 1억이라면 선생님한테 이십 퍼센트 떼어 드릴게요."

그러자 허무식 선생은 갑자기 표정이 굳어지더니 재빨리 계산기를 두들겼다. 그러고는 내 얼굴을 들여다보며 말했다.
"이천이다."
"네?"
"이십 퍼센트. 이천만 원이라고."
그러더니 그는 당장 계약서를 써야 한다는 둥, 교무실에 있는 모든 선생들이 증인이라는 둥 헛소리를 해 대기 시작했다. 언제 돌아왔는지 우리 담임이 고개를 빼꼼히 내밀면서 허무식 선생에게 물었다.
"누가 상위 이십 퍼센트예요?"
담임의 머릿속에는 항상 석차밖에 없었다. 버스에 탈 때도 10등 이후의 사람들은 태우지도 말고 그냥 가자고 할지도 모른다. 허무식 선생이 담임에게 말했다.
"아, 글쎄 이 녀석이 공모에서 상금을 타면 저한테 이십 퍼센트를 떼어 준다지 뭡니까. 하하하. 오래 살고 볼 일이죠."
그러자 담임이 너 제정신이냐는 표정으로 나를 쳐다보더니 다시 허무식 선생에게 말했다.
"허 선생님은 농담도 참."
하지만 표정을 보건대 자기한테는 뭐 없느냐는 듯 아쉬운 얼굴이었다. 미안하지만 담임에게는 그런 '농담'조차 하고 싶지 않았다. 때마침 수업 예비종이 울렸고 내가 가 보겠다고 하자 허무식 선생은 자리에서 벌떡 일어서더니 내 어깨를 붙잡고 이상한 기합

같은 것을 넣어 주었다.

"으랏차차! 으랏차차! 얄라숑 얄라숑, 빠라빠빠, 빠라빠빠!"

나는 멍하니 서서 허무식 선생에게 일인 기합을 받았다. 자신의 몸에 있는 기를 나한테 다 불어넣어 줬는지 선생이 기운 빠진 목소리로 몸을 추스르며 말했다.

"자세한 얘기는 나중에 수업 끝나고 하도록 하자. 문자 보낼 테니 부르면 즉각 뛰어오고. 알았냐?"

"네. 근데 알바 할 땐 못 와요."

"지금 알바가 문제…… 후, 아니다. 아무튼 일단 가 봐."

난 고개를 꾸벅 숙여 인사를 하고는 교실로 달려갔다. 이래서 최고야가 자꾸만 나랑 허무식 선생을 엮으려고 들었군. 점심시간 내내 붙어 있었으니 보기에 따라선 굉장히 돈독한 사이처럼 보일 수도 있을 것 같았다.

7
밀리언달러 스튜던트

 가게 근처에 있는 PC방에 들러 인터넷으로 공모 정보 사이트에 들어가 보니 허무식 선생의 말은 거짓이 아니었다. 정말로 비키로타키 주최 공모에서 1등을 하면 상금 1억에 대한민국 최고의 명문대들인 수탁대, 가축대, 염소대(일명 SKY대)에 문학 특기자 특별 전형으로 입학할 수 있다는 공고가 올라와 있었던 것이다. 물론 수능의 최저 학력 기준이 3등급 이상이어야 한다는 마지노선이 있긴 했지만 상금만 봐도 도저히 포기할 수 있는 대회가 아니었다. 상금 1억을 타면 다른 애들과는 완전히 다른 출발선에서 인생을 다시 시작할 수 있게 될 것이다. 어쩌면 아빠의 빚도 갚고 가게를 정리할 수 있게 될지도 모른다.
 나는 이 사실을 아빠에게 알려 주기 위해 한 장에 이백 원이나 하는 인쇄비를 들여 공고문 석 장을 출력했다. 그러고는 공모에 대해 조금 더 검색해 보았다. 그랬더니 비키로타키 문화 재단 사이트 내에 공모에 대한 더 자세한 설명이 나와 있었다. 전년도 캠프 참가자들과 그들의 캠프 체험기, 그리고 이제까지의 수상자 명단이 아르바이트 출퇴근 기록표처럼 완벽하게 정리되어 있는 걸 볼 수 있었다. 전년도 수상자 코너를 클릭하자 학생들의 이름과 사진, 캠프 체험기, 심사평, 작품 등이 게시되어 있었다. 전년도 대상은 수탁대에 입학한 조성우 군이었다. 공부도 꽤 했는지 수능 3등급이란 마지노선을 넘어 기어코 SKY대에 들어간 모양이었다. 독한 놈. 글만 잘 쓰기도 힘든데 공부까지 잘하다니. 3등급이면 내겐 신의 영역이었다. 수리 영역을 밧줄로 꽁꽁 묶어서 해저 2만리 밖으로 내다 버리지 않는 이상, 난 3등급은 문턱도 밟아 볼 수 없는 입장이었다.

난 홈페이지에 게시된 대상 수상자의 백일장 작품도 같이 출력했다. Q&A 게시판을 보니 벌써부터 많은 학생들이 비키로타키 청소년 문학상에 참가하기 위해 질문을 스무 페이지 넘게 올려놓은 상태였다. 관리자가 첫 글을 올려놓은 게 불과 일주일 전인데 이렇게 많은 질문이 올라와 있는 걸 보니 새삼 대한민국 고등학생들의 출세에 대한 뜨거운 열망을 실감할 수 있었다. 어딘가에서는 문학 과외가 암암리에 이루어지고 있을지도 몰랐다.

놀라웠던 것은 내가 잠깐 프린터기에서 인쇄물을 들고 자리로 돌아오는 사이에도 질문이 올라와 앞의 글들이 밀려 있다는 사실이었다. 그 많은 질문에 댓글을 달아 주려면 관리자가 한 명으로는 어림도 없을 것 같았다.

난 흥분으로 요동치는 가슴을 심호흡해서 간신히 진정시킨 후 질문들을 천천히 읽어 보았다. 예심 결과는 언제 나오냐, 마감 소인일 유효하냐, 예심 응모작 분량을 꼭 70매 안팎으로 맞춰야 하냐, 100매가 넘으면 안 되냐 같은 것들이었다. 관리자가 댓글을 달아 주지 않은 질문들에는 다른 참가 예정자들이 직접 댓글을 달아 주기도 했다. 문학상 담당자에게 전화해 봤는데 이렇다더라, 하는 식의 답변들이었다. 하지만 그 말들을 곧이곧대로 믿었다가는 큰 코 다칠 수도 있었으므로 모르는 건 담당자에게 직접 전화를 걸어 확실히 물어보는 게 좋을 것 같았다.

참가 예정자들은 벌써부터 자기들끼리 카페나 클럽 같은 커뮤니티를 만들어 정보를 주고받거나 친목을 다지고 있었다. 자기들은 반드시 예심을 통과할 거라 확신하는 분위기의 카페도 있었는데, 그 대단한 자신감들은 어디서 나오는 것인지 알 수가 없었다. 그때 아빠가 핸드폰으로 전화를 걸어왔다. 이건 핸드폰이 아니라 족쇄였다.

"어디야? 예약 손님 있다고 6시까지 오란 말 못 들었어?"

"아, 알았어. 알았다고."

난 전화를 끊고는 서둘러 계산한 뒤 어두컴컴한 지하 PC방을 빠져나왔다.

8
나를 주인공으로 써라

다음 날, 수업이 끝나고 교실을 나와 1학년 애들이랑 섞여서 학교 건물을 빠져나오는데 허무식 선생에게 전화가 걸려 왔다.

"어디냐?"

어쩐지 교무실에서 나를 내려다보고 있는 것 같은 느낌이 들었지만, 설마 그럴 리가. 나는 괜히 교무실 쪽을 올려다보며 말했다.

"운동장인데요?"

"그래? 그럼 잠깐만 기다려."

나는 수위실 앞에 서서 잠자코 기다렸다. 잠시 후 허무식 선생이 사랑의 매를 들고 성큼성큼 이쪽을 향해 걸어오는 게 보였다. 흡사 누구를 때리러 오는 사람 같았다. 예전에 허무식 선생에게 회초리로 목덜미를 맞은 적이 있었다. 그날은 허무식 선생의 기분이 상당히 저기압인 날이었는데 내가 지각한 벌로 토끼뜀을 세 번 하고는 다섯 번 했다고 거짓말해서 나를 야단친 것이었다. 그는 처음부터 내 뒤를 내리치려고 벼르고 있었다. 그래서 허무식 선생을 다른 선생들보다 좋아하긴 하지만 아직 그의 인간성을 크게 신뢰하지는 않는다.

허무식 선생이 내 쪽으로 걸어오자 갑자기 수위 아저씨가 나와 구십 도로 인사했다. 선생들에게 잘 보여야 일을 오래할 수 있기 때문인가? 아무튼 수위 아저씨가 지각 때마다 매번 얼굴을 보는 나는 본체만체하면서도 유독 허무식 선생에게만 깍듯한 이유를 알 수 없었다.

허무식 선생은 주위를 두리번거리더니 혼자냐고 물었다.

"아시잖아요. 저 왕따인 거."

농담으로 한 말이었는데 그는 심각한 표정으로 내 정수리를 한 번 쓰다듬었다.

"소설 쓰는 녀석은 좀 그래도 돼. 사람들이랑 너무 어울리면 기가 쇠약해져."

"기요?"

"그래, 문학에는 기가 생명이거든."

그는 갑자기 내게 교복 넥타이는 어디다 팔아먹고 왔느냐고 선도부 담당 교사처럼 굴더니 상계역 부근의 커피숍 '앵두나무 그늘 아래'를 아느냐고 물었다. 뭐 그런 이름의 커피숍이 다 있나 내가 어리둥절해하자 그럼 '마천루'는 아느냐고 물었다. 내가 아는 건 맥도날드나 뽀뽀루 분식집 같은 것뿐이라고 하니까 그는 그럼 맥도날드에서 기다리라고 말하고는 오천 원짜리 지폐 한 장을 내게 건넸다.

"이게 뭐예요?"

"먼저 가서 햄버거나 시켜 먹고 있어, 짜샤."

"아니에요. 저도 돈 있어요."

설마 거절 한 번에 도로 거두는 건 아니겠지? 다행히, 허무식 선생은 내 보조 가방 속에 억지로 지폐를 찔러 넣어 주고는 몽둥이를 흔들며 다시 학교로 들어가 버렸다. 지금이 3시니 아르바이트 시작 시간까지는 아직 두 시간 반 정도 남아 있었다.

허무식 선생은 내가 맥도날드에서 햄버거를 다 먹고 감자튀김을 깨작거리며 잡지를 보고 있을 때에야 도착했다. 잠깐 시간을 내서 온 것이기 때문에 빨리 말하고 들어가 봐야 한다며 자리에 앉자마자 바쁜 척이었다. 나는 잡지를 치우고 그의 말을 들을 준비를 했다. 그는 들고 온 쇼핑백에서 서류 뭉치를 꺼내 내게 건넸다. 살펴보니 어제 본 사이트에서 출력해 온 공모 요강들이었다. 난 그를 쳐다보며 물었다.

"어젠 비키로타키 공모만 노리라면서요?"

"그랬지. 그런데 작전이 바뀌었어."

"네?"

"이제부터는 특별 훈련이다. 넌 이제까지와는 전혀 다른 사람이 되어야 해. 내 말, 무슨 뜻인지 모르겠지?"

나는 허무식 선생이 상금 1억 때문에, 그리고 내가 이십 퍼센트를 준다는 것 때문에 이러나 황당해서 아무 말도 하지 않았다. 내가 1억을 탈 수 있을 리가 없잖은가. 난 내가 아무리 소설을 잘 써도 결국은 받을 사람이 받게 될 거라고, 시궁창 같은 현실을 꿰뚫어보고 있었다. 분명히 재단과 관계 있는 학생이 받을 거라고 말이다. 하지만 그는 자신의 소신을 분명히 갖고 있었다. 가끔 텔레비전에 나와 큰 소리로 싸우는 정치인들처럼 자신의 입장과 주장을 굽히지 않았다.

"알 리가 없겠지. 너, 정말 대학 가고 싶냐?"

당연한 거 아냐? 수도권 내에 있는 4년제 대학에 갈 수 있다면 아르바이트를 몇 개씩 해서라도 학비를 마련해 볼 생각이었다. 난 진지했다. 내 대답을 들은 허무식 선생이 말했다.

"그래. 그럼 비키로타키 공모에서 1등을 해. 그것만큼 확실한 길은 없다. 비록 SKY대는 무리일지 몰라도 그 밑으로 깔린 웬만한 4년제 대학들은 무리 없이 갈 수 있을 거다. 지금부터 내가 너의 코치다. 따라서 복창한다. 허무식 코치님."

뭐야, 어젯밤 세계 빙상 선수권 대회라도 봤나? 하지만 일단 시키는 대로 하는 수밖에 없었다. 날 도와줄 사람은 이 외계인 같은 선생밖에 없었다. 게다가 예전에 들은 소문에 의하면 그는 신춘문예에도 당선된 경력이 있다고 했다. 그는 나의 코치이자 선배님이나 마찬가지였다.

"허무식 코치님."

"좋다. 앞으로는 학교에서건 밖에서건 나를 코치님이라고 부른다. 그리고 소설을 쓰는 데 방해가 되는 물건들은 모조리 치운다. 어디에서? 네, 그 대가리에서."

대가리라니. 뭐야, 자기가 진짜 브라이언 오서 코치쯤 된다고 생각하는 거 아냐? 하지만 난 반항하지 않고 고개를 끄덕였다. 나는 심한 모욕만 주지 않으면 웬만한 것들은 그냥 참고 넘어가자는 박애주의자에 가까웠다.

"하지만 가게에서 알바 하는 건 어떻게 할 수가 없어요. 아니면 선생님이 우리 아빠한테 찾아가서 말씀 좀 해 주세요. 저 대학에 가야 한다고. 따님 대학에 보내려면 공모에 주력해야 한다고. 제가 몇 번이나 말해 봤지만 씨알도 안 먹혀요. 가게에서 뛰쳐나갔다가 붙잡힌 적도 있어요. 선생님이 아빠를 직접 찾아가서 말씀해 주시면 우리 아빠도 한 번쯤은 진지하게 생각해 볼 거예요. 고기 집에서 서빙하는 거, 진짜 적성에도 안 맞고, 글은 글대로 못 쓰겠어요. 아주 죽겠다고요."

그는 감자튀김을 마치 새가 먹이를 쪼듯이 빠른 동작으로 집어 먹고는 냅킨으로 손에 묻은 기름을 닦아 냈다. 그러고는 말했다.

"어쩌면 방법은 여러 가지일지도 모른다. 일을 하면서도 소설을 쓸 수 있는 방법이 있을지도……."

"……."

"음. 아무튼 그건 차근차근 생각해 보도록 하자."

대신 허 코치는 지금 자신이 나를 도울 수 있는 방법에 대해 얘기해 주었다. 내가 비키로타키 공모에 나가 우승하려면 트레이닝이 필요하다면서 다른 작은 대회들을 그 트레이닝의 연습실로 삼으라고 조언했다.

"비키로타키 공모는 매년 그 내용을 조금씩 달리해 왔지만 기본적인 골격은 변함이 없다. 속도와 완성도. 답은 그 두 가지다. 문학 캠프 때 하는 백일장에서 누가 더 빠른 시간 안에 새롭고 완성도 있는 이야기를 써내느냐가 승부를 좌우한다. 시간을 무조건 엄수해야 해. 그리고 두 번째로 중요한 것이 있다. 뭘 것 같냐?"

나는 잠시 생각해 보았다. 소설 쓰기에서 중요한 것. 인내? 잡다한 지식? 허 코치는 내 대답을 기다리지 않고 정답을 말했다. 내가 맞혀 보고 싶었는데 말이다.

"바로 관찰력과 상상력이다. 소설가는 반 관상쟁이가 되어야 한다. 그 사람을 보면 그 사람이 특정 상황에서 어떻게 행동할지 알아맞혀야 한다. 걸음은 어떤 식으로 걸을지, 음식을 뭘 좋아할지, 어떤 패션을 즐기고, 어떤 애인과 친구를 사귀고 있을지까지도 유추해 낼 수 있어야 한다는 얘기다. 이 훈련을 끝내고 나면, 넌 지하철역 한복판에 파라솔과 돗자리를 깔아 놓고 점을 봐 줘도 먹고살 수 있을 것이다. 알겠냐?"

"네."

하지만 관상쟁이로 먹고살고 싶지는 않았다.

"작년에 대회에 출전한 네 선배가 세 명 있었는데 두 명은 예심에서 탈락하고 한 명만 본심까지 진출했다. 본심에 출전했다는 말은, 문학 캠프에 참가하고 백일장에도 도전했다는 얘기다. 백일장에는 총 열다섯 명의 예심 통과자들이 참가해 실력을 겨뤘지만 네 선배는 결국 3등 안에도 들지 못했다. 그냥 참가상 정도만 받았지. 쪽팔린 얘기다. 걔는 워낙 긍정적인 애라서 본선에 참가했다는 사실만으로도 만족한다고 얘기했지만 말이다. 그렇지만 정수선 너는 절대로 그런 얘기를 믿어선 안 된다. 네가 본선에 올라간 건 당연한 일이라고 생각해야 한다는 말이다. 내 말 무슨 뜻인지 알겠냐?"

난 고개를 끄덕이고는 주변을 둘러보았다. 허무식 코치의 목소리가 너무 커서 왠지 사람들이 쳐다볼 것만 같았다.

"그러니까 자신감을 잃지 말라는 말씀이시죠?"

"그렇다. 무슨 일이 있어도 겸손해지지 마라. 아무리 강한 상대를 만나도 쫄지 마. 넌 그보다 더 강해질 수 있으니까. 나만 믿어라. 알겠냐?"

그놈의 '알겠냐' 좀 그만할 수 없나? 그래도 난 계속 고개를 끄덕여 주었다.

"근데 선생, 아니 코치님. 궁금한 게 있어요. 전에 그러셨잖아요. 비키로타키 백일장은 다른 백일장이랑은 좀 다르다고. 뭐가 어떻게 다르다는 거예요? 그냥 주제가 주어지면 시간에 맞춰 써서 제출하기만 하면 되는 거 아니에요?"

허 코치는 겨드랑이에 팔짱을 낀 채 그건 자기가 차차 말해 주겠다고 했다.

"트레이닝은 오늘부터 당장 시작한다. 석 달 남짓 남은 비키로타키 공모 예심까지, 너는 지금과는 전혀 다른 인간이 되어 있어야만 한다. 연습을 하고 네 능력이 얼마나 향상됐는지 일주일에 한 번씩 테스트를 할 거야. 수능을 대비한 모의고사랑 비슷하다고 생각하면 된다."

모의고사라고? 공부하기 싫어서 소설을 쓰려고 했건만, 아무래도 멧돼지 피하려다가 호랑이 굴로 들어간 것 같았다. 죽상을 짓고 있는 나를 아랑곳하지 않고 허 코치가 말했다.

"일단 이번 주의 미션은 한 시간에 A4용지 한 장 메우기다. 지금은 완성도보다는 시간에 신경 쓰는 게 나아. 문장 같은 건 나중에 고치면 되니까. 무조건 한 시간에 한 장이다. 그리고 시험 시간은 매주 금요일 오후 3시 반이다. 3시 반에 여기 이 자리에서 실시한다. 물론 시간은 내가 잰다."

허 코치가 소매를 살짝 걷어 자신이 손목에 차고 있는 카시오 전자시계를 슬쩍 보여 주었다. '농담하시는 거죠?'라고 묻고 싶었지만 이렇게 나를 붙잡아 주는 사람도 없을 거란 생각에 최대한 그의 비위를 맞추기로 했다. 담력 테스트 삼아 저 찻길로 뛰어들라는 것도 아니지 않은가. 소설을 빨리 쓰는 훈련을 한다고 해서 수명이 줄어드는 건 아닐 것이다. 어쩌면 소설 빨리 쓰기로 기네스북에 오를지도 모른다. 난 알겠다고 고개를 끄덕였다.

"좋다. 그럼 이제 테스트를 시작해 볼까?"

난 내가 잘못 들은 건 아닌가 의심하면서 허 코치를 올려다보았다.

"선, 아니 코치님. 근데 테스트는 금요일 오후라고 하지 않으셨어요? 오늘은 화요일인데."

"일단 네가 얼마나 빨리 쓰는지 실력을 봐야 할 거 아냐, 짜샤."

그렇군. 그냥 대충 하면 어때서. 설마 한 시간에 한 장도 못 쓸까. 허 코치는 친히 A4용지까지 준비해 왔다. 그는 내게 햄버거와 감자튀김이 담긴 쟁반을 치우게 하고는 깨끗해진 테이블 위에 흰 종이와 샤프펜슬만 올려놓게 했다. 물론 지우개는 필요 없었다. 지우는 시간조차 아껴야 하니까 말이다.

"틀렸을 땐 그냥 줄로 긋고 옆에다 계속 써. 백일장은 시간 싸움이다. 어차피 거기 직원들이 컴퓨터로 타이핑해서 심사 위원한테 갖다주니까 넌 내용에만 충실해. 알았냐?"

"네."

"그럼 시작해."

삑. 허 코치가 전자시계의 카운트 버튼을 눌렀다. 마라톤도 아닌데 이렇게까지 해야 할 필요가 있을까 싶었지만 왠지 마음을 진지하게 해 준다는 측면에서 보면 좋은 점도 있는 것 같았다. 나는 샤프펜슬 끝을 종이에 갖다 댔다. 갑자기 가장 중요한 걸 물어보지 않았다는 게 떠올랐다. 주제를 주지 않은 것이다.

"코치님, 주제를 안 주셨는데요?"

"그냥 아무거나 써. 시간에 맞출 수 있는지만 보는 거니까."

할 수 없군. 햄버거 가게에 왔으니 햄버거 가게에서 있었던 일에 대해 쓰는 수밖에. 예전에 머리가 하얗게 센 할아버지가 종업원 앞치마를 두르고 걸레로 테이블을 닦는 걸 본 적이 있었는데 그 얘기를 쓰면 어느 정도 완성도 있는 한 페이지 소설이 나올 것 같았다. 나는 그 할아버지가 주방에서 몰래 햄버거를 먹다가 질식하는 얘기를 쓰기로 했다. 왠지 노년엔 행복한 일만 있을 거라고 믿는 사람들을 향해 말년에도 고통은 끊이질 않는다는 얘기를 해야 속이 시원할 것 같았다.

정신없이 소설을 쓰다가 화장실에 가고 싶어 문득 고개를 드니 허무식 선생은 아까 내가 보던 패션 잡지를 훑어보고 있었다. 수영복 입은 모델들의 사진을 보고 있는 게 분명했다. 눈알이 아주 천천히 움직이는 걸 보니 글을 읽는 게 아니라 뭔가를 감상하고 있는 게 분명했다. 난 화장실에 가고 싶은 것을 참고 소설을 계속 써 나갔다. 내 손은 계속 빠르게 움직이고 있었다. 고비를 넘기자 어딘가에 임시 저장소가 있는지 화장실도 더 이상 가고 싶지 않았다.

"십 분 남았다."

허 코치가 시계를 보며 말했다. 오십 분째 손목을 계속 썼기 때문에 통증이 왔다. 그래서 손목은 움직이지 않고 손의 각도와 종이를 움직이면서 소설을 써 나갔다. 그렇게 하니 컴퓨터 없이도 소설을 쓸 수 있을 것 같은 자신감이 생겼다.

"오 분 남았다."

그때쯤엔 아랫배가 부풀어 올라 터질 것 같았다. 누가 배를 조금만 눌러도 의자에 실례를 할 것만 같았다. 게다가 수업을 끝내고 햄버거를 먹으러 온 학교 애들이 매장으로 몰려 들어와 집중력이 흐트러졌다.

"마지막 일 분. 스퍼트 올려."

햄버거 고기 조각이 목에 걸려 황천길을 건널 뻔했던 햄버거 가게 할아버지가 그날 저녁에도 햄버거를 먹는 걸로 이야기를 마무리 지었다. 햄버거를 먹지 않으면 라면을 먹어야 하기 때문이다. 정부 보조금으로 살아가는 노년의 인생이란 그런 것이다.

"20, 19, 18, 17······."

허 코치가 카운트다운을 세었다. '햄버거는 맛있었다. 어릴 때 그렇게 먹고 싶어 했던 햄버거를 나이 먹어서 이렇게 실컷 먹게 될 줄은 몰랐다. 뭐든지 인내하고 기다리면 언젠가는 원하던 바를 이루게 되는 것이다.'라고 끝을 재빨리 마무리하자, 허 코치가 잠시의 틈도 주지 않고 종이를 빼앗아 갔다.

나는 숨을 내쉴 겨를도 없이 화장실로 뛰어갔다. 화장실에서 나오니 허 코치는 커피를 마시며 내가 쓴 소설을 읽고 있었다. 그의 표정을 보려고 했지만 종이에 가려 잘 보이지 않았다. 나는 그의 맞은편에 앉아 시원해진 배를 어루만지고는 테이블 위에 엎드렸다. 한 시간에 한 장 쓰기를 목표로 정하고 그것을 달성하는 게 불가능한 일은 아니었지만 평소보다 에너지 소모량이 크다는 건 부정할 수 없는 사실이었다. 계속 긴장하고 있었기 때문에 심장에도 무리가 갔다. 소설을 쓰다가 심장마비에 걸려 죽은 작가도 찾아보면 어딘가에 있지 않을까.

마침내 허 코치가 종이를 내려놓고 커피를 한 모금 마셨다. 나는 침을 꿀꺽 삼킨 뒤 그의 평가를 기다리고 있었다. 그는 한참을 말이 없더니 꺼내 놓은 서류들을 쇼핑백에 도로 집어넣으며 말했다.

"수고했다. 아르바이트 늦기 전에 가 봐야지."

그렇게 말하는 그의 목소리가 왠지 아까보다 힘없게 들렸다. 듣는 사람까지도 힘이 빠지는 목소리였다. 그는 쉽게 해결할 수 없는 문제 때문에 시름에 잠겨 있는 듯했다.

"왜요? 영 아니에요?"

"아니. 좋아. 완성도도 있고."

허 코치는 자리에서 일어나 내 어깨를 툭툭 두드려 주었다. 왠지 나를 포기하려는 것처럼 느껴져 난 불안에 사로잡혔다. 그래서 지푸라기라도 잡는 심정으로 물어보았다.

"제가 뭐 잘못한 거 있나요? 시간도 딱 맞췄고, 완성도도 좋고. 도대체 뭐가 문제예요? 문제가 있으면 고치도록 노력할게요. 맞춤법 같은 게 틀렸다면 책을 더 많이 읽으면 분명히……."

그가 고개를 저었다. 그리고 다시 한 번 손목시계를 보고는 말했다.

"그런 문제가 아니다. 훨씬 심각한 문제야."

"무슨……?"

그가 정말 듣길 원하느냐는 표정으로 나를 쳐다보았다. 나는 사람들이 보든 말든 그의 옷깃을 붙잡고 애원했다. 문제가 뭔지 알려 달라고. 허 코치가 말했다.

"재미가 없어."

"네?"

"오락의 느낌이 전혀 없다고. 인물이 이야기를 위해 존재해. 네 소설 속에서 주인공은 인물이 아니라 사건이다. 에피소드고. 넌 네가 쓴 이야기 속에 나오는 노인이 누구인지 전혀 감을 못 잡고 있어. 노인이 누구지? 말해 봐."

노인이 누구냐고? 도무지 그 질문의 의도를 파악할 수가 없었다. 노인은 그냥 노인이다. 9시 뉴스에 나오는, 정부 생활 보조금으로 단칸방에서 살아가는 머리가 허옇게 센 노인 말이다. 탑골 공원 같은 데 가면 수십 명씩 볼 수 있는 그런 평범한 노인 말이다.

"노인은 그냥…… 패스트푸드점에서 일하는 일흔두 살 된, 정부 생활 보조금으로 살아가는 할아버지인데요?"

내가 자신 없는 목소리로 말했다. 그러고 보니 나도 노인에 대해 모르는 게 많았다. 허 코치는 쇼핑백을 반대쪽 손으로 바꿔 들더니 자신의 가슴을 손가락으로 가리켰다.

"그럼 난 누구지? 나에 대해 알고 있나?"

"선생님이요? ……2학년 5반 담임이요. 그리고 문학 담당. 청소년 공모를 담당하고 계시고, 불쌍한 애들한테 친절해요. 공부 잘하는 여자보다 몸매 좋은 여자가 되라 하시고, 점심시간마다 운동장에 나가서 스트레칭을 하세요. 우리 학교에서 제일 인기가 많은 총각 선생님이시고……."

허 코치가 그만하라는 듯 손을 들어 올렸다. 다행이었다. 더 이상 할 말도 없었는데. 계속했다간 그가 성희롱 발언 사건으로 학교에서 쫓겨날 뻔했다는 얘기까지 해야 하나 고심했을 것이다.

"넌 네 소설 속 주인공에 대해 허무식이라는 선생보다도 더 정보가 없어. 도대체 무슨 생각으로 정체도 없는 그림자를 소설의 주인공으로 정한 거지? 차라리 나를 주인공으로 해라. 오늘의 숙제는 그거다. 네가 아는 사람으로 소설 쓰기. 네 아버지도 좋고, 좋아하는 가수도 좋고, 그리고 나도 좋다. 네가 잘 아는 사람으로 써라. 그게 오늘의 숙제다. 제출은 내일 점심시간까지다. 이상."

그렇게 말한 뒤 허 코치는 등을 돌려 맥도날드를 빠져나갔다. 난 뒤쫓아 가며 원래는 야간자율학습 감독해야 할 시간 아니냐고 묻고 싶었지만 소설을 뜯어고쳐야 한다는 생각에 마음이 바빠 그냥 버스정류장으로 향했다. 다행히 예약 손님이 있으니 빨리 오라는 문자 메시지가 오지 않았기 때문에 한 시간 정도는 안심하고 소설을 쓸 수 있을 것 같았다.

9
네 적을 사랑하라

다음 날 점심시간이었다. 허 코치가 심각한 표정으로 내 글을 읽는 것을 숨죽여 지켜보며, 나는 교무실에도 교실만큼이나 먼지가 많다는 것을 실감하고 있었다. 창문으로 들이친 빛 사이로 마치 해조류 같은 먼지들이 두둥실 떠다니는 게 보였다. 이게 다 교무실 안에 있는 선생님들의 몸에서 나온 먼지라고 생각하니 문득 그들이 측은해졌다. 만날 학생들한테 소리나 꽥꽥 지르고 몽둥이나 회두를 줄 아는 무식한 인간들이라고 생각했는데, 분필 먼지를 잔뜩 들이마시며 기관지에 안 좋은 환경에서 업무를 본다고 생각하니 불쌍한 마음이 들었다.

허 코치가 보온병에서 차를 따라 내게 권하며 말했다.

"받아. 눈에 좋은 결명자다. 소설을 쓰다 보면 시력이 안 좋아지거든. 엄마한테. 아니 네가 슈퍼에서 결명자 티백 사서 자주 끓여 마셔. 가지고 다니면서. 네 눈은 네가 보호해야지 아무도 안 챙겨 준다. 알았나?"

"네. 근데 어떠세요? 새로 쓰는 대신 수정했어요. 어제 이거 고치느라 새벽 1시에 잤는데, 좀 나아졌어요?"

허 코치는 차를 한 모금 마신 뒤 입맛을 쩍쩍 다셨다. 선생이라고 해서 고쳐야 할 나쁜 습관이 없는 건 아니다. 그가 소설 여기저기에 빨간 사인펜으로 체크를 했다. 맞춤법이 틀리거나 비문은 아닌데, 뭐지?

"결론부터 말하면, 어제보다는 훨씬 좋아졌다. 이제야 비로소 소설이 생기를 띠기 시작했다. 어제 쓴 작품은, 아니 작품이라고도 말하기 힘들지만 그건 시체였다. 얼굴이 푸르죽죽한 익사체 알지? 이미 심장은 멈춘 지 오래고 피도 차갑게 식어 있는 시체 말이다. 폐에는 플랑크톤이 차올라 번식 중이었지. 그에 비하면 오늘 써낸 소설은 뜨거운 피가 돌고 살이 발그레하고 심장이 쿵쿵 뛰고 있어. 느껴져? 너도 느껴지느냐 말이야."

솔직히 쓴 사람 입장에서는 그렇게 큰 차이를 느낄 수 없었다. 그냥 뭐랄까. 쓸 때 더 재미있었다고 해야 하나. 쓸 거리가 더 풍족해진 것만은 확실히 느낄 수 있었다. 그리고 다음 문장을 고민하는 시간도 절약할 수 있었다. 하지만 분량이 너무 늘어나서 줄이는 데 시간을 좀 잡아먹었다. 내가 고개를 끄덕이자 허 코치는 빨간 펜으로 표시한 부분을 가리키며 말했다.

"특히 이 디테일한 묘사들…… 나아졌다는 결정적인 증거지. 화장실에 가서 토하려고 낮에 본 고양이 사체를 떠올리는 장면이나, 바닥에 신문지를 깔아 놓고 햄버거 한 입 먹고 라면 한 젓가락 먹는 장면이나, 리얼해. 실제 같아."

그런가? 그렇게 생각하니 기분이 훨씬 편했다. 나아졌다는 생각이 들지 않으면 앞으로 그 문제를 해결할 때까지 며칠간 골치를 좀 썩었을 것이다. 코치가 있다는 건 이래서 좋은 거구나. 만약 허 코치가 해결책을 가르쳐 주지 않았다면 뭐가 문제인지 몰라 자학하면서 끙끙 앓았을 터였다.

"자, 여기 이 부분도 참 좋아."

그가 사인펜 끝으로 가리킨 곳은 주인공이 맥도날드에 취직하려고 흰머리를 검게 염색하는 장면이었다. 예전에 우리 엄마가 혼자서 염색하는 걸 보고 소설에 써먹은 게 도움이 된 것이다. 주인공은 텔레비전을 보면서 염색하는데 나중에 거울을 보니 머리 옆 부분은 염색이 하나도 안 되어 있어 작업을 세 번이나 하게 된다. 허 코치는 그 부분이 좋다고 과도한 칭찬을 늘어놓고 있었다. 뭐가 그렇게 좋다는 건지는 모르겠지만 하여간 칭찬을 받으니 마음이 놓였다. 그가 건강한 청년 고양이처럼 있는 힘껏 기지개를 켠 뒤 불룩 튀어나온 배를 두드리며 말했다.

"이제 한시름 놨다. 말귀를 못 알아들으면 어쩌나 걱정했는데. 그래도 네가 저능아는 아닌 모양이다."

허 코치가 그렇게 말하며 내 뒤통수를 쓰다듬었다. 허 코치는 남의 눈을 의식하지 않는 건지 아니면 그런 척하는 건지, 행동이나 사상이 너무 심하게 자유로운 교사였다. 들리는 소문에 의하면 재단 이사장의 친척이라는 얘기가 있는데, 어떻게 보면 전혀 일리 없는 이야기 같지는 않았다. 이렇게 자유로운 사상을 품은 채 여자는 공부보다 몸매가 중하다고 거리낌 없이 외치는 사람이 팔 년째 교직에 붙어 있는 걸 보면 뭔가 우리가 알지 못하는 사정이 있는 게 분명했다. 하지만 거기까지 생각하기엔 나는 내 일만으로도 마음의 여유가 없었다.

"앞으로는 이렇게 쓸게요. 피와 살이 돌도록."

나는 입안으로 먼지가 들어올까 봐 전전긍긍하며 말했다. 허 코치가 회전의자를 내 쪽으로 살짝 꺾고는 말했다.

"그건 그렇고 이 주인공 모델이 누구지? 설마 너야?"

"왜요? 그럼 안 되나요?"

허 코치는 "그런 건 아니지만······." 하면서 말끝을 흐렸다. 뭐가 잘못된 게 있다면 고치고 싶었다. 이번 일을 계기로 나는 허 코치를 무한히 신뢰하게 된 것이나 마찬가지였다.

"조금이라도 이상한 점이 있다면 알려 주세요. 고치고 싶어요."

"잘못된 게 아냐. 그냥 좀 재미있달까. 네 연기의 진폭이 넓다는 게?"

"연기의 진폭?"

허 코치는 뒤통수를 북북 소리가 나게 긁더니 하품을 한번 하고는 눈가에 맺힌 눈물을 손가락으로 닦아 냈다. 그러고는 말했다.

"작가에게 없어선 안 될 재능이지. 일종의 연기력이야. 어떤 특정한 상황 속에 너 자신을 놓고 너라면 어떻게 할까 상상하는 능력을 말하는 거야. 대개는 자기가 경험해 보지 못한 인물을 부담스러워하거나 따로 노는 느낌이 많은데, 넌 아주 자연스럽게 이 역할에 몰입하고 있어. 칠십 대 노인, 그것도 남자의 몸에 딱 들어맞게 너 자신의 정신력을 응축시켜 놓았다는 말이야."

정신력의 응축? 몰입? 난 허 코치가 하는 말을 백 퍼센트 이해할 수 없었지만 대충 느낌으로 내가 칠십 대 노인의 이야기를 잘 소화해 냈다는 것만은 알 수 있었다. 말의 내용 때문이 아니라 허 코치의 표정이 나의 발전을 격려하고 있다고 느꼈기 때문이다.

"네 나이에 이렇게 하는 건 쉬운 일이 아냐. 그건 분명해. 만약 네가 네 자신을 다른 역할 속에 투영하는 작업이 숨 쉬는 일처럼 자연스러워지면, 넌 실제 인물도 그렇게 만들 수 있어. 다른 사람을, 마치 네 자신인 것처럼 속마음을 읽고, 행동을 예측하고, 앞으로 어떤 난관에 봉착하게 될 것인지도 알 수 있게 된다는 얘기야. 그런 유추에 익숙해지기 시작하면, 어쩌면 넌……."

어쩌면 난?

"어쩌면 넌 상황을 조정해서 사람들을 네가 원하는 곳으로 끌어들이고 모든 주도권을 장악하게 될 수 있을지도 몰라. 그렇게 되면 넌, 네가 미워하는 누군가를 장난 삼아 아주 곤란한 지경에 빠뜨리는 일에도 재미를 붙이게 될지도 모르지."

그런가? 확실히 그렇게 될지도 모른다. 자주는 아니어도 그런 일이 가능하다면 한 번쯤은 해 보고 싶어질 수도.

"선생, 아니 코치님한텐 절대로 그런 요술을 부리지 않을 테니까 안심하세요."

나는 웃으며 허 코치의 어두운 상상을 교무실 밖으로 몰아냈다.

"코치님 점심시간을 통째로 빼앗으면 나쁜 학생이겠죠? 이제 다음 과제를 내주세요. 그럼 내일 또 가져와서 검사 받을 테니까."

나는 허 코치가 나 때문에 할 일을 못했다고 또 불평할까 봐 미리 선수를 쳤다. 그는 여전히 심각한 표정으로 책상 위에 팔꿈치를 올려놓고 손바닥으로 턱을 괸 채 생각에 잠겼다. 다음 과제를 생각하는 모양이었다. 잠시 후 그가 과제를 발표했다.

"네가 가장 증오하는 사람을 말해 봐. 햄버거 먹으면서 했던 게 스피드 테스트라면 이번엔 공감 능력 테스트야. 대상은, 네가 가장 이해할 수 없고 미워하는 사람이어야 해. 이미 그게 누군지 알 것 같지만. 아무튼, 그 사람으로 한 페이지 분량의 단편을 써 와. 그게 오늘의 숙제다. 알겠냐?"

"네……."

대답은 했지만 마음은 좀 꺼림칙했다. 그 대상은 물어보나마나 아빠였는데 난 내가 싫어하는 소재를 가지고 글을 쓰는 게 얼마나 고통스러운지 익히 알고 있었다. 그때 어디선가 많이 본 여자애가 조심스럽게 허 코치의 책상 쪽으로 다가왔다. 그 애는 나와 허 코치를 한 번씩 번갈아 보고는 왠지 수줍은 듯 소녀스러운 뒷짐을 진 채 말했다.

"선생님, 말씀 도중에 죄송합니다. 드릴 말씀이 있어서요."

최고야였다. 나는 두 사람이 얘기를 나누도록 자리를 빠져나와 교실로 향했다. 결국 이래저래 허 코치는 오늘도 점심시간을 그냥 날려 보내는군그래. 하지만 그건 내 잘못이 아니었다. 사람을 끌어모으는 자기 매력을 탓할 일이었다.

10
장애물

 보조 가방을 덜렁거리며 가게로 오는데 아빠에게서 전화가 걸려 왔다. 받아 보니 시끌벅적한 소리와 함께 아빠의 다급한 목소리가 들렸다. 손님이 너무 많으니 수업이 끝나자마자 가게로 달려오라는 호출이었다.
 "총알택시! 총알택시!"
 아빠는 그렇게만 말하고 전화를 끊었다. 많은 말은 필요 없었다. 택시비도 안 줄 거면서 웬 총알택시? 나는 그냥 뛰어서 가게에 도착했다. 가게 밖에서부터 통유리를 통해 손님들이 엄청나게 바글거리고 있는 광경을 볼 수 있었다. 그 장관을 보니 가게에 들어가기 싫었다. 그냥 도망쳐 버릴까? 하지만 그랬다가는 아빠가 오토바이를 타고 대한민국 어디로든 나를 잡으러 올 거라는 걸

이제는 알고 있었다. 결국 나는 끌려가는 소처럼 무거운 발걸음으로 가게에 들어와 작업복으로 갈아입었다. 그래 봤자 후드 티와 청바지에 앞치마를 걸치는 게 고작이었다. 교복을 입고 일했다간 아빠는 미성년자 불법 고용 죄로 경찰서에 가게 될 수도 있었다.

한 차례 손님들을 치우고 나니 온몸의 기운이 쏙 빠졌다. 시계를 보니 벌써 저녁 8시였다. 템보와 나는 헉헉거리며 손님들이 남기고 간 쓰레기 더미며 음식물 찌꺼기를 치우고 있었다. 소주와 맥주 병들은 바구니에 잘 담아 주류 회사 박스에 넣어 두었고 테이블은 행주로 꼼꼼히 닦았으며 벽돌에 남은 음식물을 처리하고 깨끗한 수건으로 닦아 냈다. 그리고 마지막으로 벽돌판에 돼지비계로 기름을 발랐다.

한번 단체 손님이 몰려왔다 사라지면 링 위에서 세 시간 동안 레슬링을 한 것 같은 피로가 나를 덮쳐 왔다. 그런 건 아무래도 좋았다. 소설만 쓸 수 있다면 말이다. 이것만 잘 마무리하면 구석에 처박혀서 소설을 쓸 수 있겠지? 하지만 일은 그렇게 쉽게 돌아가지 않았다. 아빠가 누군가와 통화를 하더니 갑자기 족제비라도 만난 암탉처럼 이리저리 푸드득거리며 뛰어다니기 시작한 것이다. 템보와 나 불길한 느낌을 감지하며 마지막으로 바닥에 걸레질을 하고 있었다. 그때 아빠가 주방에서 엄마에게 말했다.

"어이, 수선 엄마! 삼 인분씩 여섯 접시! 병근이랑 애들 온댄다!"

'병근이랑 애들'이라면 아빠 친구들의 모임을 말하는 것이었다. 모임 이름은 따로 없고 그냥 병근이랑 애들이라고 불렀다. 무슨 '서태지와 아이들'도 아니고, 너무 성의 없는 이름이 아닌가. 고개를 돌리니 뎀보는 입을 벌린 채 아빠에게 저주를 퍼붓는 표정을 짓고 있었다. 아빠에게 우리는 자식이 아니라 직원이었다. 기계처럼 부릴 때도 있었다.

잠시 후 아빠가 박스에서 소주와 맥주를 꺼내 잔뜩 들고 나타나더니 빈 테이블에 몇 병씩 올려놓기 시작했다. 그러더니 우리에게도 명령했다.

"곧 스무 명 정도 올 거니까 테이블 싹 세팅해. 볶음밥 말고 무조건 고기로 유도하고. 알았어?"

"……."

우리는 대답할 기력도 없이 흙빛이 된 얼굴로 반찬을 테이블로 갖다 나르기 시작했다. 벽시계는 8시 35분을 가리키고 있었다. 사람들이 오기로 한 시간은 9시. 그럼 놀고 먹고 취하면 11시는 거뜬히 될 것이다. 그걸 치우려면 또 한 시간이 필요하고. 그럼 내가 집에 갈 수 있는 시간은 빨라야 자정이라는 얘기였다. 내가 반찬을 접시에 담으며 소설 써야 하는데, 하고 말하자 뎀보가 아빠를 힐끗 쳐다보며 말했다.

"아빠 앞에서 그런 소리 해 봐. 죽지 않으면 다행이지."

뎀보도 10시 반쯤에 퇴근해서 친구들이랑 만나기로 약속을 잡았다는데 아무래도 그 약속을 지키지 못할 것 같아 잔뜩 짜증이

나 있었다. 뎀보는 클럽에 가서 노는 걸 좋아했는데 미성년자라도 아는 언니, 오빠들이랑 같이 가면 무사 통과라고 했다. 뎀보는 클럽으로, 나는 소설로 스트레스를 풀었다. 테이블이 완벽히 세팅되자 9시까지 십 분 정도가 남았다. 홀에서 소설을 쓰면 아빠가 욕설을 퍼부으며 종이를 다 찢어 버릴 게 분명했으므로 나는 일수 광고용 메모지와 모나미 볼펜 한 자루를 앞치마에 넣어 가지고 화장실로 갔다. 그러고는 화장실 벽에 종이를 놓고 소설을 쓰기 시작했다.

이번엔 아빠가 딸을 발로 밟는 이야기였다. 그건 내 인생에서 실제로 일어났던 일이고 아무리 오래전 일이라고는 해도 난 그 일을 잊지 않고 있었다. 그 사건은 내가 직접 기억하고 있다기보다는 엄마의 입을 통해 듣고 그 장면이나 순간의 기분 같은 것들을 내 마음대로 상상해 낸 것에 가까웠다. 아마 내 머릿속 무의식은 그 기억을 잊어버리고 싶었을 것이다. 생각해서 별로 좋은 기억도 아니니까 말이다. 하지만 '아빠가 나를 밟았다'는 엄마의 말이 언어가 되어 일단 내 마음속에 고착되자 그 기억은 비로소 생명력을 얻어, 내가 그 일을 떠올릴 때마다 나를 그때 그 상황으로 얼마든지 돌아갈 수 있도록 해 주었다. 언어란 무서운 것이다.

그렇게 세 줄쯤 소설을 썼을까. 갑자기 "정수선!" 하고 아빠가 부르는 소리가 들려왔다. 그 소리는 마치 영화 「아바타」에서 주인공이 자신의 교통수단인 '이크란'을 부르는 소리와 비슷했다. 재빨리 앞치마 속에 종이와 펜을 찔러 넣고 가게로 돌아가자 아빠

말대로 스무 명 가까이 되는 사람들이 좁아터진 가게로 들어서는 모습이 보였다. 도망칠까? 나는 고개를 젓고는 가게 안으로 들어가 '병근이와 아저씨들'에게 인사했다. 아빠 친구들은 뎀보와 나를 보고는 많이 컸구나, 부모를 도와 식당 일을 하다니 참 대견하다 하면서 할 말 없을 때 하는 칭찬을 해 주었다. 얼마나 할 말이 없으면 그런 안 하느니만 못한 말을 한단 말인가.

뎀보와 내가 엄청나게 고생하면서 고기를 자르고 술병을 나르고 빈 그릇마다 반찬을 채워 줄 동안에도 '병근이와 아저씨들'은 꼼짝도 않고 자리에 앉아 주는 거나 날름날름 받아먹고 있었다. 내가 어릴 땐 저 아저씨들이 저렇게까지 막장이진 않았는데, 참 나이를 먹으니 고생만 늘어 가는 게 인생이구나 싶어 문득 사는 게 서글펐다.

아저씨들은 고함을 지르면서 싸우기도 하고 술병을 깨기도 하고 반찬을 들어 엎기도 하면서 한껏 난동을 부리다가, 11시가 되자 살아 있는 좀비들처럼 신발을 꺾어 신고 비틀거리면서 하나둘씩 집으로 돌아갔다. 내 이마엔 식은땀이 흐르고 있었다.

병근이와 아저씨들이 떠나고 테이블을 서둘러 치우니 11시 50분이었다. 내 예상은 한 치도 빗나감이 없었다. 아저씨들 중 한 사람은 가게에 계속 남아서 아빠를 붙들고 말동무가 되어 달라고 늘어지고 있었다. 아빠는 욕설을 퍼부으면서 그 친구에게 집에 빨리 들어가라고 했지만 친구가 자기한테 이럴 수 있느냐고 항의하자 복분자와 오징어를 구워 대접해 주었다. 젊었을 때 아빠가 그 아저씨한테 빚진 게 있었던 모양이다.

아빠한테 들어가도 좋다고 허락을 받고 집에 돌아오니 자정이 넘어 있었다. 이마가 절로 찌푸려졌다. 허 코치가 내준 숙제도 아직 못했는데 눈꺼풀은 저절로 내려앉고 온몸은 물을 빨아들인 스펀지처럼 묵직했다. 양말을 벗자 바로 침대 위로 쓰러지고 싶었다. 난 아직도 기름 냄새가 진동하는 손바닥으로 내 뺨을 때리며 외쳤다.

"안 돼! 아직 해야 할 일이 남아 있어!"

나는 숙제를 끝내고 자지 않으면 앞으로 영원히 실패한 인생을 살 수밖에 없을 거라고 자기최면을 걸고는 책상 앞에 앉아 노트북을 두들기기 시작했다. 발에서 고린내가 진동하며 방 안 공기를 희석시켰지만 소설을 다 쓰기 전까지는 절대 의자에서 엉덩이를 뗄 수 없었다.

템보가 방 안으로 들어오더니 코를 틀어막으면서 "토할 것 같은 냄새"가 난다고 비명을 질렀다. 나는 이것만 마저 쓰고 발을 닦을 테니 오늘은 다른 방에 가서 자라고 애원하고는 소설을 계속 써 나갔다. 동생은 내일도 이러면 방에서 내쫓을 거라고 부사장다운 카리스마를 과시했다. 지가 가게에서나 부사장이지, 집에서도 부사장이야? 웃기지도 않는군.

소설을 완성했을 때는 새벽 1시 40분이었다. 그깟 A4용지 한 장 메우는 데 한 시간이 넘게 걸리다니, 이래 가지고 비키로타키 백일장에서 우승할 수 있을까? 정말 난다 긴다 하는 애들은 다 나올 텐데.

  난 소설을 완성했음에도 시간을 초과했다는 패배감에 찝찝한 기분으로 침대 이불 속으로 파고들었다. 하도 벽돌판을 긁어 대서 어깨를 비롯한 온몸의 삭신이 다 쑤셨다. 간신히 발은 닦고 잤지만 닷새째 머리를 못 감아서 내 머리 냄새를 맡고 내가 기분이 나빠질 정도였다.

11
시간을 정복한 남자

도대체 우리 엄마는 무슨 생각으로 아세로라 화분을 우리 교실에 들여놓은 것일까. 학기 초, 담임과 학부모 단체 면담이 있었는데 엄마는 두 사람이 힘을 합쳐 들어야 할 정도로 엄청나게 큰 화분을 선물이랍시고 교실로 가져왔다. 물론 혼자는 아니고 외삼촌과 힘을 합쳐 들고 왔다. 외삼촌이 트럭을 갖고 있었기에 가능했던 일이었다. 그때 당황하던 담임의 표정을 잊을 수가 없다. "여기다 놓으세요." 하고 떨떠름한 얼굴로 말하며 마치 화분 속 진딧물이 자기 팔에 옮겨 붙기라도 한 듯한 표정을 짓고 있었던 것이다. 담임이 원한 건 그런 무식하게 큰 화분이 아니라 주머니 속에 쏙 들어갈 만큼 작고 간결한 흰 봉투였다는 걸 지금은 알고 있다. 하지만 우리 엄마는 눈치 없이 환경미화의 날을 대비해 골랐다며 열대 지방 같은 특수한 기후에서만 자란다는 아세로라 화분을 사 가지고 왔던 것이다.

쉬는 시간, 나는 화분을 복도 바닥에 질질 끌어 1층으로 옮기고 있었다. 마치 시체를 끌고 가는 기분이었다. 선생이고 애들이고, 나를 화분 속에 든 토막 난 시체를 처리하러 가는 살인자라도 되는 양 이상하다는 눈빛으로 쳐다보며 지나갔다. 난관은 계단이었다. 나는 양손으로 화분 귀퉁이를 잡은 뒤 낑낑거리면서 계단 밑으로 끌고 내려갔다.

그때 마침 아래층에서 허무식 선생이 올라오고 있었다. 그는 한 손엔 몽둥이를, 한 손에는 크림빵을 들고 있었다. 쉬는 시간에 매점으로 크림빵 사 먹으러 가는 선생은 허 코치밖에 없을 것이다. 그는 빵을 쩝쩝 씹으면서 물었다.

"어디 가나?"

"이것 좀 버리러요."

그가 화분을 이리저리 살피더니 말했다.

"멀쩡한 걸 왜 버려? 화분도 열매도 아직 쓸 만한데."

하지만 그건 그가 제대로 살펴보지 않았기 때문이다. 이 괴상한 식물에선 지금 진딧물 월드컵이라도 펼쳐지는 판국이었다.

"그럼 선생님 가져가시든가요. 아무튼 전 이 화분 버릴 거예요."

별 생각 없이 내뱉은 말에 허 코치는 마치 내가 자신을 이 학교의 교장으로 만들어 주겠다고 한 것처럼 반색하며 말했다.

"진짜? 진짜 내가 이거 가져가도 돼?"

"에이, 농담이에요. 이거 진딧물이 엄청 많아서 가져가 봤자예요. 교무실에 놔두면 여자 선생님들 소리 지르고 난리 날걸요. 그냥 갖다 버리는 게 낫지."

허 코치는 못내 아쉬운 듯 지나치려다가 도저히 아까워서 안 되겠는지 다시 돌아와서는 내게 말했다.

"그럼 이렇게 하자. 내가 이걸 쓰레기 소각장까지 옮겨 줄 테니까 빈 화분은 나한테 줘. 어때?"

옮겨 주지 않아도 줄 수 있었다. 어차피 내겐 필요도 없는 물건이었다. 나는 인심 쓴다는 표정으로 그럼 그러시라고 했다.

끙, 하는 기합과 함께 대형 쓰레기 소각장 안에 아세로라 화분 내용물을 쏟아부은 허 코치는 상체를 꼿꼿이 펴고는 이리저리 허리를 움직이기 시작했다. 하체 운동은 매일 그렇게 하면서도 상체 운동은 잘 안 하는 모양이었다. 마치 안테나 달린 골동품 텔레비전처럼 그는 어깨와 허리를 움직일 때마다 으어억, 하는 소리를 냈다.

"수고하셨어요, 코치님."

내가 비위를 맞춰 주었다. 허 코치는 내 등을 남자 형제처럼 퍽퍽 두드리고는 속이 휑하니 비어 버린 화분을 집어 들었다. 도대체 그걸로 뭘 하려는 거냐고 묻자 그가 대답했다.

"옥수수도 심고, 고구마도 심을 거야."

난 내 귀를 의심했다. 하지만 내 귀는 멀쩡했고 그도 잘못 말한 게 아니었다.

"그게 가능해요?"

"뭐가? 너 과학 시간에 졸았구나? 꽃집에 가서 옥수수랑 고구마 씨앗 달라고 하면 줘. 붉은 흙만 사서 화분에 잘 깐 다음에 씨앗 뿌려 놓고 햇빛만 쪼여 주면 당연히 고구마 싹이 트지. 그럼 고구마 심었는데 참외가 자라겠냐? 그 정도는 상식이지, 인마."

"믿을 수가 없네요."

나는 한숨을 내쉬고는 그렇게 말했다. 고구마를 심어 먹으려고 버리려던 화분을 재활용하려는 걸 보니 아무래도 그가 재단 이사장의 친척이라는 말은 헛소문인 게 분명했다. 그는 그냥 좀 특이한 인간일 뿐이었다. SF 영화에 잘 나오는, 다른 행성에 사는 종족의 DNA가 실수로 첨가돼 태어난 변종 인간 같은 것 말이다.

허 코치는 붉은 흙이 비쌀 텐데 괜히 화분을 얻게 돼 돈이 들게 생겼다며 갑자기 고민에 휩싸였다. 그 모습을 보고 있자니 얼마 전 그에게서 햄버거를 얻어먹은 게 마음에 걸렸다. 코치님도 어렵게 살고 있는데 내가 괜히……. 그렇다고 저번에 받은 상금을 쓰자니 이미 적금 통장에 입금한 게 떠올랐다. 적금을 깨면서까지 허 코치를 돕고 싶지는 않았다.

"저, 선생님. 드릴 말씀이 있어요."

나는 학교 건물로 들어가면서 허 코치에게 말했다. 허 코치는 막대기로 자신의 어깨를 두들기면서 말하라고 했다.

"저, 이제 과제 같은 거 하기 어려울 것 같아요."

그러자 그가 갑자기 발걸음을 멈추고는 나를 쏘아보았다. 그렇게까지 날카로운 반응을 보일 줄 몰랐던 나는 적잖이 당황할 수밖에 없었다. 내가 기어 들어가는 목소리로 말했다.

"저, 그게, 가게 일이 바빠서 집에 들어가면 그냥 12시, 1시라서요. 저도 선생님이 트레이닝 해 주시는 거 정말 감사하고, 하고 싶기는 한데, 현실이 따라 주지를 않네요. 정말 죄송해요……."

그러자 허 코치가 내 머리 위에서 노기 어린 목소리로 말했다.

"단지 이유가 그것뿐이냐? 다른 말하기 싫은 이유가 있는 게 아니라 단지 아빠 가게 일을 도와야 해서, 시간이 없어서가 이유야?"

난 고개를 끄덕이며 그렇다고 했다.

"그렇다고 공모를 아예 포기하지는 않을 거예요. 선생님한테 매일매일 숙제 검사를 받진 못하겠지만 대회 정보를 입수하고 예선용 작품을 써서 보내는 일만은 계속하려고요. 그래도 상을 네다섯 개 정도 타 놓으면 서울에 있는 대학 어디든 들어갈 수 있지 않을까요?"

허 코치는 1층 교무실 앞에 있는 수돗가 위에 몽둥이를 올려놓고 물을 틀어 손을 씻기 시작했다. 화분을 옮기느라 손에 흙이 묻어서였다. 나도 수도꼭지를 틀고 대충 손을 씻었다. 그가 수도꼭지를 잠근 뒤 양복 바지에 대충 손의 물기를 닦아 냈다. 나도 똑같이 따라 했다. 마침내 그가 말했다.

"어떡하나? 난 그게 별로 좋은 생각 같지가 않은데."

"네?"

내가 안 한다는데 자기가 별로 좋은 생각이 아니라고 해서 뭘 어쩌자는 건지. 하지만 그러거나 말거나, 허 코치는 진지하게 자신의 주장을 피력했다.

"단지 시간이 없고 힘들기 때문에 포기한다는 건 네 아버지가 네 인생을 쥐락펴락하는 걸 그냥 보고만 있겠다는 거나 마찬가지지. 평생 네 아버지 밑에서 얼마 안 되는 월급 받으면서 식당 일이나 하며 살고 싶냐? 너랑 비슷한 출발선에서 시작한 네 동기들은 유명 작가가 되어 해외 대학에 초청 받으며 세계를 돌아다닐 때, 넌 비좁은 식당에 갇혀 이루지 못한 꿈을 그리면서 그 동기들이 쓴 책이나 읽고 싶으냐고. 만약 그러고 싶으면 그렇게 해. 난 안 말릴 테니까."

슬슬 열이 오르기 시작했다. 난 그런 인생을 살겠다는 말은 추호도 한 적이 없었다. 그냥 정면 승부가 어려우니 좀 돌아가겠다고 말한 것뿐이었다. 하지만 허 코치는 내 승부 근성을 계속 자극하며 나를 약올렸다.

"아무리 잘 포장해서 말하더라도 결과는 똑같아. 식당 아줌마가 되는 거. 왜냐하면 다른 애들은 습작 기간을 거칠 때 넌 식당 종업원 트레이닝을 거치는 거나 마찬가지니까. 아, 물론 내가 식당 종업원이라는 직업을 폄하하는 건 절대로 아니야. 난 단지, 네가 하고 싶은 일을 하며 살 것이냐 아니면 하고 싶은 일은 그냥 생각만 하면서 전혀 다른 일을 하고 살 것이냐 하는 아주 원론적인 얘기를 하고 있는 거야. 사람들 대부분은 하고 싶은 일을 하기 위해서 전혀 하고 싶지 않은 일을 하면서 산단다."

뭐야, 자기 얘기를 하는 건가? 허무식 선생은 늘 즐겁게 수업을 하고 학생들한테도 인기가 좋았지만 이상하게도 난 그가 교사라는 직업을 정말로 좋아한다는 인상을 받은 적은 한 번도 없었다. 정말로 열정을 갖고 있다면 어떻게든 티가 나게 되어 있다. 가령, 종이 쳤는데도 교실에서 나가지 않고 계속 설명을 한다든가 열심히 공부하는 학생한테 가르치고자 하는 열의를 쏟는다든가 말이다. 하지만 허무식 선생은 별로 그런 게 없었다. 그냥 모의고사 문제집을 풀어 주고, 학생들한테 지문을 읽게 하고, 요즘 유행하는 코미디언들 흉내 내는 걸로 수업 시간을 채우는 게 다였다.

단 한 가지, 이 문학 특기자를 양산하는 청소년 문학 공모에 대해서만은 예외였다. 그는 아무도 봐 주지 않던 나를 내가 대회에서 우승할 수 있도록 코치 역까지 자처한 것이다. 그래서 나는 최근에 와서야 그에게 존경심 비슷한 것을 품으려 하던 참이었다. 물론 개인적인 사정으로 문학 수업을 그만두려 하고는 있지만 말이다. 허 코치가 복도를 지나가는 다른 선생에게 인사하고는 말을 이었다.

"선택은 네가 하는 거야. 난 자격이 없어. 그건 네 아버지도, 교장 선생님도, 그리고 나도 결정할 수 없는 문제야. 네 인생이니까. 정수선이라는, 장차 거대한 세계적인 기업이 될 수도 있고 아니면 그냥 조그마한 구멍가게가 될지도 모르는 한 가능성 있는 인재의 앞날을 선택할 수 있는 사람은 바로 자신이라는 얘기다. 알겠냐?"

"알아요."

대답은 쉬웠다. 하지만 어떻게 하라는 말인가. 내가 소설을 쓴답시고 가게에 안 나가겠다고 하면 아빠는 난리 블루스를 출 텐데. 그렇다고 학교를 그만둘 수도 없지 않은가. 가뜩이나 잠도 다섯 시간밖에 못 자는데 시간을 거기서 또 쪼개는 것도 불가능했다. 각 과목의 선생님들을 찾아다니면서 저는 어차피 공부엔 전혀 소질이 없으니 그냥 소설이나 써서 문학 특기자로 대학에 가도록 양해 부탁드립니다, 하고 말해야 하나? 그러다가 상을 못 타고 대학에 못 가면 무슨 망신이람. 아무튼 나도 허 코치의 말대로 문학 수업을 계속 받고 싶었다. 그만두고 싶지 않았다.

"그럼 방법을 알려 주세요. 선생님이, 제가 학교랑 가게 일을 병행하면서도 선생님한테 꾸준히 수업을 받을 수 있는 방법을 좀 알려 주세요. 그럼 그 말씀대로 따를게요. 잠을 좀 줄여서라도, 저 수업 계속 받을게요."

허 코치는 잠시 턱을 쓰다듬으며 생각에 잠겨 있더니 수돗가에 놓아두었던 몽둥이를 집어 들며 말했다.

"시간을 정복한 남자의 이야기 알고 있냐?"

시간을 정복한 남자? 나폴레옹인가? 아니, 그건 키를 정복한 남자인가?

"스티븐 호킹 말씀하시는 거예요?"

허 코치가 양손으로 내 볼을 힘껏 잡아당겼다. 하필이면 여드름이 나 있는 부위를 잡아당겨 너무 아팠다. 나는 눈가에 눈물이

어린 채 홧홧해진 내 볼을 어루만졌다. 내가 괴로워하는 모습을 본 허 코치가 행복감이 깃든 미소를 지으며 말했다.

"알렉산드로비치 류비셰프. 러시아 학자다."

"스티븐 호킹도 맞잖아요. 타임머신을 발명한······."

아닌가? 타임머신은 아직 없잖아? 허 코치가 다시금 내 볼을 꼬집으려고 양손을 치켜들었다. 난 재빨리 그의 손아귀를 벗어나 등을 돌렸다. 그리고 계단이 나 있는 본관 쪽을 향해 뒷걸음질을 치며 말했다.

"알렉산드로······ 아무튼 그 사람이 어떻게 시간을 정복했는데요?"

"류비셰프는 '시간일기'를 썼어. 곤충 학자였는데 나방을 감정한 시간, 동료 학자한테 편지 쓴 시간, 산책한 시간, 심지어 잡념에 쏟아부은 시간까지도 철저하게 기록했지. 물론 그때 당시엔 컴퓨터가 발달하지 않았기 때문에 노트북도 없었어. 종이와 펜으로 기록했을 뿐이야."

계단을 올라갈 땐 뒷걸음질 칠 수 없었으므로 난 어쩔 수 없이 얼굴을 노출한 채 그의 옆에 서서 나란히 계단을 올라갈 수밖에 없었다.

"그 류비셰프를 신봉하는 사람들이 한국에 있어. 모임의 이름은 '시간일기'다. 직장인부터 대학원생, 공무원, 의사까지 멤버들의 직종도 다양하지. 친구의 소개로 온 사람도 있고, 책을 보고 찾아온 사람도 있고. 아무튼 고등학생 멤버는 여태껏 한 번도 본 적이 없지만 네가 가면 다들 반겨 줄 거다. 글을 쓰는 사람도 몇 명 있을 거야. 그 사람들이랑 얘기를 나누면 좋은 책 같은 것을 추천 받을 수 있을지도 모르지."

그러고서 허 코치는 양복 자켓 안주머니에서 만년필을 꺼내 내 손바닥 위에 사이트 주소를 적어 주었다. 손을 피하려고 했지만 너무 갑작스럽게 급습을 당하는 바람에 손바닥을 빼앗기고 말았다. 미치도록 간지러웠지만 참아야만 했다. 비교적 기억하기 간단한 주소였다. 내가 가만히 손바닥 위의 주소를 내려다보고 있자 허 코치는 몽둥이를 흔들면서 교무실 쪽으로 걸어가며 말했다.

"회원 가입 해. 그리고 거기서 힌트를 얻어 봐. 네가 얼마나 시간을 엉뚱한 곳에 낭비하고 있었는지 깨달으면 까무러치고 싶을 테니까."

수업 시작종이 복도에 울려 퍼졌다. 교실로 들어갔더니 아이들 반 이상이 책상 위에 엎드려서 자고 있었고 3분의 1 정도는 덩어리로 모여서 쓸데없는 얘기들로 소음을 만들어 내고 있었다. 시간을 정복한 남자라고? 그 남자가 본다면 또래 애들에 비해 비교적 열심히 살고 있다고 생각하는 나 자신조차도 시간을 낭비하고 있다고 여겨질 수도 있는 일이었다. 내가 지금 이 교실에서 책상 위에 널브러져 있는 애들이나 수다를 떨어 대는 애들을 한심하다고 생각하는 것처럼 말이다.

12
치타와의 만남

 공고문도 출력할 겸 가게 앞에 있는 PC방에 들러 허 코치가 알려 준 동호회에 접속해 보았다. 시간을 정복한 남자 '류비셰프'라는 실존 인물을 존경—아니, 그건 존경이 아니었다. 숭배였다.—하는 사람들이 모여 있는 '시간일기'라는 동호회는 일주일에 한 번씩 모여 자기들이 쓴 시간 일지를 제출하고 서로 채점을 해 주는 방식으로 운영되고 있었다. 그중에서 목표를 달성하는 데 가장 효율적으로 시간을 운영한 사람에게 영화 예매권이라든지 뮤지컬 티켓이나 주유권 같은 것을 선물로 주고 있었다. 모두 회비로 충당하는 상품들이었다. 돈을 내야 하는 거면 안 하고 싶었지만 일주일에 천 원씩, 한 달에 오천 원 정도면 그렇게 부담스러운 수준은 아니어서, 동호회 덕분에 시간을 아껴 쓸 수만 있게 된다면 만 원을 내도 아깝지 않을 것 같았다. 가입하는 성의조차 보이지 않으면 허 코치가 트레이닝을 포기하려 할 수도 있었으므로 일단 가입 신청서를 작성해 클럽장에게 보냈다. 클럽장은 마침 접속 중이어서 내게 채팅 신청을 해 왔다. 나는 채팅 신청을 수락했다.

―어떻게 알고 왔어요?

―아, 선생님, 아니 코치님이 소개해 주셨어요. 소설을 쓰는데 이것저것 하는 일이 너무 많아서 코치님이 시간 관리를 좀 하라고 이 클럽을 알려 주시더라구요.

―코치님? 무슨 국가 대표 선수예요?

농담이라면 엄청 썰렁한 사람이고, 진담이라면 그닥 친해지고 싶지 않은 타입이었다. 나는 예의 바르게 대답해 주었다.

―그건 아니고, 청소년 문학 공모에 응모할 거거든요. 그래서 문학 선생님을 코치님이라고 부르는 거예요. ㅎㅎ

그제야 그는 말을 알아들었다.

─아, 그렇군요. 우리 모임에 다양한 부류의 사람들이 많다 보니 정말로 국가 대표 선수인 줄 알았네. 근데 정말로 열심히 해 볼 의사가 있는 거에요?

난 잠시 머뭇거렸다. 회비를 입금하라는 얘기를 할 것 같았다. 오천 원을 버리더라도 일단 해 보지 않으면 효과가 있는지 없는지 알 수 없었다. 의심이 좀 가지만 허 코치가 추천해 준 동호회니까 한번 직접 부딪쳐 보는 게 좋을 것 같았다.

─네. 열심히 해 보겠습니다.

─자세가 좋네요. 너무 부담 갖지 말고, 일단 정모부터 나와 봐요. 이번 주 토요일 오후 2시에 신촌에서 하는데, 다른 사람들은 어떻게 활동하는지, 카페 룰 같은 설명들도 들을 겸 해서. 나올 수 있어요?

대단히 단도직입적인 인간이었다. 상대방이 피할 구석을 조금도 허용치 않았다. 권투를 하면 잘할 것 같았다. 설마 권투 선수는 아니겠지?

─2시요?

나가고 싶은 마음은 굴뚝같았지만 주말에도 가게에 나가야 하는 건 변함이 없었기 때문에 난 조금 망설였다. 하지만 예약 손님이 없다면 뎀보한테 잘 부탁해서 두 시간 정도는 갔다 올 수 있을지도 몰랐다.

―알겠습니다. 특별한 일이 없는 한 2시에 가는 걸로 할게요.

그러자 클럽장은 나의 의욕에 기뻐하면서 신촌 카페의 약도와 교통편을 메신저로 보내 주었다.

―특별한 일 없으면 꼭 나와서 얼굴 보면서 얘기 나눴으면 좋겠네요. 만날 보는 사람들만 보고 솔직히 좀 지겨운 감이 있었는데 젊은 사람이 들어오면 그래도 분위기가 좀 화사해지지 않을까 해서. 알았죠?

―네, 그때 뵈어요. ^^

그렇게 말하고는 동호회 사이트를 빠져나왔다. 과연 갈 수 있을까? 회비는 현장에서 직접 받는 모양이었다. 만약 못 가게 될 수도 있으니 그건 다행스러운 일이었다. 나는 공모 공고문을 몇 장 출력해 PC방을 빠져나왔다. 가장 가까운 공모의 마감일은 지금으로부터 이 주 후였다. 지금부터 똥줄이 타게 써도 완성할까 말까 불안했다. 그런 상황에서 모임에 나간다는 건 시간 낭비 아닐까? 다시 마음속에 의심이 찾아왔다. 에라, 모르겠다. 일단 가게나 나가자. 나는 드라큘라의 관들이 보관되어 있을 것만 같은 지하 PC방을 빠져나와 지상으로 올라왔다. 4시가 넘었는데도 해가 길어져 직사광선이 그대로 눈을 찔렀다.

 토요일, 신촌의 한 카페에 도착해 '시간일기'라는 동호회에서 왔다고 하자 레이스 달린 원피스를 입은 미녀 종업원이 나를 3층으로 안내했다. 다행히 3층은 좀 조용했다. 무슨 연구실처럼 투명 유리로 된 방이 여러 개 있었는데, 그곳은 네 명 이상의 사람만 사용할 수 있는 공간이었다. 몇 천 원만 내면 컵라면도 주고 빵도 줘서 별로 부담스럽지 않게 여러 명이 시간을 보낼 수 있었다. 종업원의 안내를 받으며 5호실로 들어가자 이미 와 있던 다섯 명의 사람이 일제히 내 쪽을 쳐다보았다. 나는 고개를 꾸벅 숙이며 인사했다. 그러자 삼십 대 중반의, 의류 잡지에서 튀어나온 것 같은 패션 감각을 자랑하는 남자가 내게 알은체를 했다.
 "혹시 정수선 학생 아니에요?"
 "네, 맞아요."
 내가 얼굴을 붉히며 대답하자 그가 자신을 클럽장이라고 소개하면서 악수를 청했다. 난 모든 멤버들이 보는 앞에서 그와 악수하는 게 좀 창피했지만 어쩔 수 없이 악수를 받아들였다. 그는 빵이 담긴 바구니를 내 앞으로 밀어 주면서 식사는 하고 왔느냐고 물었다. 나는 대충 먹었다고 둘러댔다. 카페에서 만나면서 밥을 안 먹고 오면 다른 사람들이 불편해할 수도 있을까 봐 대충 김치찌개에 밥을 말아 먹고 온 것이다. 소설 속 주인공은 스테이크도 썰고 밥값보다 비싼 아이스크림도 아무렇지 않게 사 먹지만 현실 속의 나는 김치찌개에 밥 말아 먹는 게 전부였다. 하지만 나는 소설 속 주인공이 아니니까 불평할 수는 없었다.

클럽장은 멤버들의 직업을 하나씩 소개하고는 나 역시 그들에게 내 소개를 하게 했다. 특이했던 점은 외국인이 섞여 있다는 사실이었다. 이탈리아에서 왔다는 마리오는 한눈에 보기에도 쉰이 넘어 보였는데 직업이 한의사라고 했다. 이십 대 때 한국으로 관광을 왔다가 급체를 해서 한의원에 갔는데 침을 맞고 약을 먹자마자 병이 씻은 듯이 나아서 한의학을 절대적으로 신뢰하게 됐다고 묻지도 않은 말을 털어놓았다. 그 뒤로 마리오는 이탈리아에 돌아가서도 몸이 아프기만 하면 한국의 한의원에 가야 한다는 생각이 들었고, 그런 일이 반복되다 보니 한의사가 되는 게 자신의 운명이 아닐까 하는 생각이 들었다고 했다. 그 후 한국으로 와서 한국어 공부를 병행하며 한의학을 공부했는데 그래서인지 말이 우리나라 사람처럼 유창했다. 게다가 말도 엄청나게 많아서 꼭 살아 있는 라디오를 보고 있는 기분이었다.

마리오를 제외한 다른 사람들은 간간이 미소를 짓거나 맞장구를 치는 수준이었다. 나는 앞으로 마리오에게 쓸데없는 질문을 하지 말아야겠구나 생각하면서 그의 말에 고개를 끄덕여 주고 있었다.

또 한 사람은 추지행이라는 이름의 컴퓨터 엔지니어였다. 유명 통신 기업에서 근무하고 있다고 했는데 왠지 자부심이 넘쳐 보였다. 그리고 눈이 마주쳐도 쑥스러워하거나 웃는 기색이 전혀 없었다. 그는 나뭇가지 위에서 먹잇감을 노리는 한 마리의 치타 같았다. 별다른 내색 없이 가만히 앉아 있지만 사실은 자신이 원하는 목표물이 나타나기를 잠자코 기다리는 것처럼 보였다.

또 다른 사람은 여대의 조교였다. 이름만 대면 다 아는 유명한 여대여서 사람들은 그녀를 지덕체를 갖춘 미스코리아 감이라고 생각하고 있는 것 같았다. 보통 명문대 출신이면 웬만한 남자들은 거들떠도 안 보고 좀 잘난 체하는 경향이 있기 마련이었지만 그녀는 누구에게나 친절했다. 빼어난 미인은 아니었지만 목소리도 사근사근하고 웃을 때도 눈이 반달 모양이 되어서 남자들은 모두 그녀에게 호감을 갖고 있는 듯했다.

다른 사람들도 있었지만 그들은 별다른 특징 없이 평범해 보였다. 분위기가 어느 정도 무르익자 클럽장은 일주일 동안 쓴 시간일기를 공개하자고 말했다. 그러자 사람들은 은행에서 대기표를 손에 쥐고 있던 사람들처럼 일제히 자신들의 가방에서 노트를 꺼내 책상 위에 올려놓았다. 프린트를 해 온 사람도 있었다. 재미있었던 것은 대기업에 다니는 치타 같은 추지행이라는 남자가 딱 A4용지 두 장을 꺼낸 데 비해 마리오는 무슨 박사 논문이라도 제출하는 듯 두툼한 용지 묶음을 꺼내 놓았다는 점이다. 그 두 사람은 성향이나 태도 같은 것들이 정반대였다. 추지행이 간결과 단순함을 지향한다면 마리오는 구체성과 성실함을 지향했다. 나? 난 아직 아무것도 아니었다. 클럽장이 웃으면서 마리오의 성실함을 칭찬했다.

"아니, 원장님은 침 놓으시느라 바쁘실 텐데 언제 그 많은 일기를 기록하신 거예요? 그렇게까지 안 하셔도 된다고 말씀드렸는데."

그러자 마리오가 반짝이는 눈으로 나를 힐끗 본 뒤 왠지 나 들으라고 하는 것처럼 말했다.

"사람마다 캐릭터가 다 다르니까 시간일기도 다를 수밖에. 추지행 씨가 한 가지 일을 몇 시간이고 집중하는 캐릭터라면, 나 같은 사람은 한 열 가지 정도의 일을 오 분, 십 분씩 하는 체질이란 말이야. 그러니 시간일기도 이렇게 길어질 수밖에. 그냥 성향 차이니까 그러려니 하고 넘어갑시다. 어험."

마리오는 이런 말을 해도 될지 모르겠지만, 귀여웠다. 우리 아빠 나이 정도 되는 남자를 귀엽다고 하면 우리 아빠는 나보고 미쳤다고 하겠지만 마리오는 마치 내가 한 번도 보지 못한, 깊은 정글 속에 숨어 사는 원숭이과 동물처럼 호기심 어린 눈빛을 반짝이며(대머리도 함께) 자기가 하고 싶은 말을 속사포처럼 쏟아 내었다. 게다가 공부를 오래해서인지 아는 것도 무지하게 많았다. 마리오가 살아 있는 라디오처럼 재잘거리는 동안 옆에 앉은 추지행이라는 치타는 귀를 후비적거리기도 하고, 다리를 쩍 벌리고 앉아서 깊은 생각에 잠겨 있는 표정을 짓고 있기도 했다. 내겐 그 모습이 예사롭지 않게 보였다. 말수가 많지 않은 나는 차라리 말은 좀 많아도 마리오 같은 사람이 더 편했다. 나는 참다못해 치타에게 물었다.

"혹시 화나신 거 아니죠?"

그러자 치타가 갑자기 현실 세계로 돌아온 것처럼 두 눈을 깜박이고는 고개를 저었다. 다행히 얼굴에 미소가 돌아와 있었다. 그러자 클럽장이 끼어들어 주석을 달아 주었다.

"지행이 저 친구는 원래 그래요. 원장님이랑은 다르게 좀 무뚝뚝하지. 모임에 자주 나오면 차차 적응될 거예요."

나는 고개를 끄덕이며 깨달은 듯한 표정을 지었다. 그러고는 물었다.

"아까부터 무슨 생각을 그렇게 골똘히 하고 계신지 물어봐도 돼요?"

설마 아무 생각 없이 그렇게 심각한 표정을 짓고 있지는 않았겠지? 치타가 말했다.

"소설을 쓰신다고 했나요?"

"저요? 네."

"소설을 쓰면 남들보다 생각을 많이 해야겠어요?"

나는 웃으며 대답했다.

"뭐, 그런 셈이죠. 인물의 행동을 예측하고, 이야기를 잘 엮으려면 어떤 사건을 일으켜야 할지 이리저리 머리를 굴려야 하니까요. 하지만 재미있어요."

치타가 고개를 끄덕였다.

"나도 언제 소설을 한 편 써 보고 싶은데, 정확히 말하자면 소설로 써 보고 싶은 이야기가 있거든요. 언제 한번 도움을 받을 수 있으면 좋겠네요."

"아, 그러세요? 제가 할 수 있는 일이라면 도와 드릴게요."

나는 그 이상 상냥할 수 없을 정도로 싹싹하게 말했다. 그러자 클럽장이 연애하는 건 말리지 않겠지만 클럽 내에서는 비밀로 해야 한다고 농담을 던졌다. 하지만 웃는 사람은 아무도 없었다. 무안해진 그는 유머 학원에라도 등록해야겠다며 분위기를 마무리 짓고는, 서둘러 각자 책상 위에 꺼내 놓은 시간일기를 교환해 검토해 보자고 했다.

내가 받은 시간일기는 치타의 것이었다. 클럽장이 처음 온 나를 배려해 두툼한 마리오의 시간일기나, 그보단 양이 적지만 그래도 여덟 장 정도는 될 법한 여자 조교의 시간일기 대신 간결한 치타의 시간일기를 내게 준 것이라고 생각했다. 하지만 알고 보니 모두 차례대로 돌려 보는 게 이곳의 룰이었다.

치타의 시간일기는 두 장밖에 안 되는 분량답게 깔끔하고 간결했다. 그가 하루 동안 무슨 일을 가장 오래하고, 무엇에 집중하고 있는지, 어디에 시간을 낭비하고 있으며 얼마나 빠른 속도로 시간 관리 능력이 향상되고 있는지를 한눈에 파악할 수 있었다. 한 가지 눈에 띄었던 것은 화장실에 있는 시간이 지나치게 길다는 점이었다. 한번 화장실에 들어가면 십 분, 십오 분은 기본이었다. 샤위를 하나 생각했지만 거의 매일 샤워를 하는 것도 좀 이상해 보였다. 하지만 그 부분은 프라이버시라 굳이 묻지 않고 넘어가기로 했다.

치타가 가장 시간을 들여 에너지를 쏟고 있는 일은 자격증 공부였다. 훌륭한 컴퓨터 엔지니어가 되려면 따야 하는 자격증이 한두 가지가 아니었다. 오라클 데이터 베이스 자격증부터 시작해서 네트워크 관리자 자격증, 데이터 베이스 자격증 등등, 뭔 놈의 자격을 그렇게나 얻어야 하는지 보기만 해도 머리가 아팠다. 그러니 치타로서는 차라리 소설을 쓰는 내가 편해 보일 수도 있겠다는 생각이 들었다. 그는 머릿속이 복잡하기 때문에 그것을 정비하는 데만도 힘이 들어 되도록이면 말을 아끼고 싶어 하는 것인지도 몰랐다. 모든 인간은 저마다 다른 환경에 놓여 있는 법이니까 말이다.

멤버들의 시간일기를 모두 보고 나니 한 시간 정도가 지나 있었다. 사람들은 간단한 합평을 한 뒤 짐을 꾸리기 시작했다. 워낙 바쁜 사람들인 데다 모임의 성격상 모두들 조금의 시간 낭비도 용납하지 않는 분위기였다. 마리오는 모임이 끝나면 등산을 갈 계획이라고 했고, 천사 여자 조교는 사진 출사를, 그리고 치타는 스크린 골프장에 갈 계획이라고 말했다. 클럽장은 교회로 돌아가 봐야 한다고 했다. 물론 나도 갈 곳이 있었다. 아빠 가게. 아까부터 핸드폰을 손에 계속 쥐고 있었는데, 갑자기 엄청난 수의 손님들이 들이닥쳐 아빠가 총알택시를 부르짖을까 봐 걱정되어서였다. 클럽장이 왠지 명품 분위기가 나는 숄더백을 어깨에 메며 말했다.

"대충 이런 분위기예요. 한 시간 이상은 끌지 않죠. 아시다시피 우린 워낙 합리적인 걸 좋아하는 사람들이니. 솔직히 적응 잘 안 되죠?"

"아뇨. 정말 재미있는데요?"

그건 진심이었다. 적응, 부적응을 떠나서 그들이 추구하는 가치관이나 사고방식이 정말 마음에 들었다. 철저히 목표 지향적인 사람들이었고, 이 동호회는 현대 사회에 꼭 필요한 모임 같았다. 나는 흐지부지하게 살고 싶지 않았다.

"그 말이 진심이라면 다음 주 모임에 한두 가지 목표를 적어서 가지고 나와요. 모두 앞에서 발표하고, 그 주부터 다른 멤버들처럼 시간일기를 기록하게 될 테니까요. 아, 버리고 싶은 습관도 적어 오는 것 잊지 말고요."

난 웃으며 고개를 끄덕였다. 그리고 뒤늦게 생각났다는 듯 가방에서 오천 원짜리 지폐를 꺼내 클럽장에게 건넸다. 하지만 그는 돈을 받지 않았다.

"회비는 다음 주부터 내요. 뭐, 많이 먹지도 않았는데요."

그러자 그가 아까보다 더 인간성이 좋게 보였다. 정말로 맑은 기운이 몸속 깊은 곳에서부터 뿜어져 나오고 있는 것만 같았다.

나는 그들과 함께 카페를 나와 그 앞에서 멤버들과 헤어졌다. 한 시간밖에 있지 않았는데도 다섯 시간 정도는 앉아 있었던 것처럼 정신이 몽롱했다. 마치 스킨 스쿠버를 하고 깊은 심해에 들어갔다 나온 기분이었다. 주변의 모든 것들이 비현실적으로 느껴져 의식 속에 현실감이 차오르기까지 시간이 걸렸다. 그 비현실적인 느낌을 만끽할 여유도 없이 서둘러 지하철을 타고 가게로 향했다. 핸드폰을 계속 붙들고 있었기 때문에 손바닥과 액정 화면엔 땀이 촉촉이 배어 있었다.

13
가정 방문의 날

 일요일, 나는 라디오를 들으며 잠시 상 밑에 누워 낮잠을 즐기고 있었다. 라디오에서는 개그맨 디제이가 나와 자기는 노래를 못 불러서 큰일이라고 고민하고 있었다. 그리고 댄스 곡들이 연이어 흘러나왔다. 나는 희미해져 가는 의식 속에서, 얼굴에 빛 가리개용 소설책을 엎어 놓고는 책 냄새를 맡으며 꾸벅대고 있었다. 늘 잠이 모자랐기 때문에 손님이 없을 때 이렇게라도 눈을 붙여 두지 않으면 체력 저하로 쓰러질 수도 있었다. 엄마는 신문지를 넓게 펼쳐 놓고 마늘 껍질을 벗기고 있었다. 그때였다.
 "수선아, 손님!"
 엄마의 말이 채 끝나기도 전에 나는 상에서 게처럼 옆으로 기어 나와 얼른 자리에서 일어났다. 재빨리 머리를 매만지고는 문

쪽으로 달려가 침을 닦고 두 손을 공손히 앞치마 앞으로 포갰다. 잠시 후 골프 선수처럼 체격 좋은 남자가 문을 열고 가게 안으로 들어왔다.

"어서 오세요!"

나는 입에 침이 들러붙은 줄도 모르고 밝은 표정으로 인사했다.

"폐인이 따로 없구나."

나는 익숙한 목소리를 듣고 얼른 고개를 들어 올렸다. 그는 다름 아닌 허무식 코치였다. 양복이나 추리닝이 아닌 사복을 입은 모습은 처음 봤기 때문에 적잖이 당황스러웠다. 그는 딱 달라붙는 청바지에 쫄티를 입고 있었다. 그 모습을 보니 왜 여학생들이 허 코치에게 열광하는지 알 것 같기도 했다. 나는 잠이 덜 깨서 입에서 나오는 대로 지껄였다.

"춤추러 오셨어요?"

허 코치가 엄마를 힐끗 보더니 내 말을 무시하고는 엄마에게 예의 바르게 인사했다.

"안녕하세요? 수선이네 학교 문학 선생 허무식입니다."

그러자 엄마는 등산 경로가 프린트 된 두건을 쓴 채로 허 코치를 반갑게 맞아 주었다.

"어머, 안녕하세요? 학교 선생님이 찾아온 적은 한 번도 없었는데."

엄마가 갑자기 정신 없이 파닥거리기 시작했다. 덕분에 나까지 정신이 없어졌다. 엄마는 내가 해야 할 일―손님 상으로 안내하기, 반찬 뜨기 등—을 자기가 대신하더니 자기 정신 좀 보라며 주방으로 들어가 고기를 준비하기 시작했다. 나는 내 두 뺨을 몇 번 때리고는 허 코치가 앉아 있는 창가 쪽 상으로 가서 가스총으로 화로에 불을 붙인 뒤 김치를 벽돌판 위에 올려 주었다. 그가 말했다.

"뭐가 이렇게 바빠? 하나씩 해. 차례차례."

"하고 있어요."

올 거면 온다고 미리 얘기를 해 주든가. 엄마까지 놀라서 이게 무슨 난리법석이람. 난 물과 물수건을 갖다주고 밥을 먹을 거냐고 물었다.

"고기가 있으면 밥도 있어야지. 밥통 어딨냐? 내가 직접 갖고 올 테니까 넌 화장실에 가서 세수나 하고 와. 여자애가 얼굴에 침 자국이나 있고, 그게 뭐냐?"

나는 황급히 거울에 내 얼굴을 비춰 보고는 냅킨에 정수기 물을 묻혀 침 자국을 닦아 냈다. 그렇게 하니 감쪽 같았다. 그러고는 밥 갖다주는 것도 잊고 허 코치의 맞은편에 앉아 연락도 없이 웬일이냐고 물었다. 그가 헛기침을 하더니 물수건으로 이마에 난 땀을 닦으며 말했다.

"요 근처 마트에 들렀다가 단백질 섭취 좀 해야겠다는 생각이 들어서. 아, 이제 여름인가 보다. 조금만 걸어도 덥네."

"장 보셨어요?"

그는 아직 미혼이었다. 들리는 말로는 갓 대학을 졸업한 여자 친구가 있다고 하는데, 사실인지 아닌지는 알 수 없었다.

"휴지도 떨어지고, 쌀도 떨어져서. 한 번에 왕창 사 놓으면 몇 달은 걱정 안 해도 되겠지. 너무 많이 샀는지 트렁크가 꽉 차 버렸네."

그가 가게 밖에 주차해 놓은 자기 차를 가리키며 말했다. 그동안 저 차 조수석에는 몇 명의 여자가 앉았을까? 하지만 그런 걸 물었다가는 내 머리를 쥐어박거나 또 볼을 꼬집으려고 들 게 분명했다. 저번에 꼬집혀서 터졌던 여드름 부위가 아직도 욱신거리고 있었다. 내가 허 코치의 차를 힐끔거리고 있을 때 엄마가 삼 인 분은 족히 넘어 보이는 양의 고기를 쟁반에 들고 와 본인이 직접 불판에 굽기 시작했다. 아무래도 교사의 가정 방문으로 착각하는 모양이었다. 여기는 가정집이 아니라 엄연한 사업장이 아닌가. 나는 엄마에게서 집게와 접시를 빼앗아 능숙하게 불판 위에 고기를 깔고 헤어 디자이너 버금가는 솜씨로 김치를 싹둑싹둑 잘라 한쪽으로 몰았다. 그 모습을 보고 있던 허 코치가 기가 막히다는 듯 웃으며 말했다.

"뭐하러 소설 쓰기 같은 골치 아픈 일을 하려고 해? 그냥 여기서 계속 일하면서 매니저 같은 거나 해라. 매니저 몇 년 하다 보면 아버지가 부사장 같은 것도 시켜 주고 하시겠지. 그러다 보면 이 가게도 자연스레 네 것이 될 테고, 뭐가 불만이야? 왜 그렇게 얼굴에 심술이 가득 차서 소설 쓰기 같은 음침한 일을 하려고 들어?"

허 코치가 학교에서랑은 전혀 딴소리를 했다. 나는 어느 장단에 맞춰 춤을 춰야 할지 알 수가 없었다. 아무 말도 하지 않고 집게로 고기를 뒤집었다. 삼겹살이 지글지글 소리를 내면서 불판 위에서 정열적으로 자신의 몸을 불태우고 있었다. 허 코치는 젓가락을 집어 들고는 자기가 무슨 소리를 했는지도 잊어버린 채 감자 샐러드를 집어 먹고 있었다.

"갔다 왔냐, 거기?"

거기라면 시간일기 동호회를 말하는 것이었다. 내가 고개를 끄덕이자 그가 어땠느냐고 물었다.

"그냥, 좋았어요. 대단한 사람들이더라고요. 확실히 참석하면 도움이 될 것 같긴 해요."

내 심드렁한 태도에 그가 또 장난기가 발동했는지 내 볼을 꼬집으려고 손을 앞으로 뻗었다. 난 불길한 기운을 감지하고는 고개를 재빨리 뒤로 빼냈다.

"어쭈? 이젠 내 동선을 파악했다 이거냐?"

"여학생한테 왜 이러세요? 선생님, 저 여학생이에요. 소녀시대랑 나이 똑같다고요. 걔네들이랑 똑같이 대해 주세요."

나는 언젠가 숙제 검사를 맡으러 갔다가 허 코치의 컴퓨터 바탕화면에 소녀시대 사진이 깔려 있는 걸 본 적이 있다. 학생들 앞에서는 몽둥이를 휘두르면서 제법 그럴 듯하게 폼을 잡고 있었지만 사실은 그도 별 수 없는 삼촌 부대였다. 난 내가 소녀시대처럼 짧은 핫팬츠와 몸에 짝 달라붙는 티셔츠를 입고 오빠오빠 춤을 춰 대면 허 코치 하나쯤 쓰러뜨리는 건 식은 죽 먹기라고 생각하고 있었다. 그래 봤자 나한테 이득인 것도 없고 해서 그냥 나의 섹시함을 감춰 두는 것뿐이었다. 나를 소녀시대 급으로 대해 달라는 말에 허 코치가 어이 없다는 듯 코웃음을 치며 말했다.

"아무리 그래 봤자 넌 두꺼비야. 이 두껍아."

"두꺼비요?"

어이가 없었다. 이런 모욕은 처음이었다. 누구도 나한테 두꺼비라고 한 적은 없었다. 어설픈 미스코리아 감이라는 말은 들은 적이 있어도 말이다. 허 코치가 말을 이었다.

"진정한 작가가 되고 싶다면 미모는 포기해. 너 자신을 두꺼비라고 생각하란 말이야. 만약 미모를 포기할 수 없다면 작가 말고 다른 길을 찾아보는 게 나을 거다. 진심으로 하는 말이니까 흘려듣지 마."

이외수 할아버지 같은 작가를 지향하는 거라면 미모를 포기할 수 있겠지만, 아니 요즘은 『섹스 앤 더 시티』에 나오는 작가나 『스타일』을 쓴 백영옥 작가처럼 미모도 있고 옷도 잘 입는 세련된 작가들도 많잖아? 난 허 코치의 말을 무시하기로 했다. 물론 글 쓸 때 거지처럼 입어도 글을 다 쓰고 인터뷰라도 하게 된다면 본드 걸처럼 섹시하게 차려입을 작정이었다.

"아무튼, 자꾸 딴 데로 새는데, 동호회 모임은 괜찮았다 이거지? 그럼 계속 나갈 거냐? 다음 주에도 정모 하는 것 같던데."

"일단은 나가 볼 생각이에요. 나쁜 사람들인 것 같지도 않고, 이동 시간까지 세 시간만 투자하면 되니까 그렇게 시간 낭비도 아니고요. 또 열심히 하면 상도 주고요. 아, 코치님도 한번 해 보시지 그래요?"

왠지 같이 나가면 재미있을 것 같다는 생각에 그렇게 물어보았다. 하지만 허 코치는 손사래를 쳤다. 자기는 그렇게 강압적으로 뭔가를 하는 일이 성격상 맞지 않는다는 것이다.

"그러면서 저한텐 왜 하라고 하시는 건데요?"

"너도 하기 싫으면 관둬. 네 목표랑 내 목표는 다르잖아? 처한 상황도 다르고 말이야."

끝까지 약 올리시는군. 고기가 타는 것 같아서 화력을 줄이고 밥통에서 공기밥 두 개를 꺼내 왔다. 먹는 김에 나도 먹어야 할 것 같았다. 허 코치도 혼자 밥상머리에 앉아 밥을 먹고 싶지는 않을 것이었다. 내가 밥 뚜껑을 열고 상추에 쌈을 싸서 입안에 우겨 넣자 그가 말했다.

"많이 먹어 둬. 체력이 필력이니까."

그러고서 허 코치는 타지 않은 고기를 몇 점 젓가락으로 집어 내 밥그릇 위에 놓아 주었다. 그때까지는 아무렇지도 않았다. 그런데 그가 이미 타 버린 고기를 잘 오려 내 먹는 모습을 보자 갑자기 가슴이 아리면서 이상한 기분이 들었다. 지금까지 계속 채찍질만 당하다가 갑자기 나한테 친절을 베풀어서 그런가?

돌이켜 보면 허 코치는 그렇지 않은 척했지만 늘 내게 친절을 베풀고 있었다. 점심시간을 쪼개 가며, 그리고 야간자율학습 감독을 맡기 전까지 자신이 누릴 수 있는 얼마 안 되는 시간까지, 모두 내게 아낌없이 투자했던 것이다. 겉으로는 두꺼비라 놀리고 볼을 꼬집어 댔지만 내가 힘들어서 포기하고 싶어질 땐 사기를 북돋워 주고 승부 근성을 자극하면서 내가 원하는 것을 이룰 수 있도록 도와주었던 것이다. 나는 눈물을 들키지 않으려고 생마늘을 집어 쌈장에 찍어 먹으며 물었다.

"아, 매워. 근데 코치님은 저한테 왜 이렇게 잘해 주시는 거예요?"

허 코치가 고기를 우적우적 씹어 먹다가 뜬금없다는 듯 동작을 멈추고는 나를 빤히 쳐다보았다. 난 여전히 맺힌 눈물을 마늘을 먹어서 그런 것처럼 위장하며 말을 이었다.

"그렇잖아요. 개인 시간까지 투자해 가면서 저한테 올인하고 있는 거, 저 알아요. 공부는 바닥이지만 그렇게까지 머리가 나쁘진 않아요. 왜 그러시는 거예요? 그냥, 궁금해요. 다른 불쌍한 애들한테 잘해 주시는 것처럼 제가 불쌍해서 그러시는 건지, 아니면 제 안의 열정을 보고 그러시는 건지……."

허 코치가 뭐라고 대답할지 몰라 겁이 났다. 정말로 내가 불쌍해서 잘해 준다고 말한다면, 그땐 뭐라고 대답해야 하지? 겁이 났다. 내 안의 열정을 보고 이러는 거라고 대답한다손 쳐도 그 말을 백 퍼센트 믿을 수 있을 것 같지도 않았다. 내가 물수건으로 이마와 몸의 열기를 식히고 있을 때 마침내 허 코치가 입을 열었다.

"사이다 서비스로 줘야지. 얼른 가서 가져와."

나는 자리에서 일어나 냉장고에서 사이다 한 병을 꺼내 유리컵과 함께 상으로 가져왔다. 그리고 병따개로 뚜껑을 열어 허 코치의 잔에 따라 주었다. 허 코치는 사이다를 한 모금 마시고는 작게 트림한 뒤 이쑤시개로 이를 쑤셨다. 정말 가지가지, 할 건 다 했다. 내가 상처 받을까 봐 대답을 궁리하는 것 같기도 했다.

"내가 왜 네 코치를 자처하는지 궁금하다고? 난 네가 그 이유를 아는 줄 알았는데, 모르고 있었니?"

난 고개를 저었다. 내가 알고 있는 줄 알았다고? 역시 불쌍해서인가?

"모르겠어요. 말씀하기 싫으면 안 하셔도 돼요."

불쌍해서라는 말은 정말 듣기 싫었다. 그 정도로 내 인생이 구덩이에 빠져 있다는 걸 인정하고 싶지 않았다. 차라리, 아빠 친구들이 아버지를 돕는 착한 딸이라고 칭찬한 말을 믿고 싶었다. 비록 마음 한구석으로 그 말이 칭찬이 아니라 위로라는 걸 알고 있다 하더라도 말이다. 허 코치가 눈을 멀뚱멀뚱 뜬 채 내게 말했다.

"너 나한테 1억에서 이십 퍼센트 준다고 약속했잖아. 벌써 잊었냐?"

그 말은 잊어버리지도 않았군, 젠장. 불쌍해서라는 말이 차라리 나을 것 같았다. 이익을 노리고 한 짓이었단 말이야? 갑자기 굉장히 멍청해진 기분이 들었다.

"하지만 제가 1억을 탈 거라는 보장도 없잖아요. 상금을 못 타면 코치님한테 떨어지는 것도 없는데, 어떻게 될지 알 수 없는 일에 시간을 투자하고 계신 걸지도 몰라요. 그래도 괜찮으시겠어요?"

그러자 그가 재빨리 대답했다.

"1등을 하면 되잖아. 어떻게든 1등을 하도록 만들어야지. 내가 그렇게 만들 거고, 너도 그렇게 돼야만 하고! 알겠냐, 이 두껍아?"

그러고는 태연자약하게 숟가락으로 밥을 가득 떠 입안으로 밀어 넣었다. 갑자기 소설을 쓰는 일이 무거운 지붕을 밀어 올리는 것처럼 무겁게 느껴졌다. 이제 대학을 가냐 안 가냐의 문제가 아니라 허 코치의 시간 투자를 낭비로 만드냐 열매로 만드냐의 문제가 되어 있었다. 나의 고뇌는 끝날 줄을 몰랐다. 난 정말로 두꺼비 한 마리를 불판에 구워 먹기라도 하는 것처럼 인상을 쓴 채 밥을 깨작거렸다. 내 근심을 아는지 모르는지 허 코치는 이를 쑤시며 배를 두들기고는 우리 엄마한테 미인이라고 칭찬까지 했다.

"수선이가 어머니 닮아서 예쁘군요."

그러자 엄마는 푼수처럼 웃으면서 "선생님도 너무 멋있으세요, 운동하시나 봐요." 하고 맞장구를 쳐 주었다.

"새벽마다 헬스장 가서 한 시간씩 복근을 만들고 있는데, 하기 싫은 날도 많아서 큰일이에요. 하하하."

"어머, 그래서 그렇게 몸이 좋으시구나."

엄마랑 허 코치는 죽이 척척 잘 맞았다. 난 만약 상금 1억을 타지 못하면 다른 대회에서 탄 상금의 일부라도 허 코치에게 줘야 하는 건 아닌가 하고 심각하게 고민하고 있었다. 그럴 바엔 차라리 문학 수업을 받지 않는 게 낫지 않을까? 다른 대회에서 탄 상금을 갖다 준다고 해서 허 코치가 그걸 받을 것 같지는 않았다. 설마, 설마 그러기야 할까. 난 그가 남긴 고기들을 남김없이 모아 풋고추, 마늘, 감자 샐러드와 함께 상추에 싸서 입안에 우겨 넣었다. 일 년을 먹어도 질리지 않는 맛이다.

14
사막에서 온 편지

점심을 먹은 뒤 시간일기를 쓰고 있는데 머리 위로 그림자가 지더니 신경을 묘하게 자극하는 목소리가 들려왔다. 고개를 드니 최고야가 서 있었다.

"이게 다 뭐야?"

최고야가 내 시간일기를 가리키며 물었다. 그 애는 왕따였기 때문에 점심시간에 늘 책을 보거나 책상에 엎드려 잠을 잤는데, 오늘은 적당한 먹잇감을 발견하고 즐기려는 것이었다. 난 애써 웃으려고 노력하지 않고는 그냥 개인적으로 하는 놀이라고 말했다. 그러자 자기도 끼워 달라고 했다. 정말 낄 데 안 낄 데 분간을 못하는 애였다. 난 알고 있었다. 그 애가 정말 관심 있는 건 내가 아니라 허 코치라는 것을. 난 단지 수단밖에 안 된다는 것을. 최고야는 자기가 원하는 것을 얻기 위해서라면 반 전체 애들을 다 왕따 시킬 수도 있는 애였다. 어떤 환경이 그 애를 그렇게 만들었는지 궁금했지만 그걸 알기 위해 그 애와 친해지고 싶지는 않았다. 난 너무 바빴다. 조급증 때문에 심장이 불규칙적으로 쿵쿵, 뛰고 있었다.

내가 자기도 끼워 달라는 말에 아무 반응도 보이지 않자 최고야는 쳇, 하는 표정으로 자기 자리로 돌아가 버렸다. 다행히 포기는 빠른 애였다. 나는 시간일기를 들여다보며 앞으로 어떻게 소설 쓰는 시간을 늘릴 수 있을지 고민하기 시작했다. 최고야를 무시한 것이 마음에 걸리긴 했지만 나는 지금 내 인생의 중요한 갈림길 위에 서 있었다. 목표를 위해서라면 쓸데없는 곁가지는 과감하게 정리할 줄도 알아야 한다.

내가 학교에서 보내는 시간 중 가장 쓸모없다고 생각하는 때는 수학과 과학, 그리고 불어나 한문을 배우는 시간이었다. 그래도 국어나 영어, 사회는 모의고사 때 점수가 좀 나오는 과목들이었지만 나머지 과목들은 수업 시간에 집중하든 하지 않든 점수는 별반 차이가 없었다. 수능 최저 등급은 받아야 하니까 모든 수업을 아예 다 듣지 않을 수는 없다. 그래도 내가 조금이라도 흥미가 있고, 공부하면 점수가 올라가는 과목들만 수업 시간에 집중해서 듣고 나머지 시간에는 소설을 쓰는 거다. 다 필요 없어. 난 집중이 필요해.

딴짓을 한 게 들키면 엄청나게 혼날지도 모르는 시간들 외에는 적당히 눈치를 보면서 소설을 쓰면 큰 문제는 일어나지 않을 거였다. 그렇게 하면 하루에 소설 쓰는 시간을 대여섯 시간 정도는 만들 수 있을 것이다. 예고 애들과 비교했을 때 크게 떨어지는 습작 시간은 아니다. 오히려 집중만 잘한다면 그 애들보다 더 좋은 성과를 얻을 수도 있을 것이다. 그 애들은 어느 정도는 의무감으로 하겠지만 난 이 길이 아니면 아빠가 만들어 놓은 가게의 구렁텅이에서 빠져나올 수 없어 살아남으려고 발버둥을 칠 테니까.

점심시간이 끝나 갈 때쯤 최고야가 다시 내 자리로 걸어왔다. 난 아까 내가 자기를 무시한 것에 대해 따지는 게 아닐까 싶어 약간 긴장하고 있었다. 이렇게 사람을 이유 없이 귀찮게 하니까 친구가 생기지 않는 것이다. 최고야는 내 앞에서 걸음을 멈추고 아무 말도 하지 않은 채 불쑥 종이 한 장을 건넸다. 종이를 받아 내용을 살피니 천둥대학교 공모 공고문이었다. 이번 공모는 예심 작품 하나로만 평가를 내리고 상을 주는 형식을 취하고 있었다. 백일장에 참석해서 정해진 시간에 정해진 주제로 글을 쓸 필요가 없는 간단한 공모였다. 마음의 부담감이 살짝 덜어지면서 이번에도 꼭 상을 타고야 말겠다는 투지가 끓어올랐다. 충분히 할 수 있을 것 같았다. 그렇게 어려운 일은 아닐 것이다. 태산여대 백일장 수상이 준 자신감이 아직 내 몸속에서 해처럼 빛나고 있었다. 최고야가 물었다.

"소설 써 놓은 거 있어?"

한 20매 정도만 더 쓰면 완성되는 소설이 있긴 했다. 하지만 그런 말을 최고야한테 솔직히 털어놓고 싶지는 않았다.

"이제 써야지."

마감일을 보니 이 주 뒤였다. 그때까지 단편 소설 한두 편은 더 쓸 수 있을 것이다. 최고야는 앞으로 백일장이 열리면 같이 나갔으면 좋겠다고 다시 친한 척을 해 댔다. 아까 내가 무시했는데도 불구하고 이렇게 엉겨 붙는 걸 보니 정말 최고야는 여느 애들과는 다르다는 느낌이 들었다. 다른 애들도 그것을 일찍이 간파하고 그 애를 멀리하는 것이리라. 하지만 같은 반인 데다 같은 대회의 백일장에 참가하면서 굳이 최고야를 떨어뜨려 놓는 것도 허코치한테 좋게 보일 것 같지는 않았다. 그리고 서로 정보를 교환할 수 있을지도 모른다.

결국 나는 고개를 끄덕이며 "그래, 백일장 있으면 같이 나가자." 하고 말했다. 그러자 최고야는 마치 우리가 절친이 되자고 약속이라도 한 것처럼 내 새끼손가락에 자기 새끼손가락을 걸면서 "꼭이야!" 하고 힘차게 말했다.

자기 자리로 돌아가는 최고야의 뒷모습을 보고 있자니 괜한 짓을 한 건 아닌가 하는 후회가 밀려 왔다. 백일장에 나가면 집중이 필요한데 괜히 최고야가 이것저것 말을 시키면서 머리를 혼란스럽게 만들까 봐 겁이 났다. 뭐, 그건 그때 가서 생각하자고. 최악의 경우 피해서 도망 다니면 되겠지. 난 그렇게 마음 편하게 생각하고는 최고야가 준 대회 공고문을 삼 등분으로 잘 접어 가방 속에 집어넣었다.

토요일 2시, 나는 또다시 신촌에 있는 카페의 3층 모임 방에서 '시간일기'의 멤버들을 만날 수 있었다. 나는 시키지도 않았는데 내가 기록한 시간일기를 꺼내 옆 사람에게 건넸다. 클럽장은 열정이 보인다며 칭찬했다. 다른 사람의 시간일기를 보니 지난주와 크게 다른 내용이 없었다. 쓸데없이 시간을 낭비한 사람도 없었고, 모두 논문 완성이나 자격증 취득, 헬스클럽을 이용한 다이어트 같은 것들로 자신을 발전시키고 다지는 데 시간을 투자하고 있었다.

모임은 저번처럼 합평을 끝으로 자리를 파했다. 나는 카페 앞에서 멤버들과 인사한 뒤 지하철역 쪽으로 향했다. 그때 등 뒤에서 누군가 내 어깨를 톡톡 두드렸다. 뒤를 돌아보니 치타였다. 그가 특유의 자신감 넘치는 표정으로 물었다.

"어디 가요?"

"아, 아르바이트가 있어서요."

"아르바이트? 그거 바쁜 거예요?"

왜 그러지? 난 혹시 치타가 나한테 데이트 신청이라도 하려고 하나 생각하면서 나한테 무슨 볼일이 있느냐고 물었다. 그러자 그가 대답했다.

"사실은 들려주고 싶은 이야기가 있어요. 소설로 쓴 걸 봤으면 좋겠는데 알다시피 난 그런 재주는 없고, 만약 내가 이야기를 들려주면 수선 양이 그 얘기를 소설로 써 줄 수 있을 것 같은데. 어때요?"

듣던 중 반가운 소리였다. 안 그래도 천둥대에 응모해야 할 작품의 아이디어가 떠오르지 않아 고심하고 있던 참이었다. 물론 발에 차이는 게 아이디어였지만 정말로 쓰지 않고는 못 배길 만큼 마음에 드는 소재를 발견하지 못해 시간을 끌고 있었던 것이다. 나는 손목시계를 보았다. 뎀보한테 4시까지 가게에 도착하겠다고 약속해 놓았던 터라 더 이상 지체할 수 있을 만한 시간이 없었다. 하지만 궁금했다. 치타가 들려주고 싶다는 이야기가 무엇인지.

"저, 그럼 이메일 같은 걸로 좀 보내 줄 수 있어요? 그럼 제가 그 메일을 읽고 소설로 한번 고쳐 써 볼게요."

"아, 그럴래요?"

치타는 주머니에서 핸드폰을 꺼내더니 내 이메일 주소를 받아 적은 뒤 저장 버튼을 눌렀다. 오늘이나 내일쯤 이메일을 보낼 수 있을 것 같다고 말했다. 난 일단 이야기를 확인한 다음 그게 소설로 쓸 만한 소재다 싶으면 공모에 내도 되느냐고 물을 생각이었다. 어떤 이야기인지도 모르는데 벌써 공모 얘기를 꺼낼 필요는 없었다. 그는 모임 때보다 한결 밝아진 표정으로 고맙다고 인사하고는 버스 정류장 쪽으로 뛰어갔다.

치타의 이메일은 그날 저녁에 도착했다.

대단한 이야기는 아니고 그냥 꿈 얘기예요. 난 원래 꿈을 잘 꾸는 편은 아닌데 그 꿈은…… 뭐랄까, 마치 내 머릿속에 칩 같은 게 저장되어 있기라도 한 것처럼 몇 년 전부터 계속 반복해서 꾸고 있어요. 피곤해도 꾸고, 피곤하지 않아도 꾸죠. 오 년 전인가 혼자서 인도를 여행한 적이 있어요. 거기 친구가 살고 있어서 배낭여행을 간 거였는데 난 모험심이 넘치는 편이라 친구의 차를 빌려서 혼자 여기저기 떠돌아다니곤 했죠. 한 달이 조금 안 되는 여행이었을 거예요.

타르 사막에 갔었어요. 타이어가 녹아 버리는 게 아닐까 걱정될 정도로 더운 날씨였죠. 그런데도 모래바람은 불고 있었으니 인도의 기후란 뭐라 설명할 수가 없을 만큼 희한하죠. 전 차를 세워 놓고 끝없이 펼쳐진 사막을 걷고 있었어요. 보이지 않는 그 사막의 끝엔 뭐가 있을지 궁금했던 것 같아요. 왜 그런 호기심 있잖아요. 바다의 끝엔 뭐가 있을까, 지구의 끝엔 뭐가 있을까, 하는 유치한 호기심……. 그래서 차를 세워 둔 채 계속 걸었어요. 나침반이 있었기 때문에 차가 있는 장소로 다시 돌아올 수 있을 거라고 생각했죠.

그렇게 두 시간쯤 걸었을까. 지금 생각해도 믿을 수가 없는 일이에요. 도와줄 사람이라고는 아무도 없는 황량한 사막에서 두 시간이나 혼자 걷다니……. 뭔가에 홀리기라도 한 것처럼 계속 걸었어요. 걸음을 멈췄을 땐 차는커녕 내가 어느 나라에 와 있는지도 헷갈리더군요. 여기가 인도인지 이집트인지 소말리아인지. 나는 가방에 넣어 두었던 바게트를 꺼내 뜯어 먹으면서 나침반의 인도를 받아 차가 있는 곳으로 되돌아가기 시작했어요. 더 이상 늦으면 친구가 걱정할 것 같기도 했고, 또 무섭다는 생각도 들었거든요. 그런데 아무리 걸어도 차는 보이지 않았고, 내가 나침반을 제대로 보고 있는 게 맞나 하는 의심이 들면서 불안해지기 시작했죠.

바보 같게도 난, 톨스토이의 소설을 떠올리고 있었어요. 원주민 부족의 승낙을 받아 해가 저물기 직전까지 원하는 면적만큼 땅에 삽을 꽂고 돌아오면 그 땅의 전부를 가질 수 있었던 농부 이야기 알아요? 그 농부는 욕심을 조절하지 못하고 자기가 감당할 수 없을 정도로 멀리 나아갔고, 해가 지기 직전에 사력을 다해 출발점으로 뛰어오다가…… 어떻게 됐을까요? 맞아요. 죽고 말아요. 난 내가 마치 그 농부처럼 느껴졌어요. 농부는 재산을 불릴 욕심이었지만 난 모험의 범위를 넓힐 욕심이었죠. 마음이 급해지자 뛰기도 했어요. 배낭에 끼니를 때울 만한 것들은 부족함이 없었지만 밤이 되면 기온이 떨어질 거고 또 어떤 짐승이 나타날지 몰라 무서웠어요. 나중에는 비까지 내렸는데 천둥 치는 소리가 마치 시간이 껍질을 벗는 것 같은 기분마저 들더군요.

그렇게 네 시간 가까이 뛰다 걷다를 반복했을 거예요. 마침내 저 멀리서 친구의 차가 보였어요. 살았다, 싶자 온몸의 긴장이 한꺼번에 풀리면서 무릎이 푹 꺾였어요. 그 안도감을, 반가움을 상상할 수 있겠어요? 여행을 해 봤나요? 혼자 하는 여행 말이에요. 누구의 도움도 없이. 여행이라기보다는 모험에 가까운 그런 여행을. 그 뒤로 한국으로 돌아와서도 아직도 가끔 그 꿈을 꿔요. 사막에서 정처 없이 혼자 길을 헤매는 꿈 말이에요. 그리고 꿈 속에서도 계속 이상하다고 생각해요. 갈 때는 두 시간밖에 안 걸린 거리였는데 왜 돌아올 때는 네 시간이나 걸렸을까. 뭐가 잘못된 걸까, 하고요.

　써 놓고 나니까 그렇게 재미있는 이야기 같지는 않네요. 하지만 제게는 잊혀지지 않는, 마치 세상 속으로 내보내 달라고 제 머리를 두들겨 대는 것 같은 이야기랍니다. 난 글재주가 변변찮아서 이 이야기를 제대로 완성할 수 없을 것 같아요. 그럴 만한 자신도, 시간도 없고요. 사실은 몇 번인가 소설로 써 보려고 시도해 본 적이 있지만 번번이 몇 줄 쓰다가 실패하고 말았죠. 이렇게 편하게 쓰는 글과 소설은 아무래도 좀 다르지 않겠어요? 그러니 소설을 오래 썼다는 사람에게 이야기를 주는 게 아무래도 맞는 것 같아요. 만약 이 이야기가 흥미롭다고 생각한다면 소설로 써 주세요. 만약 그럴 수 없다고 하더라도 이야기를 읽어 준 것만으로도 난 만족해요. 왠지 이 이야기는 나 혼자만 알고 있어서는 안 될 것 같은 기분이 들거든요. 그럼, 안녕히. ─추지행.

　이메일은 그렇게 끝을 맺었다. 나는 다 읽고 난 뒤에도 모니터를 계속 들여다보고 있었다. 사막의 이미지를 떠올리는 중이었다. 난 인도에 가 본 적도 없고 사막도 실제로 본 적이 없었지만 치타의 편지를 통해 그의 의식 저 너머에 있는 타르 사막을, 교감을 통해 내 의식의 영역 속으로 끌어들이려 하고 있었다 물론 그의 편지는 군데군데 지나치게 생략된 부분이나 비약된 부분이 없지 않았다. 묘사도 충분치 않았다. 하지만 그의 글은 그냥 친구에게 어젯밤에 꾼 꿈을 이야기해 주듯 자신의 이야기를 이해하도록 상대방을 포용하고 있었으며, 이야기를 하는 자기 자신도 편안함과 흥분을 동시에 느끼고 있었다.

치타에게는 분명히 이야기꾼의 자질이 있었다. 무엇보다도 어떤 이야기의 원형을 소설이란 형태로 변형시키고 싶어 하는 욕망이 있다는 것 자체가 이야기꾼의 자질이라 봐도 무관했다.

나는 컴퓨터를 끈 뒤 침대에 누웠다. 타르 사막은 어떤 곳일까 상상해 보았다. 세상에는 내가 가 보지 못한 곳이 너무 많았는데 그건 내가 여행의 욕구가 별로 없기 때문이었다. 그럴 만한 돈도 없었고 만약 돈이 생긴다 해도 여행은 매일매일 똑같은 일을 반복하는 습관이 붙은 내게 그다지 어울리는 취미가 아니었다. 잠이 오지 않아 뒤척이고 있는데 바람 소리인지 뭔지, 창밖에서 웬 여자가 우는 것 같은 소리가 들려왔다. 더 자세히 들으려고 귀를 쫑긋 세웠지만 여자의 소리는 더 이상 들려오지 않았다. 나는 타르 사막을 상상하며 잠들었다.

15
이야기의 주인

멤버 모두가 자리에서 일어나 방을 빠져나가고 있었지만 치타와 나만은 그대로 자리를 지키고 앉아 있었다. 클럽장은 연애하는 건 당사자들 자유지만 회원 모두에게 전파시키면 좋지 않다고 조크를 던지고 방을 떠났다. 아무리 그런 게 아니라고 설명해도 클럽장은 우리를 놀리는 일을 포기하지 않았다. 빈방에 우리 둘만 남게 되자 치타가 말했다.

"뭐 좀 마실래요? 아니면 식사를 하거나."

난 고개를 저었다. 별로 배가 고프지 않았다. 하지만 그는 종업원을 불러 떡볶이 그라탕을 주문했다. 자기는 아침을 그냥 빵 쪼가리로 때우고 나와서 요기할 게 필요하다고 했다.

"어디 들렀다 오셨나 봐요?"

내가 그의 평소와는 다른 옷차림을 가리키며 물었다. 그는 평소엔 그냥 캐주얼한 차림이었지만 오늘은 정장을 입고 있었다. 그렇게 입으니 훨씬 멋있어 보였다. 돈도 더 많아 보였다. 대기업에 다닌다고는 했지만 평소엔 그냥 티셔츠에 청바지 차림이라 대학원생 정도로밖에는 보이지 않았던 것이다. 그는 물을 한 모금 마신 뒤 내가 이메일로 보내 준 소설에 대한 이야기를 꺼냈다.

"그 소설, 며칠 만에 쓴 거예요?"

"한 이틀? 학교에서도 쓰니까 확실히 속도가 빨라지더라고요."

나는 아직 그의 감상을 듣지 못했다. 만나면 얘기해 주겠다고 이메일로 답장을 보내왔기 때문이다. 그는 벽에 등을 기대고 앉은 채 잠시 말없이 손장난을 쳤다. 깍지를 낀 채 약간 초조한 사람처럼 열 손가락을 날개처럼 퍼덕거리고 있었다. 소설이 정말로 마음에 들었다면 얼굴을 보자마자 엄지손가락을 치켜들면서 브라보를 외쳤겠지만 그는 그러지 않았다. 소설이 썩 마음에 들지는 않은 모양이다. 어떤 감상이라도 말을 하긴 해야 한다고 생각했기 때문에 지금 이 자리에 앉아 있는 것 같았다. 만약 그런 거라면 시간을 길게 끌 필요가 없었.

난 치타가 시원하게 솔직한 속마음을 얘기해 주기를 바랐다. 하지만 치타는 계속 뜸을 들이면서 소설에 대한 얘기는 하려 들지 않았다. 자꾸 이 집 떡볶이 그라탕이 맛있다느니, 스크린 골프를 쳐 봤냐느니, 학교에서 공부는 곧잘 하느냐 같은 쓸데없는 소리들만 늘어놓을 뿐이었다. 나는 손목시계를 들여다보고는 치타에게 말했다.

"죄송하지만 오래 있을 수가 없어요. 아르바이트 때문에. 아빠가 성격이 불같거든요."

내가 아빠의 가게에서 아르바이트를 한다는 건 치타도 알고 있었다.

"만약 제가 쓴 소설이 썩 마음에 들지 않는다면, 그렇다 해도 전 괜찮아요. 아저씨가 그 꿈 이야기를 누군가한테 털어놓는 것만으로도 만족하는 것처럼 저 역시 어떤 이야기를 문자로 옮겨 놓았다는 사실만으로도 만족해요. 하지만 솔직히 말해서 처음부터 그럴 목적은 아니었지만, 막상 써 놓고 나니 공모에 내고 싶어졌어요. 그래서 만약 상금을 탄다면 아저씨한테 일부를 드리고 싶어요. 아저씨는 어떠실지 몰라도 전 이 이야기가 마음에 들거든요."

치타는 가만히 내 이야기를 듣고 있었다. 그도 생각을 해 보는 모양이었다. 난 물을 한 모금 마셨다. 그때 종업원이 떡볶이 그라탕을 들고 방 안으로 들어와 테이블 위에 올려놓고 돌아갔다. 그는 포크로 떡볶이를 찍어 내게 권했다. 막상 음식을 보니 먹음직스러워서 그의 호의를 받아들였다. 그는 배고프다면서도 음식엔 손도 대지 않은 채 내게 말했다.

"만약 내가 그 소설을 사고 싶다면? 그렇다면 어떻게 할 거지?"

난 내 귀를 의심했다. 요즘은 왜 이렇게 나를 깜짝깜짝 놀라게 하는 사건들이 연달아 일어나는지. 하지만 이번엔 곤란한 일은 아니었다. 오히려 좋은 일이었다. 공모에 내기도 전에 내 글에 관심을 갖는 사람이 나타났으니까 말이다. 나는 얼굴에 열이 퍼져 나가는 것을 느끼며 그를 쳐다보았다. 그는 진심이었다. 진지한 눈을 보면 알 수 있었다.

"소설을 산다면, 저한테 돈을 주고 그 소설을 갖겠다는 말씀이세요?"

"그래. 바로 그런 얘기야."

난 잠시 망설이다가 당돌하게 물었다.

"얼마나 주실 수 있는데요?"

"······넌 얼마를 원하지?"

난 이 소설을 공모에 냈을 때 받을 수 있는 상금의 액수를 떠올렸다. 오십만 원. 아무리 유명한 공모에 내더라도 최고 오십만 원이다. 비키로타키 공모를 제외하고는 고등학생을 대상으로 하는 공모에서 오십만 원이 넘는 액수는 상금으로 책정되는 일이 거의 없었다. 1억을 탈 수 있는 비키로타키 공모에는 예심 통과에 지장이 없는 작품을 보내고 백일장 때 실력을 발휘하면 될 것이다. 마침내 나는 입을 열었다.

"소설을 산다는 게 어떤 뜻인지 잘 모르겠어요. 이 소설을 책으로 만들거나 영화나 드라마 같은 걸로 만들기 위해 판권을 사고 싶다는 뜻인가요, 아니면······."

다른 경우라면 저작권을 사는 경우가 있을 수 있었다. 저작권을 사면 그 작품을 직접 쓴 작가처럼 마음대로 이용할 수 있는 권리를 얻게 된다. 작가는 그냥 작품을 쓴 사람일 뿐 그 작품을 이용해 돈을 벌거나 영화나 드라마 같은 2차 저작물에 이용하고 말고를 선택할 권리를 잃게 되는 것이다. 한마디로 작품의 주인이 바뀌게 되는 셈이었다. 오래전에 누군가가 창작 동호회 홈페이지에 올려 놓았던 내 소설을 자기 이름으로 공모에 낸 적이 있었는데 그때 그 녀석을 고발하려고 저작권 공부를 해 둔 게 지금까지도 그 빛을 발하고 있었다. 치타가 자신의 최신 기종 핸드폰을 한 번 열었다 닫고는 무표정한 얼굴로 나를 바라보았다.

"내가 말하는 건 그 작품을 전적으로 나만의 것으로 하게 해 달라는 뜻이야. 그 누구도 내 허락을 받지 않고는 그 작품을 볼 수도 이용할 수도 없도록. 설사 그 사람이 직접 글을 쓴 너라고 해도 말이야. 그래서 그 작품을 내 마음대로 할 수 있게끔 난 너에게 돈이나 그에 합당한 대가를 치르고 그 작품을 사려고 하는 거야."

"……이제 이해했어요."

나는 고개를 끄덕이며 말했다. 치타가 한숨을 내쉬며 등받이에 등을 기댔다.

"만약 그 소설을 공모에 내면 받을 수 있는 상금이 얼마지? 그 정도의 돈을 너에게 줄게. 그리고 넌 다른 새로운 소설을 써서 또다시 공모에 도전하면 되잖아? 소설을 쓰는 데 이틀이 걸렸다고 했는데, 그건 그렇게 긴 시간이라고 볼 수도 없고 말이야."

맞는 말이었다. 치타에게 소설의 저작권을 넘겨준 뒤 나는 공모에 낼 새로운 소설을 구상하고 써낼 수도 있다. 하지만 아무리 짧은 시간 내에 쓴 글이라 해도 내 손으로 쓴 소설이 완전히 남의 것이 되어 버린다는 사실이 왠지 모르게 치타를 경계하게 만들었다. 작품을 파는 것은 돈을 버는 차원의 문제를 넘어서 오랫동안 기르던 애완동물을 넘겨주는 일과 비슷하다고 이보험 작가는 말한 적이 있다. 정든 애완동물이 이 수상한 자의 손에 들어가 어떻게 난도질 당할지도 모르는 일이었다. 나는 김이 모락모락 나는 떡볶이 그라탕을 한 번 노려보고는 치타에게 말했다.

"한 가지 물어봐도 돼요? 그 작품을 왜 전적으로 아저씨 것으로 만들려고 하는 거죠? 저작권을 나랑 공동으로 갖고 있으면 안 되는 이유라도 있나요?"

그러자 치타가 움찔한 듯한 표정을 지으며 나를 빤히 쳐다보았다. 이런 질문을 하는 내가 성가시다는 듯 뜸을 들이면서 상체를 뒤로 기댔다 앞으로 숙이기도 했다. 그럴수록 그가 더더욱 의심스러웠다. 치타는 뭔가를 은폐하려는 사람처럼 어깨를 으쓱해 보이며 명랑한 어조로 말했다.

"그냥, 그건 내 꿈이잖아. 내 드림이란 말이야. 가끔 사람들은 꿈을 꾸면 그 꿈을 아무한테도 말하지 않고 혼자만 간직하고 싶어 하기도 하잖아? 그런 거야. 별 다른 이유 같은 건 없어."

"하지만 아저씨는 나한테 이메일을 보냈을 때 누구에게든 그 꿈 이야기를 털어놓아야 할 것 같다고 했어요. 기억 안 나세요?"

난 지금 당장이라도 치타를 PC방에 데려가 그가 보낸 이메일 내용을 읽어 줄 수 있었다. 그는 분명히 꿈 이야기를 자기 혼자만 알고 있으면 안 될 것 같다고, 소설이라는 분명한 형태로 변형시키고 싶다고 말했던 것이다. 그래서 난 그가 순수한 의도로 내게 꿈 이야기를 들려주었다고 믿고 그 이야기를 소설로 쓴 것이다. 약간의 상상력을 보태서 말이다.

내 말에 그는 잠시 생각하다가 고개를 끄덕였다. 인정할 수밖에 없는 상황이었다. 더 이상 내 심기를 건드렸다가는 내게서 그 소설의 저작권을 사는 일은 영원히 포기해야 할 테니까 말이다. 그가 테이블 위에 두 손을 올려놓고는 손톱으로 유리판을 톡톡 두드리며 말했다.

"좋아, 얼마를 원하니? 우리 협상을 하자. 먼저 네가 원하는 액수를 말해 봐. 소더버그 경매장에 가면 외국인들은 이런 식으로 그림 값을 매긴단다. 원하는 가격을 말하고 다른 사람이 이의를 제기하지 않으면 그 가격에 그림을 자기 것으로 할 수 있는 거야. 네가 먼저 가격을 말하렴. 그럼 내가 괜찮다, 아니다 하는 식으로 내 의견을 말할 테니까."

치타가 부드러운 목소리로 나를 얼렀다. 하지만 그가 내 소설에 대해 집착하면 할수록 난 수상쩍게 여겨졌고 왠지 소설을 팔아서는 안 될 것 같은 기분이 들었다. 그때 마침 뎀보에게서 문자 메시지가 도착했다. 예약 손님이 생겼는데 지금 오는 중이냐고 묻는 내용이었다. 나는 핸드폰을 내보이며 말했다.

"지금 가게에 손님이 많이 왔대요. 빨리 안 가면 아빠한테 엄청

혼날 거예요."

아빠한테도 상의하는 게 좋을 것 같았다. 아빠는 내 소설의 가치를 알아보는 눈 밝은 사람이 이제야 나타났다며 가능하면 조금이라도 비싼 값에 팔아 치우라고 종용해 댈 게 뻔했다. 치타는 자리에서 일어나더니 숄더백을 어깨에 메며 악수를 청했다. 난 내키진 않았지만 치타의 악수를 받아들였다. 치타가 말했다.

"지금 당장 너를 몰아붙인 것부터가 무리였는지도 모르겠다. 집에 가서 천천히 생각해 봐. 하지만 이건 기억하는 게 좋을 거야. 그 이야기의 원래 주인은 나라는 걸. 난 얼마든지 그 이야기의 원형을 다른 소설가에게 주고 다시 작품으로 만들 수 있어. 네가 허락하든 허락하지 않든 간에 말이야. 그리고 넌 내가 허락하지 않으면 공모에도 출품할 수 없다는 걸 잊지 마. 뭐가 너한테 이득일지 조금만 생각해 보면 답이 나올 거다."

처음부터 치타에게는 왠지 가까이 다가갈 수 없는 어떤 검은 오라 같은 것이 풍기긴 했지만 지금은 마치 협박을 당하는 것처럼 기분이 몹시 나빴다. 마치 내가 그 소설을 쓴 것 자체가, 그리고 공모에 내고 싶다고 생각한 것 자체가 자신을 위협한다고 생각하는 것 같았다.

나는 치타와 함께 카페를 빠져나와 각자의 방향으로 흩어졌다. 치타는 버스정류장으로 향했고 난 지하철역으로 향했다. 문득 대기업에 다닌다면서 왜 차를 가지고 다니지 않을까 하는 생각이 들었다. 하지만 합리적이고 간결한 것을 좋아하는 치타의 성격상, 신촌처럼 차가 막히고 인구가 많은 곳에는 차를 가지고 다니지 않는 게 스트레스를 받지 않는 길이라는 사실을 꿰뚫어보기 때문이라는 생각이 들었다. 아무튼 치타 때문에라도 이 세 번밖에 참석하지 않은 동호회에 정이 점점 떨어지고 있었다.

나는 덜컹거리는 지하철 안에서, 치타가 왜 내게 그런 이상한 제안을 했는지, 정말로 그 소설이 비싼 돈을 주고서라도 사고 싶을 만한 값어치가 있는 것인지 의아해했다. 내가 치타에게 이메일로 보내 준 소설은 다 쓰자마자 교정도 채 보지 않고 바로 전송해 준, 여기저기 엉성한 곳이 많이 남아 있는 초고였기 때문이다.

16
백지수표

 토끼뜀 일곱 바퀴에 이르자 교복이 땀으로 흠뻑 젖었다. 마치 목욕하고 물기도 닦지 않은 채 그 위에 바로 교복을 입은 것 같은 몰골이었다. 닭장에 갇혀 있는 닭과 공작새들이 내 땀보다 더 지독한 악취를 풍기면서 꽥꽥거렸다. 공작은 꼭 내가 토끼뜀 뛰는 시간에만 자신의 화려한 날개 장식을 펼쳐 보여 자기와 나의 신분 차이를 깨닫게 만들었다. 뭐, 그런 건 아무래도 좋았다. 이번이 바로 토끼뜀 일곱 바퀴째였으니까.
 출발 지점에 도착하자마자 바닥에 주저앉아 헉헉거리는 나를 보고 허 코치가 몽둥이로 자기 어깨를 두드리며 가까이 다가왔다. 모래가 종아리와 허벅지에 박혀 떨어지지 않더라도 난 다리가 후들거려 도저히 자리에서 일어설 수가 없었다. 후끈후끈한

땀은 이마와 겨드랑이와 온몸을 타고 아래로 흘러내렸다. 몸이 캐러멜처럼 녹아내리는 것 같았다.

"너 저기서 보니까 속바지가 야광이더라?"

허 코치가 웃지도 않고 말했다. 선글라스를 끼고 있었는데 그 모습이 꼭 '난 감정을 느끼지 못해'라고 말하는 터미네이터처럼 보였다.

"됐죠? 분명히 일곱 바퀴 다 뛰었어요."

운동장 한쪽에는 아직 일곱 바퀴를 다 채우지 못한 애들이 중간에 멈춰 서서는 이쪽의 눈치를 살피고 있었다. 우리는 모두 지각생들이었다. 단지 난 그 애들보다 지각을 자주 해 토끼뜀을 더 신속하게 뛴 것뿐이었다. 토끼뜀은 하면 할수록 느는 것들 중 하나다. 나는 토끼뜀을 그렇게 싫어하지 않았다. 물론 하고 나면 하루 종일 허벅지와 종아리가 몽둥이로 두들겨 맞은 것처럼 뻐근해서 계단을 오르내릴 때 어기적어기적 걸어야 하지만 그래도 평소엔 운동을 전혀 하지 않으니 토끼뜀이 건강에 도움이 될 거라고 긍정적으로 생각하고 있었다.

허 코치는 다른 애들이 다 뛸 때까지 자기 옆에 서 있으라고 내게 명령했다. 토끼뜀을 일곱 바퀴나 뛰어 본 적이 전무한 1학년 애들은 거의 운동장을 치마로 쓸다시피 하고 있었다. 멀리서 보면 무슨 에로 영화를 찍는 것처럼 끈적거렸다. 팔다리를 흐느적거리면서 허 코치를 향해 한 번만 봐 달라는 듯 몸을 떨어 대고 있었다. 하지만 선글라스를 쓴 허 코치에겐 여자를 배려하는 마음이 조금도 없었다.

　나는 수돗가에 가서 몸에 묻은 땀과 모래 먼지를 대충 닦고 허 코치의 곁으로 돌아왔다. 그는 그때까지도 쨍쨍 내리쬐는 땡볕 아래서 괴로워하는 여학생들을 지켜보며 한마디도 하지 않고 있었다. 마치 그 장면을 보기 위해 서기 4920년에서 온 로봇 같았다. 그 모습을 보고 있자니 너무하다는 생각이 들었다. 난 잠시 생각하다가 허 코치가 어깨에 둘러메고 있는 몽둥이를 순식간에 낚아채 교단 쪽으로 줄행랑을 쳤다. 허 코치가 나를 쳐다보면서 몽둥이를 돌려 달라는 듯 팔을 내밀었다. 그런다고 해서 돌려줄 내가 아니었다. 난 토끼뜀을 아직 반도 뛰지 못한 1학년 애들을 향해 소리를 질렀다.

　"도망쳐! 기회는 지금이다! 다들 도망쳐!"

　그러자 1학년 애들이 허 코치의 눈치를 보면서 엉거주춤한 자세로 자리에서 일어섰다. 그중 세 명은 자기들끼리 눈빛을 교환하더니 정자에 놔두었던 책가방을 들고 교문 쪽으로 달아났고 두 명은 여전히 미련하게 토끼뜀을 계속 뛰었다. 난 달아나는 후배들을 향해 "잘한다!" 하고 응원해 주었다. 하지만 허 코치가 "지금 도망가는 녀석들, 내일도 토끼뜀 열 번이다!" 하고 외치자 도망치던 녀석들이 울상을 지으면서 다시 운동장으로 돌아와 오리걸음을 걷기 시작했다. 나는 몽둥이를 허 코치에게 갖다주고는 말했다.

　"코치님, 1학년 애들한테 너무 심한 거 아니에요?"

　"너야말로 치마 속에 야광 바지나 입고 선배로서 너무 심한 거 아니냐?"

 그제야 알 것 같았다. 허 코치가 왜 그렇게 지각생들의 토끼뜀에 집착하는지. 난 그가 붙들고 있는 몽둥이를 잡아 흔들면서 따졌다.

 "이제 알 것 같네요! 코치님, 애들한테 토끼뜀 시키면서 치마 속 훔쳐보고 있는 거죠? 맞죠?"

 그러자 그가 무표정한 얼굴로 나를 향해 고개를 돌리더니 선글라스를 쓴 채로 입만 씩 웃으며 말했다.

 "알았구나?"

 나는 비명을 지르며 머리를 쥐어뜯고는 저려 오는 허벅지와 종아리 근육을 풀어 주었다. 한 번씩 걸음을 옮길 때마다 누가 허벅지를 칼로 째는 것 같은 통증이 찾아왔다.

 허 코치는 내가 다리를 절뚝거리며 계단을 올라도 힘드냐는 말 한마디 건네지 않았다. 원래 그런 인간이려니 생각하고 인간적인 배려나 친절 같은 건 바라지 않는 게 내 정신 건강에도 좋았다. 허 코치가 뒤돌아보더니 말했다.

 "빨리 올라오지 못해, 이 두껍아?"

 "최대한 빨리 올라가고 있다고요."

 허 코치는 교무실로 들어가서는 책상에 다리를 꼬고 앉아 선글라스를 벗었다. 나는 상담용 의자를 가져다 앉고는 허 코치에게 물었다.

 "그 소설, 읽어 보셨어요?"

"어, 그 사막 나오는 소설?"

"네. 어땠어요? 좋았어요?"

그 소설이 정말로 치타가 그렇게까지 목맬 만큼 작품성이 있는 소설인지, 나만 그 진가를 모르고 있는 건지 궁금했다. 허 코치는 별 관심 없다는 듯 거울을 보며 밖으로 삐져나온 코털을 집게로 뽑아내고는 말했다.

"아, 따가. 글쎄? 그냥 뭐, 좀 이상해."

"이상해요? 어디가요?"

"뭐랄까, 좀……. 사막 돌아다니다가 친구를 왜 죽이지? 기억을 잃어버리는 것도 그렇고, 비를 맞고 나서 친구를 죽이는 것도 좀 너무 뜬금없잖아? 그리고 난데없는 낙타랑 사막 얘기는 뭐야? 간밤에「알라딘」이라도 봤어? 앗, 따가."

허 코치는 이제야 비로소 코털을 집어넣는 것 말고 뽑는 방법이 있다는 사실을 깨달은 것 같았다. 누가 알려 줬나? 나는 그의 책상 위에 두고 갔던 소설 출력본을 집어 들고 페이지를 넘겨 보았다.

이게 그렇게 뜬금없나? 치타의 꿈 이야기를 듣고 그를 주인공으로 내세워 나름대로 살을 붙여 지어낸 이야기였는데 허 코치에겐 너무 뜬 구름 잡는 이야기처럼 보인 모양이었다. 허 코치가 좋아하는 소설은 SF나 액션이 좀 가미되어 있는 이야기였다. 아니면 잠시도 손을 뗄 수 없을 만큼 긴장감이 계속 유지되는 이야기거나.

"하지만 이 소설을 사겠다는 사람이 있단 말이에요."

그러자 허 코치가 시뻘게진 눈으로 나를 힐끗 쳐다보았다.

"누가? 누가 네 소설을 산다고?"

"농담 아니에요. 저작권만 넘기면 제가 부르는 대로 값을 쳐 주겠다고 하는 사람이 있다고요."

"그러니까 그게 누구냐고."

돈 얘기가 나오자 허 코치는 그제야 진지해졌다. 손거울과 집게를 책상 위에 내려놓고 두 손을 모은 채 내 이야기에 집중하기 시작한 것이다. 인간이 참. 난 소설 출력본을 흔들며 시간일기 동호회에서 만난 치타의 이야기를 들려주었다. 치타가 내게 꿈 이야기를 해 주면서 소설로 써 줄 것을 부탁했는데 막상 부탁을 들어주자 갑자기 협박조로 변해 버렸다고 말이다. 허 코치는 고개를 갸웃거리면서 "이상한 놈인데?" 하고 의아해했다.

"그렇죠? 분명히 이상하죠?"

"저작권을 달라고 했다고? 만약 이 이야기로 영화를 만들려고 했다면 2차 저작권을 사는 게 정상인데, 그냥 저작권을 달라고 했단 말이지?"

"저도 그 점이 좀 이상하긴 해요. 그래서 코치님한테 얘기하는 거예요. 뭔가 위험한 일에 휘말려 드는 건 아닌가 해서. 뭐, 대기업에 다니는 멀쩡하게 생긴 사람이 설마 이상한 짓을 하려고 들진 않겠지만, 그래도 기분이 별로예요."

"그 녀석이 뭐라고 했는지 처음부터 끝까지 다 얘기해 봐. 뭐라고 하면서 꿈 얘기를 해 줬다고?"

 나는 허 코치의 컴퓨터 마우스를 움직여 메일함에 보관되어 있는 치타의 편지를 보여 주었다. 그는 한참 동안 이메일을 읽어 보더니 고개를 끄덕였다.

 "변태네. 더 두고 볼 것도 없어. 이놈은 변태야. 두 번 다시 상종하지 않으면 돼."

 하지만 그렇게 간단히 변태라 치부하고 일을 마무리 짓기에는 석연치 않은 점들이 많았다. 일단, 내가 소설의 저작권을 팔지 않겠다고 했을 때 치타가 순순히 물러날지도 알 수 없었고, 치타의 허락 없이는 그 소설을 어떤 공모에도 응모할 수가 없게 되기 때문이었다. 한마디로 이틀 동안 거의 밤새우다시피 해서 열심히 써 놓고도 이러지도 저러지도 못하는 셈이었다. 그건 나도 원하는 바가 아니었다. 내가 그런 이야기를 허 코치에게 하자 소설 출력본을 빼앗아 들고는 다시 한 번 물었다.

 "정말로 그 녀석이 너한테 원하는 액수를 말해 보라고 했단 말이야?"

 "그렇다니까요."

 "그럼 이 소설은 백지수표나 마찬가지인데……."

 만약 내가 이 소설을 들고 지구 반대편으로 튀면 치타는 눈에 불을 켜고 쫓아올까? 난 초조할 때 늘 그러듯 다리를 떨어 대며 허 코치에게 진지한 표정으로 물었다.

 "그 녀석이 왜 그러는 걸까요? 도대체 이 소설이 뭐라고, 그렇게 목매는 걸까요? 코치님은 아세요?"

 허 코치가 출력본을 뚫어져라 노려보더니 그 자세 그대로 말했다.

 "변태야. 틀림없어. 자기 꿈을 소설로 써서 그걸 자기 혼자만 간직하고 싶은 거야. 다른 사람들한테는 들키기 싫은 거지. 왜냐? 자기 혼자만의 은밀한 환상으로 간직하고 싶거든! 너 같으면 그렇지 않겠어? 네가 돼지 꿈에 버금가는 엄청나게 좋은 꿈을 꿨단 말이야. 막 똥이 넘쳐흐르고, 돼지가 꿀꿀거린다. 그런 꿈은 더 이상 없을 정도로 좋은 꿈이라고. 그 꿈을 꾼 뒤로 복권에 당첨돼서 어마어마한 부자가 됐단 말이야. 그런데 그 꿈을 막상 어떤 예술가가 그림으로 그려 놨다 이거야. 그럼 넌 그 그림을 다른 사람들이 보게 하고 싶겠어? 말도 안 되지. 당장에 회수해야지. 얼마를 줘서라도 그 예술가한테서 그 그림을 빼앗아 와야지. 안 그렇겠어?"

 "음……."

 난 대답하지 않고 생각에 잠겼다. 전혀 일리 없는 얘기는 아니었지만 그렇게 가정한다고 보면 뭔가 앞뒤가 맞지 않는 부분들이 있었다. 먼저 치타가 내게 말해 준 꿈은 돼지 꿈처럼 좋은 꿈이 아니었다. 그가 그 꿈을 꾼 뒤로 급격하게 신분이나 지위가 높아진 것 같지도 않았다. 복을 불러오는 꿈이라고 보기엔 너무 우울한 이야기였던 것이다. 내가 그렇게 말하자 허 코치는 다시 한 번 소설을 들여다보더니 "그런가?" 하면서 고개를 갸웃거렸다. 그러더니 문득 좋은 생각이 떠오른 듯 입을 열었다. 창밖으로 운동장의 스프링클러가 돌아가면서 사방에 물을 흩뿌리는 모습이 보였다.

"그렇다면 이런 가능성도 있을 수 있지. 이 녀석이 너한테 흑심을 품고 있는 거야. 그런데 평범한 방법은 좀 그러니까 아주 이상한 방법을 쓰는 거지. 일명 '띄워 주기 작업'이랄까? 네가 쓴 소설이 아주 마음에 드는 것처럼 칭찬하면서 너랑 만날 수 있는 기회를 계속 만드는 거야. 그러면서 소설을 거액을 주고 살 것처럼 굴면서 실제로 돈은 주지 않는 거지. 그래서 너를 자기 마음대로 갖고 놀다가 차 버리려는 속셈인 거야. 어때, 내 추리가?"

나는 허 코치를 향해 누가 들을까 조용히 말하라는 신호를 주고는 자리에서 일어났다. 그리고 이 일은 좀 더 생각해 보고 결정하겠다고 말하고는 교무실을 나와 교실로 돌아갔다.

17
악마의 목소리

 치타의 제안에 대해 아빠와 의논하려던 생각은 그냥 접어 두기로 했다. 어쩌면 농담으로 그런 말을 한 건지도 몰랐다. 앞으로는 동호회 모임에 참석하지 않으면 그만이었다. 그러면 더는 치타를 만날 일도 없었다. 나는 그를 마지막으로 만났던 날 그의 협박성 짙든 얼굴을 떠올리지 않으려고 노력하며 그 일에 대해 생각하지 않기로 했다. 하지만 일은 그렇게 간단히 돌아가지 않았다. 그 주 주말에 모임에 참석하지 않자 치타에게서 전화가 걸려 온 것이다. 치타의 전화번호가 액정 화면에 뜨자 난 핸드폰을 바닥에 떨어뜨릴 뻔했을 만큼 소스라치게 놀랐다. 전화를 받지도 않았는데 그가 화를 내고 있다는 게 고스란히 느껴졌다. 정말 무서웠다.
 난 망설이다가 전화벨이 거의 삼십 초쯤 울렸을 때 마지못해 전화를 받았다. 아빠가 시끄럽다며 누구 전화기에 안 받느냐고 의심했기 때문이다. 나는 치타에게 잠깐만 기다려 달라고 양해를 구하고는 가게 밖 화장실 앞으로 가서 전화를 받았다.

"가게에 손님이 많아서 전화 오래 못 받아요. 무슨 일이세요?"

"……그럼 내가 가게로 가지. 거기가 어디야?"

정말 무서웠다. 치타는 내 예상대로 화가 나 있는 게 분명했다. 나는 부드러운 목소리로 그를 달랬다.

"여기 굉장히 멀어요. 모임에 못 나간 건 예약 손님이 잡혀 있어서 못 나간 거고요. 어제 모임에 나가셨어요?"

난 기어 들어가는 목소리를 애써 다잡으며 말했다. 그러자 그는 잠시 침묵하더니 유리판 같은 것을 톡톡 두드리는 소리를 냈다. 책상이나 테이블을 앞에 두고 앉아서 앞으로 어떤 행동을 취해야 할지 고민하고 있는 게 분명했다. 그런 모습을 상상하고 있자니 온몸의 털들이 일제히 곤두서는 것 같았다. 허 코치의 말처럼 나를 좋아해서 그러는 건 아닌 것 같았다.

"어떻게, 내가 지난주에 했던 제안에 대해선 좀 생각해 봤어? 소설의 저작권을 넘겨주는 일 말이야."

치타의 음성이 영화 「그놈 목소리」에 나오는 목소리처럼 들렸다. 신고하고 싶었다. 단순히 목소리가 듣기 기분 나쁘다고 신고할 수 있는 법이 제정된다면 말이다. 난 침을 꿀꺽 삼키고는 화장실 벽을 긁으며 말했다.

"집에 와서 생각해 봤는데요, 그건 좀 아닌 것 같아요, 아저씨."

그러자 치타가 겁주려는 것처럼 목소리 톤을 높이며 물었다.

"뭐가 아니라는 거지?"

"그렇잖아요. 아저씨, 그 소설 제대로 읽어 보기나 하신 거예요? 아저씨가 저한테 이메일로 보내 줬던 꿈 이야기랑 제가 쓴 소설은 전혀 다른 내용이에요. 그냥 처음과 끝 설정, 그리고 배경만 비슷할 뿐이지, 그 소설에 나오는 에피소드는 아저씨가 얘기해 주지 않은 것들을 제가 상상으로 만든 거라고요. 주인공이 비를 맞고 인디언들의 주술에 걸려 같이 사막을 횡단하던 친구를 죽이고, 비가 그치자 자신이 저지른 짓을 잊어버린 채 친구의 시체를 업고 차가 있는 곳으로 돌아오는 내용이 어떻게 아저씨가 꾼 꿈 내용이랑 같다는 거예요? 또 들은 얘기를 소설로 쓴다고 해서 법에 걸리진 않는다고요. 이건 법으로 시시비비를 가려도 분명히 아저씨가 지는 얘기예요."

내가 생각해도 정말 논리 정연하고 설득력 있는 주장이었다. 이 이야기를 준비하기까지 일주일 동안 얼마나 머리를 굴려야 했던가. 이것 때문에 공모 준비에도 집중할 수가 없었다. 날 어리버리한 고등학생으로 봤다가는 큰 코 다친다고. 그는 내 논리 정연한 설명에 할 말을 잃었는지 잠시 말이 없었다. 웬일인지, 다음에 취할 행동을 고심할 때 들려오던 테이블을 톡톡 두드리는 소리조차 더 이상 들리지 않았다. 나는 앞치마에 손을 찔러 넣고는 치타에게 말했다.

"그럼 더 이상 할 말 없으면 그냥 끊겠습니다. 아까도 말씀드렸지만 지금 가게가 바빠서요."

전화를 끊으려 하자 치타가 다급한 목소리로 말했다.

"다음 주에도 모임에 안 나올 건가?"

"그것까지 제가 아저씨한테 말해야 할 의무는 없을 것 같은데요. 지금 기분으로는 별로 나가고 싶지가 않네요."

난 그렇게 말하고는 전화를 끊어 버렸다. 정말 사이코 같았다. 어쩐지 첫인상부터 별로였어. 밥맛, 왕재수. 나는 핸드폰을 앞치마 주머니에 찔러 넣고 가게로 돌아왔다. 전화가 또 올까 봐 걱정했지만 다행히 치타는 더 이상 전화를 걸지 않았다. 내 얘기가 조목조목 다 맞기 때문일 거라 생각하니 뿌듯한 마음까지 들었다. 더 이상 날 괴롭히면 나도 가만있지 않을 생각이다. 아빠나 허 코치한테 얘기해서 묵사발을 만들어 주겠어!

나는 가게로 들어가서 케이블 방송을 계속 보았다. 벌써 다섯 번째 보는 「살인의 추억」이었다. 만약 살인 같은 것도 추억할 수 있다면 인간은 참 끔찍한 존재라는 생각이 들었다. 내가 예전엔 그랬지. 깔끔하게 잘 죽였는데. 아예 저항을 할 수 없게끔 처음부터 기를 팍 죽여 놨으니까. 그런 식으로 생각하면서 혼자 소주를 마시며 오징어를 뜯는 살인자를 생각하니, 그런 인간은 사람이 아니라 악마라는 생각이 들었다. 만약 이 지구상에 그 사람의 행동을 이해할 수 있는 이가 아무도 없다면 그는 더 이상 사람이 아니라 악마가 아닐까?

18
예약하지 않은 방문자

수업이 끝나고 학교 정문을 빠져나와 버스를 탔을 때까지만 해도 이상한 느낌은 전혀 없었다. 버스정류장에서 내려 먹자골목을 통과해 가게로 향할 때까지도 기분은 괜찮았다. 내 머릿속은 그냥 빨리 가서 연습장에 소설을 쓰자는 생각으로 꽉 차 있었다. 물론 학교에서는 원인 모를 불안에 시달리는 순간이 이따금 찾아오긴 했다. 하지만 심각한 수준은 아니었고 그냥 다른 사람들보다 유난히 예민한 내 성격 때문이라 대수롭지 않게 넘어간 정도였다.

가게 일이 끝나고 밤 11시쯤, 집까지 가는 길이 이상하게 기분이 나빴다. 뒤에 누가 쫓아오는 기척이라도 느껴지면 화들짝 놀라면서 뒤돌아보거나 걸음을 빨리 해서 집 쪽으로 내달렸다. 내가 돌아보는 바람에 뒤에 걸어오던 아줌마가 놀라서 뒷걸음질을

친 적도 있었다. 그렇게 며칠 동안이나 가게에서 집까지 가는 길에 비슷한 기분이 반복되었다. 뭔가 꺼림칙한 기분이 내 온몸에 들러붙어서 떠나질 않았던 것이다. 난 괜히 핸드폰으로 누군가와 통화하는 척하면서 걸어가거나 두려움을 쫓아내려고 MP3를 들으면서 뛰어갔다. 아빠 오토바이에 엄마랑 같이 타고 집에 올 수도 있었지만 그렇게 하려면 너무 오랫동안 기다려야만 했다. 나와 동생은 11시에 퇴근할 수 있었지만 엄마, 아빠는 가게 뒷정리까지 다 하고 자정이 넘어서야 겨우 퇴근할 수 있었기 때문이다.

 사건은 그런 날이 반복된 지 일주일쯤 뒤에 일어났다. 난 그날도 퇴근하자마자 발걸음을 서둘러 집으로 가고 있었다. 아빠의 오토바이를 유난히 타고 싶은 날이었지만 아빠는 마침 친구가 찾아와 퇴근 시간이 더 늦어질 것 같았다.

 아파트 앞에 거의 다 도착했을 때였다. 웬 자동차 한 대가 헤드라이트를 켜 놓은 채 아파트 단지 앞에 서 있었다. 누군가 안에서 나오기를 기다리는 모양이었다. 나는 별 대수롭지 않게 생각하고는 단지 입구를 향해 계속 걸었다. 그때 차 문이 열리는 소리가 들리더니 누군가 내 이름을 불렀다. 그 시간에 나를 부를 만한 사람은 없었으므로 난 잘못 들은 거라 생각하고는 단지 입구를 향해 계속 걸었다. 그때 다시 한 번 내 이름을 부르는 소리가 들렸고 난 그 자리에서 발걸음을 멈추었다. 분명히 잘못 들은 게 아니었다. 정수선, 그건 분명히 내 이름이었다.

 난 숨을 죽이고 그 자리에 서서 잠시 상황을 파악해 보았다. 어떻게 해야 할지, 그냥 앞만 보고 무조건 내달릴지, 아니면 비명을 지르면서 누군가에게 도움을 요청해야 할지, 짧은 순간에 엄청나게 많은 생각을 하면서 그 자리에 꼼짝 않고 서 있었다. 잠시 후 등 뒤에서 차 문 닫히는 소리가 들리더니 누군가 저벅저벅 내 등 뒤로 다가왔다. 나는 앞으로 걸어갔다. 하지만 그의 걸음이 더 빨랐다. 그가 내 어깨를 붙잡고 나를 자기 쪽으로 돌려세웠다. 나는 비명을 지르면서 상대방에게 미친 듯이 주먹질을 해 댔다. 그러자 그 역시 비명을 지르면서 자신을 방어했다.

"야, 정수선, 나라고! 허무식 선생님이야!"

그 소리에 정신을 차리고 바닥에 쓰러져 있는 남자를 보니 그는 정말로 허 코치였다. 난 소스라치게 놀라 재빨리 바닥에 쓰러져 있는 허 코치를 일으켜 세웠다. 가로등 불빛 아래서 상태를 살펴보니 코피가 나서 입술까지 흘러내려 있었다. 허 코치는 손에 묻은 코피를 보고는 질겁했다.

"으아, 이게 뭐야? 야, 너 이놈의 자식."

"어디 봐요. 많이 아파요? 아, 그러니까 왜 그렇게 사람을 놀라게 해요? 나쁜 놈인 줄 알고 기절할 뻔했잖아요."

나는 주머니에서 휴지를 꺼내 코피를 닦아 주었다. 허 코치가 지나가는 사람들이 자신을 힐끔거리는 것을 보고는 목소리를 줄여 내게 말했다.

"아이 씨, 이거 안 되겠다. 어디 약국 같은 데라도 가서 상처를 소독하든가 해야지. 아무래도 입술이 찢어진 것 같은데?"

"진짜요?"

다시 가로등 불빛에 그의 입술 쪽을 비춰 보았다. 이미 코피가 흘러내려서 입술을 적신 상태라 피가 입술에서 나는 건지 코피인지 분간하기가 어려웠다. 그는 주위를 둘러보더니 아직 문을 안 닫은 약국을 찾아보라고 명령했다. 11시가 넘은 시각에 문을 연 약국이 있을 리 만무했다. 결국 허 코치는 집에 가야겠다면서 차 쪽으로 발걸음을 옮겼다. 나는 뒤를 쫓아가며 물었다.

"근데 우리 집엔 왜 오신 거예요?"

"그냥 이 근처 산책 좀 하다가 너 퇴근할 시간도 됐겠다 싶어서 와 봤어. 근데 이런 봉변을 당할 줄이야."

그가 차 문을 열더니 과자와 빵, 우유 따위가 든 비닐봉지를 조수석에서 꺼내 내게 건네주었다. 다 내가 좋아하는 것들이었다.

"이거 주려고 여기까지 오신 거예요?"

"빨리 받아, 인마. 코가 얼얼한 게 눈 속에 한 몇 시간쯤 파묻혀 있었던 기분이야."

운전석에 타려는 그를 보면서 난 재빨리 손목시계를 확인했다. 11시 40분. 엄마, 아빠가 퇴근해서 오려면 12시 반쯤은 되어야 할 것이다. 아빠는 친구가 가게에 한번 찾아왔다 하면 한 시간이고 두 시간이고 마주보고 앉아서 노닥거리는 걸 아무렇지도 않게 생각했기 때문이다. 친구랑 둘이 술을 마시면서 옛날 이야기를 시작하면 평소엔 단골 손님에게만 특별 서비스를 하는, 그것도 벌벌 떨면서 주는 복분자 같은 비싼 술을 전혀 아끼지 않고 내왔다. 그러니 아빠, 엄마가 집에 올 때까지는 아직 한 시간 정도 남아 있는 셈이었다. 나는 운전석에 올라 시동을 걸려는 허 코치의 팔을 붙잡으며 말했다.

"그럼 잠깐 집에 들러서 입술에 약만 바르고 가실래요?"

웬만해서는 그런 짓을 하지 말아야 한다는 걸 알고 있었지만 허 코치의 코에선 계속해서 피가 흐르고 있었기 때문에, 그리고 그게 나 때문에 일어난 일이라 조금만 상식 밖의 행동을 하기로 마음먹은 것이다. 허 코치가 손사래를 치면서 됐다고, 집이 바로 코앞이라며 시동을 걸었다. 하지만 허 코치를 그냥 그렇게 보내고 싶지 않았다. 그래서는 안 될 것 같았다. 난 재빨리 조수석 문을 열고 좌석에 올라 소리 없는 시위를 했다.

"그러지 말고 잠깐 집에 들렀다 가세요. 소독약만 바르고 가시면 되잖아요."

"아이 참, 얘가, 괜찮대도 그러네?"

"나중에 저 때문에 쌍코피가 터져서 앓아누웠네, 학교에도 못 나왔네, 하고 계속 우려먹을까 봐 그래요. 그거 선생님 주특기잖아요."

그러자 허 코치가 "그건 그렇지." 하고 중얼거렸다. 나는 허 코치를 아파트 2층인 우리 집으로 데리고 들어갔다. 하지만 그는 거실에는 들어오지 않고 신발을 신은 채로 현관 앞에 서 있을 뿐이었다. 왠지 주인 잃은 강아지처럼 애처로워 보였다.

"괜찮으니까 잠깐 들어오세요."

"됐어. 부모님 오시기 전에 빨리 가야지. 약 상자나 갖고 와 봐."
 나는 텔레비전 밑의 수납장 서랍을 열어 구급약 상자를 꺼내 허 코치에게 가져갔다. 그는 탈지면과 면봉 따위를 집어 들더니 차라리 그냥 휴지로 틀어막는 게 낫겠다고 말했다. 나는 화장실에서 두루마리 휴지를 가져다주었다. 그는 휴지를 한 칸 뜯어서 얇게 잘 말아 코 속에 집어넣으려다가 문득 생각난 듯 내게 말했다.
 "저쪽 보고 있어."
 "왜요?"
 "글쎄, 저쪽 보라니까."
 나는 시키는 대로 고개를 피아노 쪽으로 돌렸다.
 "이제 됐다."
 다시 고개를 돌려 보니 어느새 허 코치는 코를 휴지로 틀어막고 있었다. 어차피 보여 줄 거면서 왜 다른 쪽을 보고 있으라고 했는지 이해할 수가 없었다. 코라도 후볐나? 허 코치는 현관 거울로 입술의 찢어진 상태를 살펴보더니 어이가 없다는 듯 고개를 절레절레 저으며 연고를 짜 입술에 발랐다.
 "너 소설가 하지 말고 그냥 격투기 선수나 해라. 두꺼비 격투 선수. 여자 효도르, 아니 여자 디에고 산체스다. 이런 망할. 앗, 슙, 따가."
 "많이 아프세요?"
 그러자 허 코치가 동작을 멈추고 무표정한 얼굴로 나를 응시하더니 말했다.

"그럼 너도 똑같이 한번 맞아 볼래?"

난 됐다고, 피곤해서 사양하겠다고 손사래를 쳤다. 허 코치는 찢어진 입술에 연고를 잘 바른 뒤 반창고를 두 개나 갖다 붙였다. 아무래도 내일 학교에서 볼만할 것 같았다. 여자애들은 무슨 싸움이라도 했느냐고 걱정해 줄 테고 허 코치는 불량배들 대여섯이 한꺼번에 덤볐는데 모두 반쯤 죽여 놓았다고 뻥칠지도 몰랐다. 허 코치가 핸드폰 시계를 확인하더니 부모님이 항상 이렇게 늦은 시간까지 일하시냐고 물었다.

"오늘은 친구 분이 오셔서 좀 늦으시는 거예요. 평소엔 지금쯤이면 벌써 오셨어요."

"그렇지? 에휴, 고생하시네. 그러게 인마, 네가 작가로 빨리 성공해서 부모님 고생 안 하게 해 드려야지. 공부를 못하면 그쪽으로라도 뭔가 빨리 빛을 보여야 할 거 아냐."

"그래서 죽어라 쓰고 있잖아요. 공부하다가 졸리면 그냥 자는데 소설 쓰다가 졸리면 세수하고 와서 다시 써요. 잘 알지도 못하시면서."

그러자 허 코치가 또다시 내 볼을 꼬집으려고 징거미 집게를 만들어 보였다. 난 재빨리 몸을 거실 뒤쪽으로 피했다. 그는 신발을 신고 있었기 때문에 거실까지는 침범할 수 없었다. 허 코치가 구급약 상자를 거실 바닥에 내려놓으며 작별 인사를 했다.

"내일 지각하지 말고 아침에 일찍 일어나. 지각하면 토끼뜀 일곱 바퀴야. 알지?"

"쫄바지 검은색으로만 입을 거예요. 걱정 마세요."

허 코치는 뒤를 돌아보며 '저게 언제 철들려나' 하는 표정을 짓고는 현관문을 열었다. 혼자 있게 된다고 생각하자 다시금 무서운 생각이 들기 시작했다. 치타가 어디선가 나를 향한 복수의 칼날을 갈고 있을 거란 생각이 들었다. 그가 테이블 유리판을 검지 손톱 끝으로 톡톡 두드리면서 나를 제압할 방법을 찾는 상상을 도저히 멈출 수가 없었다. 아침에 학교에 갈 때는 별일 없겠지? 그런 생각을 하다 보니 난 나도 모르게 허 코치를 다시 부르고 있었다. 그가 현관문 손잡이를 잡은 채 몸을 돌려 나를 쳐다보았다.

"저, 아무것도 아니에요."

"뭐야? 무슨 할 말 있어?"

"……사실은 말이에요."

나는 조금 전 내가 격투기 선수로 변했던 이유에 대해 설명해 주었다. 시간일기 동호회에서 만난 그 치타 같은 놈이 며칠 전 전화해 나를 위협했다고 말이다. 물론 기죽지 않고 당당하게 맞서서 그를 꼼짝 못하게 해 놓긴 했지만 아무래도 나를 주시한다는 망상을 떨쳐 버리기가 힘들다고. 그러자 허 코치는 반창고를 붙인 상처 부위를 꾹꾹 누르며 말했다.

"그렇게까지 했단 말이야? 그 자식, 도대체 무슨 꿍꿍이지?"

"코치님도 보셔서 아시잖아요. 제 소설이랑 그 남자가 말해 준 꿈 이야기가 전혀 다르다는 걸. 들은 얘기를 소설로 썼다고 법에 걸리진 않잖아요. 아니에요?"

허 코치가 잠시 생각해 보더니 고개를 끄덕였다.

"맞아. 생각해 보니까 그렇네? 그 자식, 그거 웃기는 놈 아냐? 자기가 소스를 줬는데 그걸 제대로 된 이야기로 만드니까 원래 자기 거였다면서 내놓으라고 하는 거 아냐? 못 키우겠다고 줄 땐 언제고, 다 키워 놓으니까 이제 와서 제 자식이라고 내놓으라는 거랑 뭐가 달라? 안 그러냐?"

"……저작권료는 주겠다고 했지만, 아무래도 뭔가 이상해요. 돈을 주고 팔더라도 마음이 찜찜할 것 같아요."

왜일까. 치타의 표정이나 말투에서는 내가 만든 작품에 대한 감동이나 희열, 경이로움 같은 것은 하나도 느낄 수 없었다. 다만 위협 내지는 협박, 그리고 누군가에게 쫓기는 듯한 다급함 같은 것만 있을 뿐이었다. 왜 내 작품을 읽고 나를 '협박' 하는 거지? 그래, 그건 분명히 '협박' 이었다. 소설의 저작권을 내놓지 않으면 어떻게 해 버리겠다는 직접적인 위협만 가하지 않았을 뿐, 그의 태도는 분명히 협박조였다. 왜일까. 그렇게 내가 느낀 바를 설명하자 허 코치는 팔짱을 낀 채 잠시 생각하다가 말했다.

"별일 아닌 줄 알고 넘어가려고 했는데, 네 말을 듣고 나니까 뭔가 이상하긴 하다. 그놈이 원하는 게 소설의 판권이 아니라 저작권이잖아? 그렇다면 그 이야기를 출판하거나 영화나 드라마 같은 걸로 만들어서 팔려는 뜻은 없다는 건데. 왜 굳이 그 소설의 저작권을 가지려고 하는 거지? 저작권을 갖게 되면 뭐가 좋은가……"

"그 소설을 세상에 발표할 수 없게 돼요."

내가 말했다. 문득 떠오른 생각이었다. 동호회에서 마지막으로 만났을 때 치타는 내가 소설을 청소년 공모에 제출하겠다는 뜻을 내비치자마자 갑자기 정색하면서 돈을 줄 테니 저작권을 팔라고 '요구' 했던 것이다.

"세상에 발표할 수 없게 된다? 누가? 네가?"

"맞아요."

난 고개를 끄덕였다. 허 코치가 고개를 갸웃거리고는 말했다.

"그럼 그 자식이 발표하려고 하나? 자기 이름으로?"

"그럴지도 모르죠. 그래서 제가 발표하는 걸 두려워한 걸 수도 있어요."

허 코치는 현관 거울에 비친 자신의 몰골을 한번 바라보고는 다시 내 쪽으로 고개를 돌렸다.

"두려워해? 그놈이, 네가 공모에 소설을 낸다고 하니까 겁을 먹었다 이거야?"

난 잠시 동호회 모임 때로 공간을 이동했다. 그리고 그때 마주했던 치타의 얼굴과, 가능한 그의 모든 움직임 등을 떠올리려 노력했다. 온몸의 감각을 그때의 기억에만 집중하면 타임머신을 타고 과거로 돌아가기라도 한 것처럼 거의 모든 감각들을 되살릴 수 있었다. 백 퍼센트는 아닐지라도. 나는 눈을 감은 채 말했다.

"……벽에 등을 기댄 채 말없이 손장난을 치고 있어요. 깍지를 낀 채 약간 초조한 사람처럼, 열 손가락을 날개처럼 퍼덕거리고 있어요. 불안정해 보여요. 고민하고 있어요. 그리고…… 위협받고 있어요. 주문한 음식도 먹지 않아요."

나는 거기까지 말하고 나서 눈을 떴다. 눈앞에 허 코치가 마치 정신과 의사처럼 심각한 표정으로 나를 바라보고 서 있었다. 눈가엔 눈곱도 끼어 있었다.

"너, 괜찮냐?"

나는 관자놀이를 꾹꾹 지압하고는 고개를 끄덕였다.

"그냥 기억력이 좀 좋을 뿐이에요. 교과서 내용은 기억 못해도 이미지나 공간을 되새기는 데는 강하거든요."

허 코치는 입술의 상처가 욱신거리는지 인상을 살짝 찌푸린 채 다시 한 번 현관의 거울을 바라보고는 말했다.

"내 생각엔 말야……. 그냥 돈 받고 팔아 버리는 게 어쩌면 좋을지도 몰라. 막말로, 네가 그 소설을 청소년 공모에 낸다고 해서 상을 타리라는 법도 없잖냐. 상을 타게 된다 쳐도 그놈이 자기한테도 이야기의 권리가 있다고 주장하고 나서면, 너 그 상 탄 것도 다 무효화되는 수가 있어. 아무리 어린 애들을 상대로 하는 공모라지만 주최 기관은 '대학'이야. 학부모들도 애들 대학 문제 때문에 눈에 불을 켜고 이쪽을 주시하고 있고. 표절, 대리, 비리, 이런 거에 성인 공모 못지않게 예민해. 너, 그런 거 저런 거 다 감수하고 좋은 결과만 얻을 수 있을 것 같아? 세상 일은 다 네 생각대로 돌아가 주지를 않아. 그건 분명해. 네가 네 짱구를 굴려서 이런저런 결론을 도출해 내듯이, 그 치타라는 놈도 분명히 이 대한민국 어디선가 짱구를 굴리고 있을 거라고. 게다가 그놈은 너보다 오래 살았어. 대기업도 아무나 들어가는 건 아닐 거 아냐. 내 생각엔 그놈, 이 짱구가 좀 돌아가는 놈일 거라고. 그러니까 생각을 좀 돌려서 그놈한테 저작권 팔도록 해."

"……싫어요."

난 내가 얘기해 놓고도 깜짝 놀랐다. 나도 모르게 내 입에서 싫다는 소리가 나와 버린 것이다. 마치 목구멍 저 너머에서 누군가 복화술이라도 하고 있는 것 같았다. 허 코치가 왜 자꾸 일을 복잡하게 만드냐는 듯한 표정으로 나를 쳐다보았다.

"왜? 왜 싫은데?"

"그냥 싫어요. 이유는 없어요."

하지만 이유 없는 일이 어디 있던가. 분명히 찾아보면 이유라는 게 있을 것이다. 굳이 얘기하자면 고교생 작가로서의 자존심? 그리고 그 소설을 대회에 응모하면 좋은 결과를 얻을지도 모른다는 알 수 없는 예감? 허 코치는 그 소설을 폄하하고 팔아 버리라고 했지만 내가 생각할 때 그 소설 속엔 '생명'이라고 부를 만한 것이 살아 숨 쉬고 있었다. 꼭 치타가 그 소설의 주인이 되려고 욕심을 부려서가 아니었다.

그 소설을 완성한 순간, 난 내 손을 떠나서도 저 스스로 살아 숨 쉬는, 다시 말해 어떤 사람이 보느냐에 따라 여러 가지 해석이 나올 수 있는 이야기가 탄생했다는 것을 느꼈던 것이다. 그 탄생의 순간 느꼈던 전율이 아직 내 손가락 끝에 얼얼하게 남아 있었다. 난 소설을 완성한 지 이 주가 된 지금도 마음만 먹으면 얼마든지 그 세계 속으로 다시 걸어 들어갈 수 있었다. 그리고 거기서 숨 쉴 수 있었다. 그러니, 아직 탯줄도 끊어지지 않은 그 작품을 내 이름으로 세상에 발표해 보지도 못한 채 다른 누군가의 손에 넘겨줘야 하는 일은 자행하고 싶지 않았다.

소설은 아직도 내 몸과 연결된 채 내가 공급하는 영양분을 빨아들이고 내 감정을 느끼고, 거기에 반응하고 있었다. 치타가 그 탯줄을 의도적으로 끊지만 않는다면. 게다가 아직 오타도 많고 교정을 봐야 할 문장이나 구절들도 있었다. 치타는 그 소설을 어떻게 하려는 심산일까. 나 말고 다른 기성 작가에게 제대로 된 문장으로 고치게 해서 성인 공모에 내려는 건 아닐까? 그가 바라는 건 돈일까? 아니면 허 코치의 말처럼 미술품을 수집하는 부호처럼 내 소설을 그저 금고에 넣어 둔 채 혼자서만 감상하려는 걸까? 궁금했다. 치타는 그냥 자신의 '꿈 이야기'이기 때문에 자신만 간직하고 싶은 거라고 둘러댔지만 내가 그 말을 믿을 만큼 어수룩하지는 않았다.

"자기 혼자만 간직하고 싶다고 했어요. 자신의 '꿈 이야기'니까."

허 코치가 코를 틀어막고 있던 휴지 조각을 빼내 현관 입구의 쓰레기통에 버렸다. 휴지 조각에서 피 묻은 콧물이 길게 이어져 나왔지만 그는 상관하지 않고 새로 휴지를 뜯어 다시 콧구멍을 틀어막았다.

"혼자만 간직하고 싶다고? 미친 놈. 정신병자야. 분명해."

허 코치는 입술에 난 상처가 너무 욱신거리는지, 아니면 코피가 멈추질 않으니 괜히 흥분해서인지 입에서 나오는 대로 아무 말이나 막 지껄여 대고 있었다. 난 그만 침대에 쓰러져 자고 싶었다. 정신적 공간 이동 능력을 너무 오래 써먹었더니 머리가 지끈거리기 시작했던 것이다. 나는 허 코치가 건네준 과자 봉지를 들어 보이며 말했다.

"잘 먹을게요. 감사합니다."

"그래. 너네 부모님 오실까 봐 안 그래도 오금이 저리는 중이었다. 가 볼 테니까 문단속 잘 하고 자. 알았냐?"

"알았어요. 운전 조심하세요."

허 코치가 나가고 현관문이 닫히자 계단을 구둣발로 내려가는 소리가 들리더니 다시 잠잠해졌다. 아무 소리도 들리지 않았다. 나는 문에 난 구멍으로 밖을 다시 한 번 엿보고는 현관문 잠금장치를 철저히 점검한 뒤 내 방으로 돌아왔다. 그리고 침대에 엎드린 채 그 '사막 이야기'를 다시 한 번 천천히 읽었다. 아직 제목도 채 짓지 않고 그냥 '사막 이야기'라고만 적어 두었던 것이다. 읽다 보니 군데군데 허점들이 더 명확히 눈에 들어왔다. '친구'라는 인물의 캐릭터가 일관성이 좀 떨어지고, 주인공이 인디언의 주술에 걸려 친구를 살해한 뒤 그를 업고 네 시간 동안이나 사막을 횡단한다는 설정도 좀 무리가 있어 보였다. 주인공은 이미 두 시간 정도 사막을 걸었다. 코와 입으로 모래 먼지를 이미 한 주먹은 들이마셨고 마실 물도 중간에 떨어진 상태다. 게다가 끝없이 펼쳐진 광활한 사막 한가운데에서 오로지 나침반에 의지한 채 길을 찾아야 한다는 공포가 심리적으로 주인공을 압박할 수 있는 상황이었다. 그런 상태에서 과연 죽어서 온몸이 축 늘어진 70킬로그램이 육박하는 성인 남자를 업고 네 시간이나 사막을 횡단할 수 있을까?

만약 이 소설을 공모에 낸다면 난 이렇게 고치고 싶었다. 중간에 상인이나 부족을 만나 친구의 시체를 옮기는 데 그들의 도움을 받았을 것이라고. 친구가 아파서 정신을 잃었다든지 하는 임기응변으로 대충 말을 꾸며 내고는 그들이 가지고 있는 낙타나 말, 수레 등을 빌려 차를 세워 놓은 곳까지 친구의 시체를 옮겼을 것이라고 말이다. 그러자 그 부분이 훨씬 설득력을 얻었다. 나는 그 부분에다 그렇게 펜으로 메모해 놓았다.

날이 밝으면 컴퓨터를 켜고 메모한 대로 고치고 싶었다. 그러는 와중에도 치타를 의식하지 않을 수 없었다. 그는 누가 뭐래도 이 소설에 대한 자신의 권리를 주장하고 있는 것이다. 난 이야기의 원형을 그대로 쓰지 않고 새로 개작까지 했다. 그러니 마음에 거리낄 것은 하나도 없다. 설사 내가 이 작품을 청소년 공모에 제출해 수상하게 된다고 해도 문제될 것은 아무것도 없다. 이건 처음부터 끝까지 내가 쓴 내 작품이니까. 치타의 꿈에 대한 권리 따위는 필요 없다. 예전부터 복권 당첨 때문에 꿈을 돈으로 사고판다는 얘기를 들은 적 있었지만 그건 말도 안 되는 얘기였다. 꿈을 돈으로 사고팔 수 있다면 기억이나 느낌, 공기나 햇볕 같은 것도 돈으로 거래가 가능해야 하지 않겠는가. 이 세상에 그런 건 없었다. 말도 안 되는 이야기였다.

19
변비 예찬론자를 사랑하는 일

나는 가방에서 며칠 전 최고야가 내게 건네줬던 공모 요강을 꺼내 다시 한 번 찬찬히 살펴보았다. 천둥대학교 청소년 문예 백일장. 마감은 엿새 뒤였다. 지금 새로운 소설을 쓰면 어떻게든 마감일은 맞출 수 있겠지만 왠지 새로운 이야기를 구상하는 것보다 '사막 이야기'를 고쳐 쓰고 싶은 마음이 더 강하게 들었다. 그 이야기는 아직 불완전하다. 처음 완성하고 혼자 느끼는 만족감은 컸지만 공모에 그대로 내기에는 고쳐야 할 부분들이 있었다. 난 '사막 이야기'를 일단은 '작품'으로 만들어 놓고 싶었다. 그래, 어떻게 되든지 간에 일단 보석을 만들어 놓자.

나는 물리와 한문, 불어 시간을 희생해 학교에 있는 내내 수업을 한 귀로 흘리고 소설을 계속 고쳐 나갔다. 몇 번인가 들킬 뻔한 적도 있었지만 운이 좋아 요리조리 피할 수 있었다. 지리 시간에는 다른 수업 때보다 몇 배로 긴장하긴 했지만 그래도 필기를 하긴 하면서 틈틈이 소설을 고쳤다. 필기를 아주 안 했다가 걸리면 정말 할 말이 없어지기 때문이었다.

그렇게 수정에만 사흘을 쏟아붓자 소설은 곧바로 공모에도 낼 수 있을 만큼 그럴듯해졌다. 수정 전이 양복을 입은 채 맨발로 서 있는 사람의 모습이었다면 지금은 양말, 구두에다 신사 지팡이까지 제대로 다 갖추었다. 이젠 탭 댄스도 출 수 있을 것 같았다. 허 코치에게 보여 주고 싶다가도 괜히 보여 줬다가 왜 자꾸 위험한 짓을 하느냐고 싫은 소리나 들을 것 같아 꾹 눌러 참기로 했다.

이 소설은 그냥 나 혼자만 갖고 있는 거다. 그리고 허 코치 몰래 천둥대학교에 응모하는 거다. 난 이 소설이 아무리 못해도 3등 안에는 들 거라고 확신하고 있었다. 천둥대는 서울에 있는 4년제 대학으로, 대학 인지도 리서치에서 10위권 안에는 꼭 드는 학교였다. 종교 대학으로도 잘 알려졌지만 유명 연예인들을 배출해 방송연예과의 입지가 높았고 다른 학과들도 그럭저럭, 천대 받을 만한 수준은 아니었다. 무엇보다도 문예창작과가 있다는 게 마음에 들었다. 인터넷으로 알아보니 문예창작과 교수들도 내가 어디선가 들어 본 적이 있는 이름들로, 이 정도 교수진이면 문단계의 산울림 내지는 빅뱅이라 할 수 있었다. 그중에서도 특히 내가 배우고 싶었던 교수는 나의 영원한 우상 이보험 작가로, 그는 천둥대학교의 전임 강사였다. 난 이보험 작가라면 사족을 못썼다. 그가 쓴 『변비의 최후』는 정말 대단한 걸작이었다. 셰익스피어나 헤밍웨이, 플로베르 같은 할아버지들보다 내겐 이보험이 더 훌륭한 작가였다. 그 할아버지들이야 이미 죽은 사람들이 아닌가.

천둥대학교 공모 요강에는 최우수상 수상자에게 수능 최저 학력 기준이라는 마지노선 없이 곧바로 입학의 특전을 부여하며 일 년치 장학금까지 준다고 명시되어 있었다. 정말 환상이었다. 이보험 작가의 수업에, 수능 등급 면제, 그리고 일 년치 장학금까지? 내가 원하는 모든 것들이 삼종 콤보 세트로 다 들었다. 이 기회를 놓치면 나는 평생 나 자신을 원망하면서 아빠의 가게에서 잔소리를 들으며 「살인의 추억」 재방송이나 보고 앉아 있어야 할 것이었다. 안 된다. 난 꼭 이보험 작가의 제자가 되어야만 한다. 무슨 일이 있어도, 반드시!

『변비의 최후』 책에다 '나의 사랑하는 제자 정수선에게'라는 말과 함께 그의 사인을 받아 낼 작정이었다. 물론 이미 강연이나 서점, 낭독회 등에서 이보험 작가를 실제로 만난 적이 있었다. 사인도 받았고 악수도 했다. 그는 유명 브랜드의 반투명 선글라스를 쓰고 있었는데 한쪽 귀에는 귀고리까지 하고 있었다. 웃음에서 가래 끓는 듯한 소리가 나는, 패션을 아는 정말 멋진 남자였다. 나이는 서른 중반쯤. 아직 미혼이다. 여대에 문학 강연을 가면 꼭 여대생들 몇 명이 연락처를 물어 올 만큼 남성미를 물씬 풍기는 아직은 젊은 문학 청년이었다. 자기 말로는 킥복싱이나 권투, 줄넘기도 수준급이라고 했다. 지난해 여름 모 여대에서 문학 강연을 한 적이 있었는데 그는 강단에 올라가더니 대뜸 킥복싱인지 권투인지 모를 동작을 잠깐 선보인 적이 있었다. 강연장에 온 사람들은 대부분이 여자였고(아줌마 독자들도 있었다.), 그는 아무래도 그것을 의식한 듯했다. 하지만 난 실망하지 않았다. 아이돌도 짐승돌이 뜨는 추세인데 작가라고 해서 '짐승 작가'가 있으면 안 된다는 법도 없지 않은가.

아무튼 나는 이보험 작가에 완전히 빠져 있어서 그의 제자가 되기 위해 그가 대학을 옮기면 나도 같이 따라가고 싶을 정도였다. 그는 작품도 좋았지만 남성적인 매력 역시 철철 넘쳤다. 그를 사랑하지 않을 도리가 없었다. 우리 학교 여자애들이 유일한 총각 선생인 허 코치를 동경하는 것처럼 나는 젊고 멋진 이보험 작가를 동경하는 것뿐이었다.

그로부터 사흘 뒤 나는 완벽하게 고쳐 쓴 '사막 이야기'를 천둥대의 청소년 문학 공모에 출품했다. 원래는 허 코치 모르게 내가 직접 우체국에 가져가서 우편으로 부치려고 했지만 서류에 담당 교사의 날인이 찍혀 있지 않으면 응모가 불가능해서 어쩔 수 없이 허 코치를 조를 수밖에 없었다. 허 코치는 왜 이렇게 고집을 피우냐면서 정 응모하고 싶으면 그 치타와 물어뜯든지 권투를 하든지 해서 타협을 보라고 충고했지만 치타는 그렇게 호락호락하게 뜻을 굽힐 만한 인간이 아니었다. 그럴 인간이었다면 애초부터 그렇게 협박조로 나오지는 않았을 것이다.

"왜 꼭 그 소설이어야 하는 거야? 하루 만에 새로 쓴 것도 있다며? 그럼 그걸로 내지, 왜 꼭 문제가 될 소지가 다분한 사막 이야기를 내겠다는 거냐고, 이 두껍아."

허 코치가 수돗가에서 양치질을 하며 말했다. 난 그 소설을 천둥대에 응모하기 위해 허 코치를 계속 쫓아다니면서 괴롭히는 중이었다.

"다른 대학교는 몰라도 천둥대에는 꼭 사막 이야기를 내야 해요. 천둥대는 꼭 1등 하고 싶단 말예요. 거기에 제가 좋아하는 이보험 작가가 교수로 있어요. 제가 작가가 되고 싶은 것도 사실은 이보험 작가 때문이란 말예요. 그 사람 책을 읽고 처음으로 소설이란 걸 쓰고 작가가 되고 싶다고 생각했고요. 아무튼, 다른 소설은 안 돼요. 사막 이야기보다 못해요. 질이 떨어진다고요."

나도 가능하면 다른 소설을 내려고 생각했다. 맥도날드에서 일하는 할아버지 이야기라든가, 아버지가 밟아서 가슴이 납작해진 여자애의 이야기라든가, 그동안 써 놓은 이야기는 여러 편이었다. 하지만 천둥대 공모에서 1등을 하기엔 모두 어딘가 미흡한 구석들이 있었고 딱히 그것을 고쳐서 내고 싶다는 생각도 들지 않았다. 1등을 할 수 있는 건 오직 사막 이야기뿐이었다.

결국 허 코치는 네가 쓴 작품이니까 네 마음대로 하라면서, 나중에 뒷일이 골치 아파지더라도 다 책임지라며 응모 확인서에 날인해 주었다. 허 코치는 절대 나를 이길 수 없었다. 이보험 작가에 대한 나의 불같은 열정을 막을 수 있는 것은 아무것도 없었다.

『변비의 최후』에서 내가 가장 좋아하는 구절은 "변비에 걸렸다고 해서 모두 제정신이 아닌 것은 아니다. 그들도 정상인들처럼 사랑과 경제적 지위를 갈망하고 식욕을 느끼며 예술 작품에 대한 감흥을 얻고자 한다. 단지 '변비'라는 인생에서 겪을 수 있는 극단의 고통에 처하는 순간에만 그 정상적인 욕구들을 모두 상실하게 되는 것뿐이다."라는 구절이었다. 그 구절을 읽을 때마다 난 몇 번이나 눈물을 흘릴 뻔했다. 정말 가슴 깊이 와 닿는 문장이었다.

한동안 이보험 작가의 소설을 읽은 충격에서 헤어 나오지 못했을 때 블로그나 미니홈피에 온통 『변비의 최후』에 나온 구절들로 도배를 해 놓고 지내기도 했다. 이메일의 인사말에도 그 소설 구절을 저장해 놓자, 내 이메일을 받은 사람들 모두 그 문장의 출처를 궁금해하며 심심한 공감의 뜻을 전했다. 이보험 작가의 소설은 모든 사람들을 서로 친근하게 느끼도록 만들어 친구가 되게 하는 신묘한 힘을 지니고 있었다.

나는 허 코치가 천둥대 공모 응모 확인서에 날인해 주는 걸 보면서, 이보험 작가를 강의실에서 만나 그 이야기를 직접 해 주는 상상을 하며 웃고 있었다. 꿈이 현실로 점점 다가오고 있었다. 어쩌면 이보험 작가와 스승과 제자로 만나 결혼까지 할 수도 있지 않을까? 지금이야 말도 안 되는 것 같지만, 직접 만나면 남녀 사이의 일을 그 누가 알 수 있겠는가. 게다가 대학에 입학하면 난 풋풋한 신입생으로 누구보다도 예쁘게 꾸미고 다닐 생각이었다. 지금처럼 교복 치마가 무릎까지 내려오게 하거나 추리닝 차림으로 눈썹 정리도 안 한 채 학교를 다닐 생각은 추호도 없었다.

시간일기 동호회 클럽장으로부터 문자가 온 것은 동호회에 나가지 않은 지 삼 주째 되던 날이었다. 그는 요즘 바쁜 일이 있느냐고 물었다. 나는 아빠 가게에서 아르바이트를 해서 너무 바쁘기도 하고, 공모 준비 때문에 정신이 없어서 동호회에 나갈 여력이 없다고 말했다. 그건 새빨간 거짓말은 아니었다. 난 벌써 고등학교 2학년이었다. 조금만 있으면 방학이고 공모에 도전할 수 있는 시간은 이제 일 년 반밖에 남지 않았다. 그동안 조금이라도 소설을 더 써 상을 타 놓아야지만 다른 애들처럼 4년제 대학에 갈 수 있는 것이다. 클럽장은 알았다면서 혹시 방학 때 여유가 생기거나 동호회가 그리워지면 언제든 다시 찾아오라는 말을 남기고는 전화를 끊었다. 치타에 대해서 물어볼까도 생각해 봤지만 어쩐지 그가 내가 자신의 안부를 궁금해했다는 걸 알게 되는 것도 꺼림칙했다. 괜히 내 존재를 다시 한 번 일깨워 줄 필요는 없었다. 그는 사막 이야기를 잊어버리자고 생각한 것 같았다. 벌써 한 달째 연락이 없었고, 내가 쓴 소설이 저작권 보호법에 걸리지 않는다는 말에 수긍한 것이라고 나는 나 좋은 쪽으로 결론을 내렸다. 천둥대학교의 이보험 작가가 아무것도 걱정하지 말라는 듯 저 너머에서 내게 손을 흔들며 미소를 지어 보이고 있었다.

20
성공의 이미지를 그려라

 "떡 줄 사람은 생각도 않는데 김칫국부터 마신다는 속담은 성공을 향해 가는 이정표다." 누군가가 그런 말을 했던 것 같은데 그게 누군지 기억나질 않는다. "성공하고 싶다면 성공의 이미지를 그려라." 그건 기억난다. 영화 「아메리칸 뷰티」에서 성공한 부동산 컨설턴트 역으로 나왔던 피터 갤러거가 했던 말이다. 그렇다. 성공하려면 이미 성공했다고 상상할 수 있을 만큼 뻔뻔해야 한다. 나는 이보험 작가가 문예창작 수업을 지도하는 강의실 맨 앞자리에 앉아 있는 내 모습을 상상하면서 천둥대 공모 1위 수상 소감을 공책에 끄적이고 있었다. 마침 지리 시간이었지만 필기하는 시늉만 하면 그렇게 괴롭히지 않겠지 하는 생각으로 수상 소감을 적어 내려갔다.

가능하면 짧고 강렬한 게 좋겠지?

　언젠가 성공한 작가가 되어 외국에 가서 글을 쓰겠다고 한 적이 있습니다. 외할머니는 그런 제게 '돈이 있느냐'고 물으셨습니다. 돈이 있어야 비행기를 타고 외국에 갈 수 있다는 말씀이셨지요. 하지만 저는 돈이 없었으므로 '날아가겠다'고 선언하였습니다. 그러자 외할머니는 진지한 표정으로 물으셨습니다. '날개가 있느냐'라고. 이제 저는 외할머니께 마찬가지로 진지하게 외칩니다. '날개가 생겼다!'라고. 그렇습니다. 이제 날개가 생겼습니다. 할머니, 부디 오래 사셔서 제가 어디까지 날아가나 두고 봐 주십시오.

　몇 번을 썼다 지웠다 해서 완성한 수상 소감은 내 마음에 쏙 들었다. 이 정도면 소설을 능가하는 수상 소감이군. 심사 위원들은 대단한 재목이 굴러 들어왔다고 기대하는 한편 질투와 불안에 떨지도 모른다. 게다가 난 이보험 작가와 같이 '커플 소설'을 써 보고 싶었다. 일본의 에쿠니 가오리와 츠지 히토나리처럼 하나의 장면을 목표로 두고 연재식으로 번갈아 가면서 쓰는 연애 편지 형식도 좋고, 프랑스 작가 아니 에르노나 필립 빌랭처럼 함께 공유한 시간을 바탕으로 사실적인 방법으로 이야기를 기술하는 것도 좋았다. 그 어떤 방식이라도 좋았다. 이보험 작가와 문학이라는 끈으로 연결되어, 함께한 진통의 시간을 책이라는 형태로 이 세상에 내놓을 수만 있다면 그걸로 내 문학 인생도 하나의 성과를 이루는 것이라 생각했다. 만약 이보험 작가가 갑자기 절필을 선언한다거나 이 땅에서 사라져 버리기라도 한다면 나도 작가가 되어야만 한다는 목적의식을 잃어버린 채 그 주변을 뱅뱅 맴돌 수밖에 없는 운명이었다.

  그때였다. 어디선가 쪽지 하나가 날아와 내 책상 한 귀퉁이에 떨어졌다. 고개를 들어 보니 나보다 두 자리 앞에 앉아 있던 최고야가 윙크를 하며 쪽지를 확인하라는 시늉을 해 보였다. 뭐지? 뭔가 또 쓸데없는 얘기가 적혀 있을 것 같았지만 일단 쪽지를 펴 보기는 했다.

허무식 선생님은 수업 시간에도 너가 보고 싶으셨나 봐.

  이건 또 무슨 헛소리야? 살짝 인상을 찌푸려 보이자 최고야가 펜 끝으로 창문 쪽을 가리켰다. 지리 선생은 어느새 칠판의 3분의 2를 분필 글씨로 가득 채우고 있었다. 나는 최고야가 가리킨 창문 쪽을 쳐다보았다. 영국 사립 고등학교 교복 같은 카디건을 걸친 허 코치가 허리에 뒷짐을 진 채 내가 있는 교실 안을 기웃거리며 복도를 맴돌고 있었다. 단순히 할 일이 없어 복도를 돌아다니는 것처럼 보이려고 애쓰고는 있었지만 교실에 있는 누가 보더라도 그건 명백히 지리 수업이 한창인 2학년 7반 교실을 염탐하러 온 것처럼 보였다. 바보 같았다. 왜 저러지? 나는 지리 선생에게 걸릴까 봐 다시 칠판에 적힌 내용을 필기하기 시작했다. 지리 선생이 쓴 구절까지 따라가려면 필기 속도를 세 배로 올려야 했다. 잠시 후 허 코치의 모습이 사라졌고 대신 핸드폰이 드르륵 울렸다.

—천둥대 최우수상 수상. 장난 아님. 수업 끝나고 옥상 소집. 이상.

난 책상에 엎드린 채 발을 동동 굴렀다. 미칠 것 같았다. 책상에 가슴을 붙인 채 뒷걸음질 쳐서 교실 뒷문으로 나가고 싶었다. 지리 선생은 아무것도 모르고 판서만 계속 해 대고 있었다. 바보, 개마 고원이고 고랭지 농업이고 그런 게 다 무슨 소용이야? 난 천둥대 최우수상을 먹었다고! 더 이상 이 교실에 있어야 할 이유가 없어졌단 말이야!

정말이었다. 내년에 천둥대 수시 모집 문학특기자 부문에 원서를 넣으면 특전으로 바로 입학이 허가될 것이다. 천둥대보다 더 이름 높은 대학에 갈 수도 있었지만 난 무조건 천둥대를 지원할 생각이었다. 아빠는 아마 가능하기만 하다면 태산여대에 가라고 종용할 게 뻔했다. 남자들이란 다 소 도둑 개 도둑이라고 생각하니까 말이다. 남자들이 학업에 도움될 리가 없다고, 오히려 호시탐탐 뭔가 털어 가려고 노릴 거라고 주장할 터였다. 하지만 아빠도, 허 코치도, 지리 선생도, 그 무엇도 나를 막을 수 없었다. 난 무조건 천둥대에 갈 거니까!

수상 소식을 들은 후로는 삼 분이 삼십 분처럼 흘러갔다. 지리했던 지리 수업이 끝나고 옥상 위로 올라가 허 코치와 축하주를 들었다. 그래 봐야 허 코치가 교무실 소형 냉장고에서 꺼내 온 써니텐 음료수 캔 두 개가 전부였지만 그것만으로도 나를 취하게 하기에 충분했다.

"이젠 어떻게 할 거냐? 수업은 안 들어도 되잖아?"

허 코치는 옥상에 나뒹구는 빨간 벽돌 위에 걸터앉아 선생이 해서는 안 될 말을 제자에게 하고 있었다. 난 주체할 수 없는 흥분으로, 반쯤 남은 음료수 캔을 우그러뜨리며 말했다.

"생각해 봤는데 그건 안 될 것 같아요. 학교에 안 나오면 아빠가 가게에 스물네 시간 붙어 있으라고 할지도 몰라요. 잘하면 주방에서 침낭 깔고 먹고 자라고 할걸요? 그렇게 재워 주는 것만도 어디냐고 하면서. 차라리, 학교에 나오는 게 저한테 이득이에요. 학교에 나와서 점심시간에 급식 먹고 수업 시간엔 소설 쓸 거예요. 가끔 교무실에 놀러 가 코치님 괴롭히면서. 그래도 되죠? 코치님도 저 없으면 심심하실 거 아니에요."

허 코치는 대답하지 않고 음료수 캔을 바닥에 내려놓았다 들었다 하며 심란한 기색을 비쳤다. 제자가 목적을 달성했는데 웬 심란? 나는 어린아이를 달래는 듯한 어투로 말했다.

"코치님, 제가 학교에 안 나올까 봐 그렇게 슬픈 표정을 짓고 계시는 거예요? 걱정 마세요. 저 나올 거예요. 그래도 아빠보다는 코치님이 나아요. 견디기에."

그러자 허 코치가 한숨을 푹 내쉬고는 말했다.

"이 두껍아. 그런 게 아냐. 난 네가 비키로타키 공모까지 가기를 원했단 말이야. 그런데 넌 마치 천둥대 공모 1등이 네 목표의 마지막 노선인 것처럼 굴고 있잖냐. 사람이 꿈을 좀 크게 가져야지, 그게 뭐냐? 너처럼 쪼그만 목표 하나 이뤘다고 좋아하면 대한민국에 정말로 '큰 사람'이 나올 수가 없어요. 내 말 무슨 뜻인지 알겠냐, 이 두껍아?"

나는 등 뒤에서 불어오는 시원한 바람을 한껏 느끼며 마치 타이타닉호에 타고 있기라도 한 듯 양팔을 좌우로 벌렸다. 머리카락이 바람에 마구 흩날렸다. 허 코치는 계속 심란한 표정으로 써니텐을 흔들었다 바닥에 놓았다 하며 고민에 휩싸여 있었다.

"그럼 제가 비키로타키 공모에 참가하겠다고, 정말로 열성을 다해서 1등을 해 보겠다고 작정한다면 코치님, 그런 표정 안 지으실 거예요?"

허 코치가 조금의 미동도 없이 잠자코 앉아 있다가 입을 열었다.

"네가 정말로 마음속 깊은 곳에서 우러나와 목표에 매달리지 않으면 아무런 의미도 없어. 황희 정승이 그랬지? 소를 시냇가까지 끌고 갈 수는 있어도 물은 마시게 할 수 없다고. 난 너한테 미션을 줄 수는 있지만 그 미션을 달성하는 건 너야. 네 의지가 있지 않으면 안 돼. 지금으로 봐서는 난 네가 과연 비키로타키 공모가 아쉬울까 싶다. 이미 넌 네가 좋아하는 작가가 교수로 있는 대학에 갈 수 있게 됐는데 또 뭐가 욕심이 나겠냐. 안 그래?"

그건 그랬다. 비키로타키 공모에는 딱히 욕심이 나지 않았다. 상금이 1억이나 되긴 해도, 그리고 문학 캠프니 서바이벌 백일장이니 하는 흥미롭고 도전 의식을 부채질하는 프로그램들이 있다고는 해도, 난 역시 이보험 작가만 있으면 그걸로 만족했다. 그 밖의 다른 것엔 아무런 아쉬움도 없었다. 허 코치는 그것을 꿰뚫어 보고 미리부터 실망하고 있는 것이다. 삼십 분 전 수상 소식을 들은 흥분으로 우리 교실 창문 앞 복도에서 얼쩡거리던 모습과는 사뭇 다른 모습이었다. 역시 백 퍼센트 좋은 일이란 이 세상에 존재하지 않는가 보다.

나는 옥상 아래를 내려다보며 하복에 스민 땀을 바람에 말렸다. 시멘트 바닥 구석에는 담배꽁초들이 수북이 쌓여 있었다.

"실망하지 마세요. 그래도 도전은 해 볼 거예요. 코치님 말대로 예전처럼 열정적이진 않겠지만 그래도 할 수 있는 데까지는 해 볼 거라고요. 1억이면 우리 아빠 빚 갚는 데도 큰 도움이 될 거예요. 그 돈만 있으면 우리 식구들 다 고생 안 해도 되고, 저도 굳이 가게에 나가서 시간 낭비할 필요도 없게 되잖아요? 가게만 안 나가면 집에서 소설에만 열중할 수 있게 될 테니까요. 그러니까 너무 실망하지 마세요. 까짓거 한번 해 보죠, 뭐. 이래 봬도 공모에서 2관왕 먹은 여자예요, 저. 왜요? 제가 못할 것 같아요? 비키로타키, 조금만 기다려. 다 죽었어, 늬들!"

허 코치가 벽돌에서 엉덩이를 떼고 일어서며 몸을 비틀었다.

"그래, 기백은 좋다. 아무튼 네가 그렇게 얘기하니까 나도 희망을 완전히 버리지는 않겠다. 뭐, 죽자 살자 달려들어서 하는 것보다 마음의 여유를 갖고 임하는 게 더 좋은 성과를 낼 수도 있겠지."

하지만 허 코치의 말투에서 그렇게 큰 기대는 하지 않는다는 것을 느낄 수 있었다. 어느 정도는 포기한 것이다. 죽자 살자 달려들지 않으면 어떤 것도 이룰 수 없다는 것을 사실은 우리 둘 다 알고 있었다. 난 수업 시간에 쓴 수상 소감 종이를 주머니에서 꺼내 허 코치에게 소리 내어 읽어 주었다. 그러자 허 코치는 나한테 무슨 신묘한 능력이라도 있는 거 아니냐며, 어떻게 앞날을 예측했느냐고 물었다.

"예언 능력 같은 거 말씀하시는 거예요? 전 그냥 김칫국을 마신 것뿐이에요. 선생님도 뭔가를 이루고 싶다면 김칫국부터 마셔 보세요. 그럼 정말로 이루어진대요."

"그딴 소리 안 믿어. 서점에 가면 그런 책들 깔렸더라. 생생하게 상상하면 이루어진다. 나 참, 웃기지도 않아서. 상상하는 걸로 일이 해결된다면 난 화장실 변기 위에서 하루 종일 상상만 하고 앉아 있겠다. 그냥 앉아만 있어도 월급 나오는 상상. 알았냐, 이 맹꽁아."

허 코치는 내 이마를 꽁 쥐어박고선 옥상 문 쪽으로 걸어갔다. 나는 허 코치가 다시 발길을 돌려 내쪽으로 돌아오는 상상을 했지만 이루어지지 않았다.

21
팬에서 적으로

천둥대 공모 시상식장에 가서야 심사 위원들 중 이보험 작가가 끼어 있었다는 것을 알 수 있었다. 왜 미처 거기까지 생각을 못했는지 나 자신조차도 미스터리였다. 내 머릿속에는 온통 이보험 작가와 함께하는 대학 생활에 대한 환상으로 가득 차 있어서 시상식에 나오는 심사 위원들이 누구일지 생각할 마음의 여유가 없었던 것이다.

다른 수상자들은 부모나 담당 교사와 함께 오기도 했지만 난 철저히 혼자였다. 그 시간, 엄마는 가게에서 마늘을 까며 텔레비전을 보고 있었고 허 코치는 수업 중이었다. 난 평소처럼 무릎 아래 5센티미터까지 내려오는 헐렁한 교복 치마에 어깨엔 허연 비듬을 얹은 채로 내 이름이 호명되기만을 기다리고 있었다. 잠시 후 사회자가 심사 위원들이 무대로 나온다고 소개했고 학생들과 학부모, 담당 교사 몇 명이 다 함께 자리에서 일어나 환영 박수를 쳤다. 1등도 아니고 2등, 3등인데 엄마랑 선생님까지 데려온 애들이 한심해 견딜 수가 없었다.

내 시선은 곧 무대 위에 등장한 심사 위원들 중 한 명에게 고정되었고, 그 순간부터는 아무 생각도 할 수 없었다. 정말이지 머릿속에 그 어떤 판단도 평가도 비판도 할 수가 없었다. '일시적 사고 회로 정지 상태'였다. 심리학 용어로는 '스트루프 효과'라고도 부른다. 심사 위원들 셋 중 가장 오른쪽에 영원한 나의 우상, 이보험 작가가 앉아 있었기 때문이다. 그는 올드패션의 선구자들처럼 보이는 꼬장꼬장한 노교수들 사이에서, 캐주얼한 티셔츠 위에 깔끔한 자켓을 걸치고 앞머리를 베컴처럼 닭 벼슬 모양으로 세운 채 자리에 앉아 있었다. 어떤 사진에서는 뿔테 안경을 썼는데 지금은 쓰지 않았다. 눈이 나쁘다기보다는 패션 감각을 뽐내기 위해 뿔테 안경을 쓴 것 같았다. 그런 건 아무래도 좋았다.

사회자가 모두 자리에 착석해 달라고 하고는 이제부터 간단한 심사평을 듣는 시간을 갖겠다고 발표했다. 그러고는 그중에서 가장 힘 없어 보이는 할아버지 교수에게 마이크를 건넸다. 그 자리에 앉아 있는 것만두 힘에 부치는 듯한 할아버지였다. 하지만 일단 마이크를 건네받자 마치 다른 사람의 혼이라도 씐 듯 논리 정연하고 차분하게 말을 쏟아 냈다.

요약해 보자면, "생각보다 학생들의 수준이 썩 좋아서 흐뭇한 마음으로 응모된 작품들을 읽어 나갔다. 어떤 학생이 쓴 시 중에는 훔치고 싶었던 구절도 있었고 어떤 학생의 시는 영 가망이 없다고 느껴지는 죽은 작품도 있었다. 하지만 저마다 자기들의 생을 담아 낸 흔적이 고스란히 보이는 작품들인 것만은 분명했다. 오늘, 이 상은 우리 심사 위원들이 주는 것이 아니다. 생을 충분히 치러 낸 자가 생으로부터 그에 합당한 보상을 받는 것뿐이다. 아직 부족한 자는 내가 계속 지켜볼 터이니 앞으로도 게으름 피우지 말고 온전히 밀어붙이길 바란다. 대가를 받은 자도 이것을 상이라고 생각하지 말고, 자신이 상을 받음으로써 밀려 나간 다른 학생들을 기억하며 그 죗값을 치르는 데 정진하라."는 식이었다. 교수가 아니라 무슨 판사 같았다. 아무려나, 나랑은 전혀 상관없는 심사평이었다.

다음으로 소설 심사평이 이어졌다. 이번엔 소설 창작 수업을 맡고 있는 이보험 작가가 마이크를 건네받았다. 난 그가 마이크를 제대로 작동시킬 줄 몰라 삑 소리를 내고 당황하는 동안에도 심장이 터질 것 같아 가슴을 부여잡고 있었다. 갑자기 목이 말라서 가방에서 엄마가 아침에 챙겨 준 요구르트를 꺼냈다. 하지만 이보험 작가에게 주는 게 낫겠다는 생각이 들어 뚜껑을 열지 않고 다시 가방 속에 집어넣었다. 그가 간신히 마이크를 조정하고는 말했다.

"죄송합니다. 마이크를 오랜만에 잡았더니. 아무튼 여기 오신 학생 여러분, 대단히 수고가 많으십니다. 공부하랴, 글 쓰랴, 무척

피곤할 거예요. 그럼에도 불구하고 그동안 갈고 닦은 솜씨들이 검객 수준으로 위협적이었습니다."

그가 잠시 객석을 살피더니 다시 입을 열었다.

"재밌었습니다. 이런 학생들이 우리 대학 문예창작과에 들어온다면, 수업할 맛이 나겠다고 생각했습니다. 스승과 제자한테는 핸드볼 대표팀만큼의 의리와 하모니가 필요하다고 저는 믿고 있습니다. 무슨 뜻이냐 하면, 이쪽에서 1을 말하면 저쪽에서 1 정도는 알아들어야 한다는 얘기입니다. 말을 하는 것은 저의 몫이고, 그것을 깨닫는 것은 학생들의 몫입니다. 저는 2나 3까지 알아듣는 건 바라지도 않습니다. 그래서도 안 되고요."

그러자 객석 어디선가 희미한 웃음소리가 들려왔다. 왠지 이곳엔 나보다 더 열성적인 이보험 작가의 팬이 와 있을지도 모른다는 생각이 들었다. 분명히 여자겠지. 그는 객석을 다시 한 번 쭉 훑어보고는 말을 이었다.

"만약 제가 1을 말했을 때 1을 알아들을 수 있는 학생이 있다면 그때부터 저는 그 학생과 본격적으로 핸드볼 시합을 하게 될 겁니다. 하지만 1을 말했는데 그조차도 전달이 안 된다면 그 학생이랑은 영원히 시합을 할 수가 없겠죠. 저는 저랑 싸우고 싶은 학생들이 이 천둥대학교에 왔으면 좋겠습니다."

그는 잠시 호흡을 가다듬었다. 말을 표면 그대로 받아들이는 엄마들이 객석 여기저기서 무슨 소리냐는 듯 자기 아이를 힐끗거렸다. 하지만 여러 차례 그의 강의를 청강해 온 나는 알고 있었다.

이보험 작가의 말은 표면 그대로 받아들여서는 안 된다는 것을 말이다.

"물론 저를 좋아하고 응원해 주는 팬들도 필요한 건 사실입니다. 밸런타인데이나 크리스마스 때 선물이나 팬레터 보내 주는 거, 물론 고마운 일이죠. 그때 받은 양말을 오늘도 신고 나왔습니다. 좋은 양말인지 잘 늘어나더라고요. 말이 샜는데, 아무튼 학교에서만은 전, 투쟁하고 싶습니다. 싸우고 싶습니다. 그리고 장엄하게 이기고, 참혹하게 패하고도 싶습니다.

여러분, 여러분의 무기는 무엇입니까? 내가 옆에 있는 저 학생보다 나은 건 무엇입니까? 그걸 알고 있습니까? 그걸 모르면 집니다. 죽습니다. 전 있습니다. 전 여러분이 한 대여섯 명쯤 한꺼번에 개떼처럼 달려들어도 이길 만한 자신이 있습니다. 전 저만의 무기가 있기 때문입니다. 물론 여러분 눈에는 안 보이시겠죠? 보이면 안 됩니다. 눈에 안 보이는 칼이 필요한 거지요. 그래서, 오늘 이 자리에서 저는 감히 여러분께 말씀드립니다. 저를 좋아한다는 이유로 이 학교에 오지 마십시오. 제 사인을 받으려고 책을 들고 앞으로 나오지도 마십시오. 이곳은 사인회장이 아닙니다. 뮤지컬 공연장도 아닙니다. 이곳은 '전장'입니다. 적에게 사인을 받으려고 나오지 마십시오. 여러분은 그 적보다 더 강해져야 하고 강해질 수 있는 사람들입니다. 하지만 그러기에 앞서 제게 많이 부딪쳐 보셔야 할 겁니다. 피가 좀 나더라도, 스트레스 좀 받더라도 그걸 감당할 수 있는 분들만 오십시오. 그런 훈련의 시기를 보내고 나면, 그때는 지금 여기 있는 여러분의 모습이 없어졌을 겁니다. 마음속에 '칼'이 있는 분들만 모십니다. 그 칼이 식칼이 아니라 잭나이프, 장난감 칼, 심지어는 손톱깎이에 붙어 있는 칼이라고 해도 좋습니다. 칼이면 됩니다. 그 칼을, 기다리겠습니다. 이상입니다."

그러자 객석에서 뜨문뜨문 박수 소리가 나기 시작하더니 종국에는 무슨 바이올린 협주곡 연주나 퍼포먼스라도 끝난 것처럼 우레와 같은 박수가 터져 나왔다. 젊은 교수와 비교를 당해 기분이 상할 만도 한데 좌우의 노교수들은 하나같이 적장의 장수 이보험 작가를 바라보며 흐뭇하게 미소 짓고 있었다. 좀 특이한 학교 분위기다, 라고 난 생각했다.

하지만 자신을 적으로 간주하고 칼을 들이대라는 그의 주문 앞에 얼마간 당황한 것도 사실이었다. 그에게 주려고 요구르트도 마시지 않고 가방에 아껴 두고 있었기 때문이다. 물론 책에 사인도 받을 생각이었다. 이미 앞날개에 사인이 있었기 때문에 이번엔 뒷날개에 받을 생각이었다. 그런데 팬이 되지 말라고? 적이 되라고? 싸우자고? 난 혼란스러운 마음으로 가방 속 요구르트를 만지작거렸다.

잠시 후 시상이 진행되었고 사회자가 1등부터 차례로 이름을 불러 강단에 올라와 상을 받도록 했다. 시 부문 시상식이 끝나자 소설 부문에서 1등을 차지한 내 이름이 가장 먼저 호명되었다. 난 가방을 좌석에 둔 채 무대 위로 달려나가 상을 받았다. 상장과 상패는 이보험 작가가 수여했다. 그와 10센티미터밖에 안 되는 거리를 두고 마주한 것은 처음이었기에 난 정말 감격하고 있었다. 그의 손을 잡고 악수를 하거나 포옹이라도 하고 싶었다. 등짝에 크게 사인을 해 달라고도 하고 싶었다. 하지만 조금 전 이보험 작가가 했던 말을 떠올리면서 마음을 냉정하게 다잡을 수밖에 없었다. 우리는 적진에서 만난 거야. 이곳은 사인회장이나 뮤지컬 공연장이 아니다. 나는 비록 한때 팬으로서 당신을 알게 됐지만 이제는 아니다. 이제는 당신에게 칼을 겨눠야 하는 인간 병기가 된 몸이야. 그러니 각오해!

난 겉으로는 헤벌쭉 웃으면서 그와 악수를 하고 감사하다고 고개를 꾸벅 숙여 보였다. 그가 나를 알아볼까 기대했지만 안경을 안 쓰고 나와서인지 나를 알아보지 못하는 것 같았다. 난 그의 블로그에 방문해 열 번 넘게 방명록을 남기고 그의 사인회나 낭독회, 강연에도 꼬박꼬박 참석할 만큼 열렬한 애독자였다. 그런데 그는 정말로 나를 알아보지 못하는 걸까? 우리는 '이웃'인데도?

무대에서 내려오자 다른 수상자들의 이름이 호명되었고 학생들은 차례차례 무대 위로 올라가 내가 했던 짓을 되풀이했다. 이보험 작가와 악수를 하고 상을 받고 고개를 꾸벅 숙인 뒤 퇴장했다. 그것으로 시상식은 끝이었다.

나는 객석으로 돌아와 가방을 챙겼다. 가방 속에 든 요구르트를 어떻게 하느냐 하는 문제가 남아 고민스러웠다. 마지막 박수가 터지고 사회자가 시상식 종료를 알리자 사람들은 하나 둘씩 자리에서 일어나 강당을 빠져나가기 시작했다. 이보험 작가의 말대로 쿨하게 강당을 떠나는 학생들도 있었고 아예 그냥 관심이 없어서 나가는 사람들도 있었다. 난 어느 쪽이냐 하면, 요구르트는 주고 나가자는 쪽이었다. 요구르트는 아무 죄도 없지 않은가. 내가 아무리 가슴속에 칼을 숨기고 있다고 해도 요구르트 정도는 줄 수 있는 것 아닌가.

학생 몇 명이 천진난만한 얼굴로 이보험 작가에게 사인을 받고 돌아가자 드디어 내 차례가 되었다. 이보험 작가는 사인할 책을 찾는 듯 내 손을 힐끔거렸다. 하지만 난 책 따위는 들고 있지 않았다. 나는 그의 시선에 당황하면서도 조심스럽게 가방 속에서 아껴 뒀던 요구르트를 꺼내 그에게 건넸다.

"아까 말씀을 많이 하셔서 목마르실 것 같아서요."

그러자 그는 웃지도 않고 무표정한 얼굴로 "아, 예, 고맙습니다." 하고 말했다. 하지만 그런 무뚝뚝함은 그의 트레이드 마크였다. 따뜻함과 친절, 온화함은 그와는 어울리지 않았다. 대신 도전 의식과 거친 야성, 냉소적인 유머 등이 그의 매력이었다.

그는 정말로 목말랐는지 요구르트를 받자마자 뚜껑을 따 벌컥벌컥 마시기 시작했다. 마침내 요구르트 한 병을 다 비운 그가, 갓 자라나기 시작한 턱수염을 문지르며 내게 말했다.

"근데 구면인가? 어디선가 본 적이 있는 것 같기도 한데……."

아, 난 감격에 겨워 그 자리에 거의 주저앉을 뻔했다. 그는 날 기억하고 있는 것이다. 나는 귀까지 빨개져 화끈거리는 얼굴로 차마 그를 정면으로 쳐다보지 못한 채 말했다.

"정수선이라고, 사인회 때랑 강연회 때 갔었어요. 거기서 사인도 받았는데."

앗, 사인 얘기까지는 안 하는 게 좋았을 텐데. 실수했다는 걸 알았지만 이미 엎질러진 물이었다. 난 얼굴이 더욱 벌게져 그를 외면하고 말았다. 그는 요구르트 병을 손톱 끝으로 톡톡 두들기더니 이제야 생각난 듯 "아!" 하고 외마디 소리를 질렀다. 난 깜짝 놀라 어깨를 움츠렸다. 그는 마치 이제야 내 정체를 알아냈다는 듯 검지로 나를 '지적'하며 말했다.

"아, 너구나? 라디오 프로그램에서 남자 친구랑 헤어졌다면서 어떻게 살아야 하냐고 고민 상담 했던 개. 맞지?"

"예?"

난 당황해서 할 말을 잃었다. 정수선이라는 동명이인의 여자애가 그에게 고민 상담을 한 적이 있었나? 그는 일주일에 한 번씩 문학 관련 라디오 프로그램에 고정 게스트로 출연하고 있었는데 고민 상담 코너에서 독자들의 고민을 상담해 주는 역할을 하고 있었다. 그가 너무 반가워했기 때문에 난 아무 말도 하지 못하고 우물우물하고 있었다. 그러자 그가 다 마신 빈 요구르트 병을 내 손에 쥐어 주고는 강당 출입구 쪽으로 걸어가며 말했다.

"거 봐. 결국은 이렇게 살아남을 거면서. 울고불고 난리는. 아까부터 강단 위에 서 있는 널 보면서 계속 어디선가 본 것 같다는 생각을 하고 있었는데, 역시 너였군. 뭐야, 설마 너 날 따라서 천

등대에 오려고 공모에 작품까지 써서 보낸 거야? 아니겠지? 응?"

하지만 내 손엔 그가 준 상장과 상패가 얌전히 들려 있었다. 그를 따라 천둥대까지 입성했다는 거부할 수 없는 증거였다. 그는 감 잡았다는 표정으로 얼굴을 씩 일그러뜨리며 웃었다. 뭐랄까. 또 이놈의 인기가 하늘 높은 줄 모르고 치솟는구나, 하는 듯 오만함이 얼굴에 그대로 드러났다. 그는 '왕자 예술'이라는 새로운 예술 장르를 시도하고 있었다. 그러더니 도저히 안 되겠다는 듯 아무도 없는 빈 강당에서 구둣발 소리를 내며 내게 가까이 다가왔다. 그리고 내 어깨에 손을 올린 뒤 손가락으로 톡톡 치며 말했다.

"이러지 않기로 했잖아. 너 왜 이러니? 아직도 죽을 것 같아? 숨을 못 쉬겠어?"

난 왠지 울음이 터질 것 같았다. 이번엔 좋아서가 아니라 무서워서였다. 왠지는 모르겠지만 그가 내가 알던 이보헴 작가가 아니라 전혀 다른 사람처럼 느껴졌다. 그에게서는 원인 모를 비열함까지 풍겨 나오고 있었다. 그 느낌은 이렇게 세 음절로 표현할 수 있었다. 양. 아. 치. 내가 겁 먹은 표정을 짓고 있자 그가 내 어깨에서 손을 떼더니 강당 안에 누가 있는지 다시 한 번 주위를 휘둘러보았다. 하지만 이미 강당에는 아무도 없었다. 사회자고 심사 위원들이고 수상자들이고 식이 끝나자마자 바람처럼 사라져 버린 뒤였다. 그는 한숨을 푹 내쉬고는 피곤하다는 표정으로 닭벼슬 앞머리를 세우며 말했다.

"가끔 밤에 전화하는 것도 너지? 전화해서 아무 말 안 하고 끊는 거, 그거 너잖아? 아니야?"

"……저, 아니에요."

그렇게밖에 할 수 있는 말이 없었다. 머릿속 한편으로는 내가 나도 모르는 사이에 그의 전화번호를 알아내 밤에 전화를 했나 하는 생각까지 들었다. 나는 초등학교에 들어가기 전에 몽유병을 앓아 신경정신과에 다닌 적이 있었다. 하지만 그건 너무 오래전 일인데…….

"이러지 마라. 제발, 부탁이다. 넌 고등학생이고, 난 대학교수야. 너, 나 미성년자 희롱 죄로 감방 들어가게 하고 싶어? 너 나 좋아한다며? 사랑한다며? 그럼 나한테 이러면 안 되는 거 아니냐. 안 그래?"

"……."

"내가 막말로 너를 데리고 모텔을 가겠니, 여관을 가겠니? 그랬다간 나 교직 생활도 못하고 학교에서 잘리고 너도 학교에서 퇴학이야. '품행 방정 죄'로다가. 그러니까, 자꾸 이러지 말고 집에 가. 어여. 모든 일은 없었던 걸로 할 테니까."

그는 제 할 말만 폭포수처럼 쏟아내고는 몸을 홱 돌려 출입구 쪽으로 걸어갔다. 그러다가 아직 다 못한 말이 생각났는지 발길을 돌려 다시 내 쪽으로 몇 발자국 다가와 말했다.

"만에 하나, 네가 이 학교에 들어오더라도 나는 널 모르고, 너도 날 모르는 거야. 알은척하지 마. 우리는 시상식장에서 처음 만난 사이인 거야. 괜히 알은척해 봤자 좋을 거 하나도 없으니까. 내 말 무슨 뜻인지 알겠지? 어? 알았어, 몰랐어?"

"알았어요……."

그 상황에서는 그렇게밖에 말할 수 없었다. 그는 화를 내듯 나를 몰아붙여서 그 기에 눌려 반박하는 말 같은 건 입 밖에 낼 수도 없었다. 좋아하는 그의 면전에 대고 난 당신이 말하는 그 여학생이 아닙니다, 대학교수인 당신은 어떤 여학생과 넘지 말아야 할 선 같은 문제에 대해서 얘기하고 있군요, 할 수가 있겠는가. 감히, 내가?

정말 이상했다. 최고야나 아빠, 심지어 며칠 전 전화를 걸어와 나를 협박하려던 치타에게도 당당할 수 있었는데 이상하게도 이보험 작가 앞에서만은 난 꿀 먹은 벙어리였다. 그의 당당한 기백과 거친 매력에 압도되어 혼이 나고 있으면 정말로 백 퍼센트 내가 다 잘못한 것 같고 그는 다 옳은 것 같았다. 내가 사실은 굉장히 바보였다는 것을 그의 앞에서는 십분 깨닫게 되어 버렸다.

그가 잘 가라고 인사를 하고 강당을 나가고 나서부터는 내가 어떻게 그곳을 빠져나와 지하철역까지 왔는지 기억도 나질 않았다.

비록 내가 도서관에 있는 책을 다 읽은 것은 아니지만 이보험은 적어도 내가 읽은 현대 작가들 중에서는 가장 훌륭하다. 그의 소설은 어느 부분부터 읽어도 마치 내가 그 상황 속으로 들어간 것처럼 뛰어난 흡인력을 발휘했으며, 잠깐 짬이 난 시간에 심심함을 달랠 겸 잡은 것이 한 시간도 좋고 두 시간도 좋게 이어졌다. 나중에는 원래 내가 하려던 일이 뭔지 잊어버린 채 책에 몰두할 정도였다. 이미 열 번도 넘게 읽은 책인데도 말이다. 나는 언젠가, 아니 가까운 시일 내에 그에게 혼나기도 하고 칭찬 받기도 하고, 또 어떤 좋아하는 작가의 책에 대해 얘기도 하면서 행복한 문학 수업을 받고 싶었다.

그런데 오늘 시상식장에서 일어난 잠깐 동안의 '사건'으로 인해 그 꿈에 약간 차질이 생겼다. 그가 뭐라고 했는지도 잘 생각나지 않았다. 분명한 것은 그가 나라고 착각하고 있는 그 여학생과 어떤 '섬씽'이 있었다는 것뿐. 도덕적으로 선을 넘어 버린 짓까지는 하지 않았지만 그 여학생과 문제가 될 만한 어떤 일이 있었던 것만은 분명했다. 그러니 이제 자기 좀 그만 괴롭히고 놓아 달라는 것이겠지. 내가 궁금한 것은 딱 한 가지였다. 도대체 그런 식으로 엮인 여자들이 몇이나 되는 걸까? 그 여학생 딱 한 명이라고 하기에는 이보험 작가의 매력은 한계치를 넘은 것이었다. 너무 지나치면 모자란 것만 못하구나.

22
대단한 제안

이보험 작가로부터 전화가 걸려 온 것은 그로부터 며칠 뒤였다. 그는 허 코치를 통해 나한테 연락했다. 허 코치는 교무실 전화를 쓰라며 내게 수화기를 건네주면서 인상을 찌푸려 보였다.

"하, 나, 싸가지 없는 자식. 무슨 용건인지 나한테 얘기해 보라니까 본인하고 직접 얘기하고 싶다나? 그 자식이 보험인가 증권인가 하는 그 자식이지? 멋있긴, 개뿔. 목소리도 꼭 술주정뱅이같이 들리던데."

난 이보험 작가를 향해 욕 퍼레이드를 펼치는 허 코치에게 조용히 해 달라는 신호를 보내고는 이보험 작가의 핸드폰으로 전화를 걸었다. 잠시 후 그가 전화를 받았다.

"네, 여보세요."

나른하고, 예의를 갖추려고 노력하는 듯한 느낌이 물씬 풍기는 목소리였다. 나는 허 코치를 한번 쳐다보고는 이보험 작가에게 말했다.

"저 정수선이에요. 찾으셨다고요?"

그러자 이보험 작가는 강당에서 나를 대했던 것과는 180도 달라진 태도로, 부드럽게 말했다.

"어, 그래. 잘 있었어?"

나는 뜻밖의 환대에 살짝 당황하면서, 잘 있었다고 말했다. 사실 잘 지내지만은 않았다. 이보험 작가에 대한 환상이 깨진 충격이 너무 커서, 잠시 문학적 정체성의 혼란을 겪고 있었다고나 할까. 그와 커플 소설을 쓰고 싶다는 꿈도 예전보다 흐릿해진 상태였다.

무슨 일이냐고 묻자 그는 지금 혼자 있느냐고 도리어 되물었다. 난 학교 교무실에서 전화하는 것이라고 말했다. 그러자 그가 신음 소리를 내며 잠시 시간을 끌더니 내 핸드폰으로 전화를 걸 테니 번호를 알려 달라고 했다. 난 잠깐 허 코치의 눈치를 살피고는 그에게 내 번호를 알려 주었다. 전화를 끊자 허 코치가 말했다.

"무슨 얘긴데 그래? 내가 옆에서 들으면 안 되는 얘기인가 보지?"

"모르겠어요. 아무튼 조용한 데서 통화했으면 좋겠대요."

"거 웃기는 자식일세. 이상한 얘기 하면 즉각 나한테 보고해. 알았냐?"

"알았어요."

나는 핸드폰을 들고 교무실을 나와 옥상으로 향했다. 계단을 올라 옥상문을 열고 밖으로 나갔을 때 전화가 걸려 왔다. 이보험 작가였다.

"이제 혼자 있어요. 말씀해 보세요."

"그래? 음, 전에는 말이야. 내가 좀 너무 심했다는 생각이 들더라고. 그래도 명색이 우리 학교 공모 수상자인데, 그리고 그날은 시상식 날이었는데 내가 좀 심했다. 그날, 집에 가서 화 많이 났지?"

뭐지? 왜 갑자기 저자세야? 나는 그의 이해할 수 없을 정도로 급변한 태도에 놀라면서도 침착함을 유지한 채 계속 말을 이었다.

"아니에요. 그냥 좀 놀랐을 뿐이에요."

"그렇지? 내가 그날 시상식에 오기 전에 또 열 받는 일이 하나 있었거든. 아마 그래서 그 분을 너한테 다 쏟아낸 것 같아. 생각해 보면 별일도 아니었는데 말야. 에휴. 뭐 불쾌했다면 미안하다. 잊어 주라."

"괜찮아요. 지난 일인데요. 근데 뭐 때문에 전화하신 거예요?"

난 그가 전화한 진짜 용건을 듣고 싶었다. 설마 사과하려고 전화한 건 아닐 테니까. 그가 잠시 뜸을 들이더니 구렁이 담 넘어가는 듯한 목소리로 내게 말했다.

"그 '톨스토이의 사막'이란 소설 말인데……."

'톨스토이의 사막'은 내가 천둥대 공모에서 1등을 차지한 바로 그 소설이었다. 시간일기 동호회의 치타가 들려준 꿈 이야기를 바탕으로 쓴 소설.

"그 소설을 내가 극본으로 한번 고쳐 써 보고 싶은데 말이야. 갑작스럽게 들릴 거라는 건 알아. 아, 자식들. 다른 작품도 많은데 굳이 학생 작품을 갖고 대본을 만들어 보라고 압력을 넣네? 그러니까 그게 어떻게 된 거냐 하면 말이지……."

이보험 작가는 문학(文學)이랍시고 문자(文字)의 영역에서만 노는 것은 협소한 사고방식이라는 신념을 오래전부터 갖고 있었다. 그래서 영화판이나 방송국 사람들과도 평소 안면을 트고 친하게 지내 왔다.

얼마 전, 방송국 피디와 술을 마시다 우연히 자신이 재직하고 있는 대학의 청소년 문학상에서 1등을 차지한 학생의 작품 이야기가 나왔고, 피디는 거기에 흥미를 보였다. 작품의 본문을 이메일로 보내 주자 피디는 학생의 작품이라는 것이 믿기지 않을 만큼 깊이가 있다고 혀를 내두르기도 했다. 술기운에 그럴 수도 있지만 아무튼 사막에서 인디언들의 주술에 걸려 친구를 살해하고, 그것을 까맣게 잊어버린 채 고국으로 돌아온 한 남자의 이야기를 예사롭지 않게 본 것이다.

이보험 작가의 입을 통해 들은 얘기로는 피디는 내가 '한국의 프랑수아즈 사강'이 될 소지가 다분하다고 했다 한다. 하지만 난 피디가 직접 한 말인지, 아니면 이보험 작가가 지어낸 말인지까지는 판단할 수 없었다. 아무래도 좋았다. 프랑수와즈 사강의 작품은 한 번도 읽은 적이 없지만 그녀는 너무나 유명하지 않은가. 난 유명해지고 싶었다.

"지금 당장 결정하라는 얘기는 아니야. 한 일주일 정도 고심해서 생각해 보고 나한테 연락 줘. 그럼 내가 피디랑 얘기할 수 있는 자리를 마련해 볼 테니까. 극본으로 만들어져서 방송을 타면, 원작자로 네 이름이 나갈 거야. SBC '드라마 문학관'이 얼마나 유서 깊은 프로그램인지는 너도 잘 알지? 매년 공모를 해서 신인 작가를 발굴하고 거기서 뜨면 이 방송국, 저 방송국에서 러브콜을 보내 오는 거야. '뽀뽀해도 어색해'의 성어자 작가도 '드라마 문학관' 공모를 통해서 데뷔한 거야. 너도 그렇게 될 수 있어. 단지 지금은 극본으로 만들 만한 능력이 아직 아마추어 수준이니까 내 손을 빌리는 것뿐이지. 하지만 난 너도 일 년만 노력하면 성어자 작가 데뷔 시절처럼 될 거라고 생각해. 아니, 거의 확신하고 있어. 왜 안 돼? 안 되는 게 어딨어? 그러니까 이건 데뷔 전 내 손을 빌려서 극본으로 바꾸는 거야. 그리고 그사이에도 넌 계속 새로운 작품을 써. 소설도 좋고, 극본도 좋아. 네가 꼴리는 대로 가는 거야. 내 말, 무슨 뜻인지 알지? 똑똑하니까 알아들었을 거야."

"······계약을 하게 되는 건가요? 그러면 저한테 계약금이 들어오는 거예요?"

그는 잠시 뜸을 들이더니 계약금 문제에 대해서는 직접 피디를 만나 들어야 할 것 같다고 말했다. 자기는 만남의 자리를 주선해 주는 것 이상의 역할은 할 수 없다면서.

"알겠습니다. 그럼 일주일 내로 부모님하고 의논해 보고 나서 연락드릴게요. 참, 피디님 성함이 어떻게 되세요?"

"문곰. 성이 문이고 이름이 곰이야. 성어자 작가랑 계속 같이 드라마 찍었던 피디, 유명하잖아? 너 SBC 미니시리즈 '한라봉 가슴' 안 봤구나? 너 어떻게 그걸 안 봤니?"

"밤에는 아르바이트를 하고 있어서요. 웬만한 드라마는 거의 못 봐요. 영화면 모를까."

반박하는 듯한 내 말투 때문인지 이보험 작가는 바쁘면 그럴 수도 있지, 하고 이해한다는 듯 쿨하게 말하고는 마지막 멘트를 던졌다.

"좋아. 아르바이트로 바쁜 건 이해하는데 그래도 피디 만나기 전에 드라마 한 편쯤은 꼭 보고 나와라. 그래야 뭐 대화가 통하든가 하지, 이건 뭐. 아무튼, 문 피디에 이보험 극본에, 너는 땡잡은 거야, 인마. 또 SBC 아냐. 데뷔작이 '드라마 문학관'이면 어디 가서도 만만하게 안 본다, 너? 분량은 7부작이고, 한 회 분량이 육십 분에서 구십 분 사이쯤 될 거야. 방송이라는 장르에 맞게 내가 조금씩 첨삭을 가할 수도 있고. 그럼 결정해서 전화 줘. 이제 강의 들어가 봐야 해서. 너도 공부 열심히 하고."

"네, 연락드릴게요."

'감사합니다'라고 하려다가 결국은 하지 않았다. 아직은 별로 감사한 마음이 들지 않았다. 수업이 끝난 뒤 복도에서 만난 허 코치에게 통화 내용에 대해 얘기하니 그는 예상했던 대로 탐탁지 않아 했다.

"그놈들, 순진한 학생을 상대로 사기 치려는 거 아냐? 아무래도 안 되겠다. 내가 같이 가서 교섭을 하든가 해야지. 너 혼자 나갔다가는 그놈들한테 안 돼. 괜히 말도 안 되게 불리한 계약서에 사인하고 올 수도 있다고. 그때 가서는 작품을 방송에 못 내보낸다고 해도 취소가 안 되는 거야. 그놈들이 계약서 들이대면서 내가 사인했지 않았느냐고 우기면, 너 뭐라고 할 거야? 할 말 있어? 안 되는 거야. 섣불리 행동하지 말고 기다려. 일단, 만나자고는 해. 하지만 꼭 내가 따라가야만 한다. 알았냐? 절대 너 혼자서는 안 돼."

그렇게 해서 허 코치에게 허락 비슷한 것을 받아 내고는(왜 허락을 받아야 하는지는 모르겠지만) 이보험 작가에게 전화를 걸어 약속을 잡았다. 그는 잘 생각했다면서 강남 가로수길에 있는 한 커피숍에서 보자고 말했다. 왠지 동네 간판으로 기를 죽이려는 것처럼 느껴졌지만 이번 기회에 한번 가 보는 것도 좋을 것 같아 흔쾌히 오케이를 했다.

아빠는 사기꾼들 아니냐고 펄펄 뛰었지만 허 코치가 같이 가 줄 거라고 얘기하자 조금 안심한 듯 흥분을 가라앉혔다. 그러고는 아침에 학교에 가는 내 등 뒤에다 대고 이렇게 외쳤다.

"무조건 1억이라고 해! 1억 아니면 판권 안 주겠다고! 1억 아니면 계약서에 사인하지 마!"

난 아빠의 말을 한쪽 귀로 흘려들으며 재빨리 집 밖으로 나왔다. 누가 아직 데뷔도 하지 않은 고등학생의 잔잔한 단편 소설을 1억이나 주고 드라마로 만든단 말인가. 아빠는 세상의 모든 일들을 너무 자기 중심적으로 판단하는 버릇이 있었다.

23
가로수길

가로수길은 마치 드라마 세트장 같은 분위기였다. 그곳에는 3층 가옥을 개조해 만든 유럽풍의 레스토랑과 유명 체인 커피숍, 그리고 아담한 사이즈의 보세 옷가게와 디자이너의 신발 가게가 공존해 있는, 조금은 생뚱맞은 조합의 공간이었다. 명동이나 강남역이 백화점이나 대형 마트 같은 분위기를 풍긴다면 가로수길은 아기자기한 해외 직수입 보세숍 같은 분위기에 가까웠다. 대형 마트나 보세숍이나 난 아무래도 상관없었다. 그저 학교 수업이 끝나고 바로 가게로 가지 않아도 된다는 사실이 마냥 기쁠 뿐이었다.

앳된 얼굴의 여종업원이 커피를 넉 잔 내려놓고 돌아가자마자 이보험 작가는 소설 출력본과 계약서 따위를 테이블 위에 꺼내

놓았다. '계약서'라고 적힌 종이를 보자 침이 절로 꿀꺽 넘어갔다. 이건 애들 장난이 아닌 것이다. 실제 상황이었다. 허 코치가 계약서를 집어 들어 빠르게 눈으로 훑었다. 나도 옆에서 내용을 봤지만 '갑'이 어쩌고 '을'이 어쩌고 하는 어려운 내용이어서 허 코치의 눈치를 살피며 이 계약서 내용이 선인지 악인지 대강 짐작으로 알아낼 수밖에 없었다.

피디가 내게 커피를 마시라고 권했다. 나는 고개를 살짝 숙여 보이고는 머그잔에 담긴 녹차 라떼를 한 모금 마셨다. 이보험 작가가 주로 허 코치를 향해 말을 한 것과는 달리 피디는 나를 쳐다보면서 말했다.

"일단 소설이 굉장히 좋았어요. 개인적인 사비를 들여서라도, 이 작품은 꼭 극화시켜 봐야겠다는 생각이 들 정도로요."

이런 영광스러울 데가. 나는 그냥 머그잔을 두 손으로 든 채 굽실거렸다. 허 코치는 내가 피디의 마수에 걸려들까 봐 불안했는지 내 손에서 머그잔을 빼앗아 테이블 위에 내려놓게 만들었다. 하지만 난 다시 은근슬쩍 머그잔을 들어 입가에 갖다 댔다. 가로수길의 유명 체인 커피숍 테라스에서 마시는 커피 맛은 왠지 학교 교무실의 소형 자판기 커피와는 차원이 다른 것처럼 느껴졌다.

"그래서 술자리였지만, 이 교수님한테 집에 돌아가자마자 이메일로 소설 원문을 보내 달라고 얘기했을 정도였죠. 이런 일은 흔치 않아요."

그러자 옆에서 이보험 작가가 맞장구를 쳤다.

"집에 들어가면 발 씻고 자야 한다고 얘기했는데도 무조건 이 메일부터 보내고 자라는 거예요. 문 피디님이 그냥 보면 굉장히 온순해 보이시죠? 알고 보면 끈끈이주걱이 따로 없어요. 얼마나 집요하게 물고 늘어지시는지, 나 원 참."

이보험 작가가 자기를 망신 주려고 하는데도 문 피디는 시종일관 진지하면서도 온화하고 자상한 분위기를 연출하며 나를 설득시켰다.

"아마도 그 소설을 드라마화 하려면 정말로 인도의 타르 사막으로 가야 할 거예요. 제가 알기로는 타르 사막은 있어도 소설에 나오는 '인디언 주술'과 관련 있고 '붉은 비가 내리는 장소'는 존재하지 않거든요. 물론 '붉은 비' 같은 설정은 스태프가 만들어서 써야겠지만요. 비는 일 년에 두 번밖에 내리지 않고 그것도 정해진 기간이 없다고 하더라고요. 그래서 제작비가 우리가 일반적으로 생각하는 것보다 훨씬 많이 들 거라고 봐요. 서울에서 평범하게 찍으면 천만 원 안짝으로 찍는데 그 많은 스태프랑 배우들이 사막으로 간다고 가정했을 땐 거의 다섯 배, 여섯 배 정도로 제작비가 뛰거든요. 그래서 이 교수님이 전화로는 얘기하기 곤란하다고 했던 부분이고요. 무슨 뜻인지 어느 정도 감은 잡으셨죠?"

피디가 허 코치 쪽을 힐끗 쳐다보며 말했다. 허 코치는 대충 고개를 주억거렸다.

"그럼 얼마 정도를 계약금으로 예상하고 계신 건지……?"

피디가 적에게 자신의 패를 보일 때처럼 상체를 곧게 펴 몸을 최대한 크게 만들어 보였다. 고등학생이 쓴 작품으로 볼 수 없다는 칭찬을 할 때와는 달리, 그리 달지 않은 진실을 말할 때 피디의 얼굴엔 왠지 슬픈 기운이 감돌았다.

"단도직입적으로 말씀드려서 사백입니다. 조금의 세금 공제도 없이 바로 사백을 드린다는 얘기예요. 등단한 작가도 아니고 학생이 쓴 작품을 드라마화 하는 데, 이 정도면 나쁜 조건은 아니죠. 물론 오케이 하느냐, 마느냐는 정수선 학생이 결정해야 할 문제지만요."

허 코치가 테이블 위에 계약서를 내려다보고는 고개를 돌려 나를 힐끗 쳐다보았다. 나도 허 코치를 쳐다보았다. 사백? 사백만 원이면 도대체 얼마나 되는 돈이지? 정신 없이 돌아가는 상황에 판단이 잘 서질 않았다.

하지만 그 유명하다는 방송국 피디까지 몸소 달려와서 이렇게 설득에 나서고 있지 않은가. 작품의 판권을 넘기면 방송국 쪽에서는 극본 작가와 배우, 스태프를 고용해 인도의 타르 사막까지 가서 드라마를 HD로 찍어 온다. 그러면 난 계약금과 텔레비전을 낀 채 집에 앉아서 그들이 고생해서 찍어 온 결과물을 편안히 시청하기만 하면 된다. 그렇게 생각하자 내가 손해 볼 건 하나도 없다는 생각이 들었다. 오히려 미적대다가 피디의 마음이 바뀌면 땅을 치고 후회하게 될 만한 일이었다. 그는 유명 방송국 피디다. 얼마나 많은 신인 작가들이 그의 이메일과 사서함, 개인 사무실로 작품을 보내오겠는가. 저마다 밤을 지새워 가며 목숨을 걸고 쓴 작품일 것이다.

　나는 허 코치의 귀에다 대고 속삭였다.

"잠깐 할 얘기가 있어요."

　그러자 허 코치는 나중에 상의하자고 하고는 피디와 이보험 작가에게 생각할 시간을 하루만 더 달라고 말했다. 그러자 그들은 당연하다고 하면서 바쁜 시간을 내줘 고맙다고 말했다.

　일이 성사되면 언제 식사나 같이 하자는 피디의 말을 뒤로하고 우리 네 사람은 번갈아 가며 악수를 한 뒤 헤어졌다. 나는 허 코치와 함께 지하철역까지 걸어가며 그의 생각은 어떤지 듣고 있었다. 허 코치는 미니스커트를 입은 채 떼를 지어 걸어오는 여자들을 힐끔거리며 말했다.

"내 생각에 문곰이라는 사람은 그렇게 사기꾼 같아 보이진 않아. 그 옆에 있던 이보험인지 주식인지 하는 놈은 좀 의심스럽지만, 내가 봤을 때 피디는 아니야. 이름도 뭔가 미련스럽잖아? 문곰. 그러고 보니 거꾸로 뒤집어 써도 문곰이네? 하하, 아무튼, 이 계약이 우리한테 완전히 손해 같지는 않아. 작품의 완성도도, 네 데뷔작이라고 봤을 때도 완벽하다고는 할 수 없지만 그렇다고 해서 수준이 크게 떨어진다고 볼 수도 없고, 무엇보다 대부분이 해외 로케이션 촬영이잖아? 만약에 네가 그 소설을 가지고 영화화하려고 영화사들을 찾아다닌다? 내가 봤을 때 그건 정말 가망 없는 일이야. 그렇게 생각하면 이건 정말 신이 내려 주신 기회나 다름없단 말이야. 알았냐, 이 두껍아?"

허 코치가 지하철역 앞에 거의 다 와서 내 볼을 꼬집으려고 그 마수의 손을 뻗어 왔다. 난 허 코치의 말이나 문곰 피디의 인간 됨됨이보다는 이보험 작가의 미국 남자처럼 털이 숭숭 나 있던 팔뚝을 떠올리며 넋을 반쯤 놓고 있었기 때문에, 허 코치의 마수에서 미처 벗어날 수가 없었다. 나는 볼을 꼬집히면서 소리를 질렀다.
"여기까지 와서 촌스럽게, 아악, 아악!"
지나가는 사람들이 우리를 힐끗힐끗 쳐다보면서 신고해야 하는 건 아닌가 하고 핸드폰을 잔뜩 움켜쥔 채 지나갔다.

24
톨스토이의 사막

나는 이보험 작가가 이메일로 보내 준 극본 최종본 파일을 스크롤바를 내리면서 천천히 훑어보고 있었다. 소설은 원래 미스터리가 가미된 순수문학이었지만 극본으로 바뀐 이야기는 완전히 미스터리물로 바뀌어 있었다. 텔레비전 예고편에 천둥 번개가 우르릉 쾅쾅 치는 사막을 횡단하는 주인공의 엄청나게 더러운 얼굴이 화면에 오버랩되고, 긴박한 상황 속에서의 대사가 광고 문구로 나온다는 상상을 하니 왠지 이건 아니지 않나, 하는 생각이 들었다. 하지만 얘기하기도 껄끄럽고 해서 나는 이보험 작가가 고쳐 쓴 극본만 대강 훑어본 뒤 잘 읽었다고 답장을 보냈다.

며칠 뒤 답장이 날아왔는데 하마터면 소리를 지르며 거실로 뛰쳐나갈 뻔했다. 작품의 주인공으로 할리우드 영화판에서 활동하고 있는 가수 '소나기'를 섭외하려고 피디가 물밑 작업을 하고 있다는 것이었다. 아직 확정된 건 아무것도 없지만 문 피디라면 소나기를 섭외하고도 남을 것이라고, 이보험 작가는 피디를 추켜세웠다. 섭외가 안 되면 어쩌려고 그러나 싶을 정도로 그는 문 피디의 섭외 능력과 인간관계에 대해 상당한 존경심을 드러내 보였다.

가수 '소나기'가 내 작품의 주인공이 될지도 모른다고 하자 아빠는 이제 내가 방송계의 떠오르는 스타 작가로 대히트를 칠 거라면서 어서 새로운 작품을 쓰라고 날뛰었다.

"그럼 일찍 퇴근해도 돼? 한 9시쯤?"

그러자 아빠는 일초쯤 생각해 보더니 그건 안 된다고 했다. 갑자기 단체 손님이 밀려오면 방법이 없다며, 대신 손님이 없을 때 노트북으로 글을 쓰는 건 허락해 주겠다고 했다. 하지만 그것조차도 가게의 맨 구석자리로 가서 쓰고, 손님이 오면 재빨리 일어나야 한다는 조건이 붙었다.

하지만 가수 '소나기'는 전미 투어 콘서트 중이라 드라마에 출연할 수 없다는 뜻을 밝혀 왔고 배역은 어느 신인 연기자에게로 넘어가게 되었다. 연기력은 '소나기' 못지않다고, 아니 어쩌면 그보다 더 뛰어날지도 모른다고 이보험 작가는 말했다. 그러거나 말거나. '소나기'가 출연 제안을 거부했다는 소식에 난 기가 한풀 꺾인 뒤였다. 촬영팀은 곧 타르 사막으로 떠난다고 했다. 들려오는 소문에 의하면 배우, 스태프를 모두 합하면 오십 명 가까이 될 거라고 했다.

허 코치는 무슨 일이 있어도 비키로타키 공모에 사력을 쏟아야 한다며 촬영 같은 건 다 잊어버리라고 했다.

"드라마야 지네들이 알아서 잘 찍겠지. 이제부터 거기엔 일절 신경 끊어. 신경 써 봤자 너한테 돈이 나오는 것도 아니니까. 이제 이 세상에 남은 건 비키로타키 공모랑 너 자신밖에 없다고 생각해. 나도 이제부터 무조건 너한테 시간과 에너지를 다 쏟아부을 거야. 남은 기간은 이십 일이다. 책상 앞에 D-20일 써서 붙여 놔. 마음에 드는 작품이 나올 때까지 쓰게 할 테니까 각오해 두는 게 좋을 거다. 알았냐, 이 두껍아?"

"······하나 궁금한 게 있어요."

나는 오랫동안 마음속으로만 생각해 왔던 질문을 꺼내놓았다. 그가 왜 그렇게 비키로타키 공모에 집착하는가에 대해서. 단순히 돈 때문에 그런 것 같지는 않았기 때문이다. 물론 상금의 영향도 아주 없지는 않겠지만 그와 비키로타키 공모는 돈보다는 좀 더 정신적인 문제로 연결돼 있는 것 같았다. 단순히 돈 때문이라면 그는 내게 상금이 1억인 다른 공모들의 정보를 주면서 기회는 무궁무진하다고 말해 줬어야 했다. 하지만 그는 계속 비키로타키 공모 타령이었다. 내 질문을 들은 허 코치는 추리닝 소매에 달라붙은 껌을 떼어 내려고 안간힘을 쓰며 말했다

"당연한 거 아냐? 지금 네 수준으로 어떻게 성인 공모에 출품해서 1억을 벌겠다는 거야? 그게 말이 되는 소리냐? 어? 지금 너한테 가장 유리한 건 비키로타키 공모밖에 없어. 거기엔 성인은

참가를 못하잖아. 죄다 애들뿐이고. 거기서도 우승을 못하면 넌 작가로서의 자질이 없는 거야. 더 이상 앞으로 나아가야 할 필요도 없는 거지. 만약 거기서 떨어지면 글이란 거, 그냥 취미로 쉬엄쉬엄 써. 대학도 가고 어디 좋은 데 취직해서, 취미로 쉬엄쉬엄, 일기 쓰듯이. 알았지?"

나는 대꾸하지 않았다. 허 코치는 대상 모를 뭔가에 대한 열등감과 분노를 나를 통해 풀고 있었다. 아직도 무엇 때문인지 모르는 원인 때문에 스트레스를 받으며 욕구를 충족시키지 못한 채 꽉 막혀 있는 것 같았다. 어른의 몸을 가졌다고 해서 질풍노도의 시기가 지나간 것은 아닌가 보다.

이보험 작가의 전화를 받은 것은 비키로타키 공모 예심 통과 발표를 보고 난 직후였다. 내 이름은 예심 통과자 명단 맨 끝에 자리하고 있었다. 가나다순도 아닌데 왜 맨 끝에 있는지 몰라 약간 불안한 마음은 들었지만 아무튼 예심 통과가 된 것만 해도 어디인가! 이보험 작가는 들뜬 내 목소리를 듣고는 무슨 좋은 일이 있느냐고 물었다. 나는 말할까 말까 망설이다가 비키로타키 청소년 공모 예심에 통과했다고 말했다. 그러자 이보험 작가는 별로 놀라지 않은 목소리로, 놀랍다고 말하면서 칭찬해 주었다.

"네가 정말 재능이 있긴 있는 애구나? 앞으로 이 바닥에서 만날 일이 종종 있겠어? 아무튼, 축하한다, 야. 이왕 이렇게 된 거 꼭 본선까지 가서 1등 해라."

"감사합니다."

"아, 그리고 가장 중요한 소식을 건네뛸 뻔했네. 문 피디가 일주일 전에 귀국했어. 타르 사막 갔다가 카레를 잘못 먹어서 죽을 뻔했다나 뭐라나. 얼굴이 반쪽이 돼서 왔더라고. 아무튼, 이번 주 금요일에 드라마 방영될 거야. 금요일 밤 9시 50분, 드라마 문학관. SBC인 건 알지?"

"네. 드디어 완성이 됐네요. 수고하셨어요."

"뭐, 나야 한 일이 있나. 그냥 원래 있던 이야기를 대본으로 고친 것밖엔 없지. 아무튼, 사막 근처에도 가 본 적 없는데 대본 쓰느라 고생 좀 했다. 생각만 해도 덥네. 그러고 보면 피디 안 하고 작가 하길 잘했어, 그치?"

난 그냥 웃음으로 넘겼다. 그의 말에 동조했다가는 나중에 문 피디의 귀에 내 말이 어떤 식으로 변형되어 들어가게 될지 알 수 없어서였다. 이보험 작가가 이야기를 변형시키는 데 천재적인 재능을 갖고 있다는 건 이번 계기를 통해 알게 되지 않았는가. 난 다시 한 번 고맙다는 말을 하고 전화를 끊었다. 누군가의 꿈 이야기가 내 머릿속에서 구체화된 것을, 다시 한 번 텔레비전을 통해 진짜 살아 숨 쉬는 이미지로 보게 되다니. 제임스 캐머런이 3D 입체 영상을 발견했을 때의 기분이 이런 것이었을까?

25
인터내셔널 호텔에서 걸려 온 전화

　모르는 번호로 전화가 걸려 오기 시작한 것은, 비키로타키 문학 캠프를 다녀오고 드라마가 방영된 지 사흘 뒤부터였다. 전화번호의 앞자리는 541로 시작하고 있었다. 인터넷으로 검색해 보니 강남구 논현동 쪽이었다. 논현동에는 내가 아는 사람이 없었다. 하지만 의심되는 사람들은 몇 명 있었다. 시간일기 동호회의 멤버들이었다.
　용의자 중 한 명은 시간일기의 클럽장이었다. 그가 준 명함에 있는 교회의 위치는 청담동이었는데, 논현동과 지하철로 두세 정거장밖에 차이가 나지 않을 정도로 가까운 거리였던 것이다. 두 번째로 의심 가는 사람은 마리오였다. 마리오 역시 강남 쪽에서 한의원을 한다는 말을 얼핏 들은 기억이 났다. 그리고 세 번째, 가장 유력한 용의자는 치타였다. 치타는 회사가 어디에 있는지는 알 수 없었지만(이상하게 그와 가장 많은 얘기를 나누었는데도 회사 위치에 대한 얘기는 전혀 듣지 못했다.), 그가 협박조로 얘기했던 일도 그렇고, 내게 강력하게 원하는 것이 있었다는 이유로 나는 치타를 용의자 선상에서 배제시킬 수 없었다.

541로 시작하는 그 전화는 하루에도 두세 번씩 끈질기게 왔다. 패턴은 항상 똑같았다. 전화를 해서 "여보세요?" 하고 말하는 내 목소리를 듣는다. 그리고 자신은 아무 말도 하지 않는다. 내가 다시 반복해도 마찬가지다. 결국 나는 신경질적으로 전화를 끊는다. 그러고 나서 일 분도 채 지나지 않아 다시 전화가 걸려온다. 그런 일이 두 번쯤 계속되면 난 아무 말도 하지 않고 그냥 핸드폰을 들고 있다가 끊어 버리곤 했다. 화낼 가치조차 없는 일이었다.

한번은 내 핸드폰에 문제가 생겨서 상대방의 목소리가 안 들릴 수도 있다는 생각에 그쪽으로 전화를 걸어 본 적도 있었다. 그 541로 시작되는 번호로 말이다. 몇 번 신호음이 울렸다. 그리고 딸깍, 전화를 받는 기척이 들려왔다. 나는 잠자코 상대방의 목소리를 기다렸다. 하지만 수화기 너머에서는 아무런 소리도 들려오지 않았다. 그저 내 쪽에서 먼저 말하기를 기다리는 것처럼 수화기를 붙든 채 이쪽을 주시하고 있다는 '느낌'이 손에 잡힐 듯 전해져 왔다.

나는 기다리기를 포기하고 먼저 소리를 내었다. "여보세요? 여보세요?" 하지만 상대방은 대답하지 않고 자신이 전화를 걸었을 때처럼 잠자코 내 목소리를 듣고만 있었다. 나는 더 이상 상대방 쪽으로 전화를 걸지 않았다. 내가 깨달은 것이 있다면, 상대방이 내게 미세한 분노를 품고 있다는 점이었다. 그는 내가 아무리 누구냐고, 내 목소리가 들리냐고 애원과 호소를 번갈아 가며 해 대도 꿈쩍도 하지 않았다. 오히려 내가 혼란스러워하는 이 상황을 즐기기라도 하는 것 같았다. 어떨 때는 깊은 한숨을 내쉬는 소리가 들려왔고 텔레비전 소리가 들릴 때도 있었다. 감이 좀 멀긴 했지만 음악 소리가 날 때도 있었다. 드물게는 차가 도로를 달리는 소리도 들려왔다. 그다음부터 나는 그 번호가 액정 화면에 뜨면 아예 전화를 받지 않았다.

고민 끝에 인터넷으로 검색해 보니, 전화번호를 입력하면 그곳이 어디인지 주소는 물론 지도상의 위치까지 파악해 주는 사이트가 있었다. 나는 쾌재를 부르며 541로 시작하는 그 전화번호를 입력하고 검색 버튼을 클릭했다. 잠시 후 축소된 지도와 함께 그 전화번호의 주소가 화면에 떠올랐다. 강남구 논현동 584-○○ 인터내셔널 호텔? 호텔이라고? 나는 인터내셔널 호텔로 전화를 걸어 보았다. 전화번호는 내 핸드폰 액정 화면에 찍혀 있는 번호와 뒷자리 하나만 달랐다. 이번에는 웬 여자가 전화를 받았다.

"네, 인터내셔널 호텔 프런트입니다. 무엇을 도와 드릴까요?"

나는 뭐라고 말해야 좋을지 몰라 머뭇거리다가 간신히 입을 열었다.

"저, 이 호텔에서 제 핸드폰으로 전화가 걸려 왔는데요. 전화

거신 분이 누군지 몰라서요."

프런트 여직원은 고운 목소리로 "아, 그러세요?" 하고 되받아쳤다. 직원 교육이 아주 잘되어 있는 호텔이었다.

"그러시군요. 실례지만 저희 호텔에 묵으시는 고객님의 성함이나 핸드폰 번호를 알고 계십니까?"

"이름이요……?"

"네, 이름이나 전화번호를 알고 계시면 저희가 고객 명단에서 전화 거신 분을 찾아봐 드릴 수는 있습니다."

"아……."

나는 클럽장이나 마리오, 또는 치타의 이름을 기억해 내려고 애썼다. 하지만 마리오를 제외하고는 이름이 딱히 기억나지 않았다. 클럽장은 명함을 갖고 있었으니 얼른 지갑을 꺼내 확인해 볼 수 있었다. 나는 재빨리 시간일기 동호회에 접속해 나머지 두 사람의 이름을 알아냈다.

"저기, 세 사람 중 하나일 것 같거든요. 한 사람은 마리오, 한 사람은 유영호, 한 사람은 추지행이에요. 좀 찾아봐 주시겠어요?"

"마리오, 유영호, 그리고 추지행 고객님 말씀이십니까?"

"네. 그중 한 사람일 거예요."

난 확신하지도 못하면서 세 사람의 이름을 다 언급했다. 그렇게 해야 여직원이 귀찮아하지 않고 찾아봐 줄 것 같아서였다. 유영호는 클럽장, 추지행은 치타의 본명이었다. 잠시 후 여직원의 목소리가 수화기를 타고 들려왔다.

"죄송하지만 고객님, 유영호, 추지행, 마리오라는 성함의 고객님은 저희 호텔에 묵고 계시지 않습니다. 실례지만 이름이 확실합니까?"

나는 다시 한 번 모니터 속의 이름을 확인했다. 시간일기 동호회 사이트와 교회 명함에 나온 클럽장의 이름은 유영호가 확실했다. 하지만 치타나 마리오는 확신할 수 없었다. 그들은 내게 명함을 준 적이 없었기 때문이다. 이런 인터넷 공간에서는 보통 자신을 상징적으로 드러내는 닉네임을 많이 쓴다. 대체로 영어를 많이 쓰고 그다음엔 누가 보더라도 닉네임이라는 걸 알 수 있는 이름을 쓴다. 하지만 치타가 쓰고 있는 '추지행'이나 '마리오'는 누가 보더라도 '닉네임'이라고는 생각할 수 없는 이름들이었다. 사실은 본명을 숨긴 게 아닐까? 엄밀히 말하자면 가능했다. 자신의 인격을 두세 개씩 갖고 있길 좋아하는 사람들이라면 충분히 가능한 일이었다. 만약 그가 그럴 만한 사정을 갖고 있다면 자신의 이름을 두세 개씩 갖고 있든 말든 그건 내가 상관할 수 있는 일이 아니었다.

"저, 그럼 전화번호를 두 개 갖고 있는데 좀 불러 봐 드릴게요. 번거롭게 해서 죄송합니다. 중요한 일이 있는데 연락이 잘 되질 않아서요."

나는 마리오와 치타의 번호 뒷자리를 각각 불러 주었다. 컴퓨터 자판을 두드리는 소리가 나더니 잠시 후 여직원이 말했다.

"아, 저희 호텔 고객님이 맞으시네요. 성함이 추지훈 님이십니다. 아마 이름을 조금 잘못 알고 계셨나 보네요."

"……추지훈이요?"

"네, 맞습니다."

추지행이라는 이름은 가명이었다. 진짜 이름은 추지훈이었다. 도대체 치타는 왜 동호회에서조차 자신의 이름을 숨긴 것일까. 나는 호텔 프런트 여직원에게 알아봐 주어서 고맙다고 말하고는 전화를 끊었다. 전화를 끊은 뒤에는 그의 방으로 직접 연결해 달라고 할걸 그랬나 후회했지만 전화를 걸어서 뭐라고 따져야 할지도 암담했다. 난 사실 싸우고 따지고 드는 일에는 흥미도, 자질도 없었다. 내가 잘하는 건 그냥 누구하고도 얘기하지 않고 혼자서 글을 쓰는 일이었다.

난 혼자 궁리하다가 허 코치에게 전화를 걸었다. 왠지 치타는 내가 혼자 상대하기에는 버거운 인간이라는 느낌이 들어서였다. 치타는 나보다 나이도 사회 경험도 많았고, 무엇보다도 기가 만만치 않았다. 나도 어디 가서 쉽게 기죽진 않는 성격인데, 치타는 자신이 상대방에게 무엇을 원하고 그것을 어떻게 하면 빼낼 수 있는가 하는 것을 본능적으로 알고 있는 사람이었다.

내가 전화를 걸었을 때, 허 코치는 입속에 뭔가를 넣은 채 우물거리고 있었다.

"식사하세요?"

"아니. 쥐포 구워 먹고 있었어. 진미채라고 시장에서 파는 건데, 식용유 두른 후라이팬에다 튀겨 먹으면 그 맛이 예술이야. 너 그런 거 안 먹어 봤지? 냠냠."

"선생님, 저 어떻게 해야 할지 모르겠어요. 머리가 아프고, 속이 쓰려요. 왜 이런 일이 저한테 일어나는지 모르겠어요."

그러자 허 코치는 자세를 고쳐 앉고는 쥐포를 씹다 말고 쟁반 위에 올려놓았다. 비록 눈에 보이진 않았지만 마치 직접 보고 있는 것처럼 생생한 기척이었다.

"뭐야? 집에 무슨 일 있어?"

"아뇨. 집이 아니라, 저번에 말씀드렸던 저작권 문제 있잖아요."

나는 치타로 예상되는 인간이 내 핸드폰으로 계속 전화를 걸어 괴롭히고 있다고 말했다. 아무 말도 안 하고 그냥 끊고, 왠지 보이지 않게 분노를 발산하고 있는 것 같아 소름이 끼친다고. 확실친 않지만 내가 집에서 가게로 출근하고 퇴근하는 것까지 감시 당하고 있는 기분이 들어 오싹하다고. 사실 전화를 걸어 아무 말도 안 하고 끊는 인간이 치타라는 것을 알기 전까지는 미행 당하고 있다는 기분 같은 건 전혀 들지 않았다. 하지만 호텔 프런트 여직원과 통화를 하고 상대방이 치타라는 것을 알게 되자, 그때부터 오한이 몰려들더니 행동 하나하나를 감시 당하고 있다는 망상에까지 이르게 된 것이다. 내 얘기를 잠자코 다 들은 허 코치는 다시 쥐포를 질겅질겅 씹으면서 말했다.

"사이코 같은 자식. 그 자식 전화번호가 몇 번이야?"

"왜요? 전화해서 뭐라고 하시게요?"

"……아니. 그냥 알아 둬서 나쁠 건 없잖아. 아직 전화하는 것 말고는 별다른 액션을 취하지도 않았으니 일단은 두고 보자고. 내 생각엔 그러다가 말 것 같은데, 뭐."

하지만 내 생각은 달랐다. 치타는 뭔가 내게 원하는 것이 있었다. 뭔지는 모르지만 그게 그를 집요하게 붙들고 늘어지고 있는 것 같았다. 돈과 관련된 문제일 수도 있고, 그의 안위와 관련된 문제일 수도 있다. 신촌의 카페에서 소설의 저작권을 팔라고 협박한 날로부터 두 달 가까이 지났는데도 그는 여전히 내 주위를 맴돌면서 나를 압박하고 있었다. 도대체 뭐 때문일까?

가게 텔레비전에서는 또 「살인의 추억」이 방영되고 있었다. 마침 동네 사람들한테는 아픈 아내를 간호하며 착실하게 살고 있다고 알려진 남자가, 사실은 밤만 되면 여자 속옷을 무덤가로 가지고 나가 혼자 '딸딸이를 치는' 변태였다는 게 밝혀지는 장면이 나오는 중이었다. 동네 사람들은 그가 그럴 줄은 몰랐다고 하면서 믿고 싶어 하지 않았다. 하지만 남자의 집 부엌 찬장에는 온통 여자 속옷과 《플레이보이》 같은 성인 잡지들로 가득 차 있었다. 무심코 그 장면을 보고 있던 나는 문득 어떤 희한한 생각에 빠졌다.

"코치님, 혹시 비밀 같은 거 있으세요?"

"비밀? 그거 왜?"

"그냥, 사람들은 누구나 비밀 같은 걸 하나씩 가지고 있잖아요. 비밀 같은 건 만들고 싶지 않았지만 어쩔 수 없이 처한 환경 때문에 비밀이 생겨 버리는 경우 말이에요. 그런 거, 있으세요?"

그러자 허 코치는 수화기를 바꿔 들고는 귀밑머리를 긁으며 말했다.

"그런 게 있다고 치자. 내가 그걸 너한테 왜 말하냐? 낯 간지럽게."

"사람들은 비밀을 만들고 싶어서 만드는 게 아니에요. 어떤 일에 대해 떳떳하게 말할 수가 없기 때문에 그 일이 비밀이 되는 거죠. 저, 방금 든 생각인데요, 혹시 치타 그 사람, 우리한테 말할 수 없는 비밀 같은 게 있는 거 아닐까요? 그래서 직접적으로는 말을 못하고 자꾸만 우회해서 뭔가를 표현하고 싶어 하는 거예요. 그게 그 사람의 비밀인 거고요. 그러니 제가 아무리 전화해서 뭐 때문에 날 이렇게 괴롭히냐고 물어도 절대로 대답해 주지 않는 거예요. 그냥 그런 생각이 들어요. 그 사람, 아무한테도 말할 수 없는 비밀이 있어요. 그리고 그 비밀은, 우리하고 관련이 있어요. 갑자기 그런 생각이 들어요."

"우리가 아니라 '너'겠지. 괜히 나까지 끌어들이진 마."

그 말을 듣자 전화한 범인이 치타라는 것을 알았던 순간보다도 더 오싹한 기분이 들었다. 내가 비키로타키 공모에서 1등 하지 못했기 때문에(정확히는 3등 안에도 들지 못했다. 내가 받은 건 참가상이었다.) 이제 나와의 인연을 끊으려 하나, 하는 생각이 들어서였다.

"……코치님, 혹시 화나셨어요?"

"뭐? 내가 왜 화가 나?"

"제가 비키로타키 공모에서 떨어져서 화나신 것 아니에요? 솔직히 말씀하셔도 괜찮아요."

만약 그가 정말로 내가 공모에서 떨어진 것 때문에 나에게 볼일이 없어졌다고 말한다면 정말 충격일 것이다. 이제 학교 선생님들은 물론이고 어른들은 하나도 믿지 못하게 될 것 같았다. 비록 그가 직접적으로 그렇게 말하지는 않는다 해도 난 직감으로 알 수 있게 될 것이었다.

"마, 내년이 있잖아. 올해만 살고 인생 종 칠래? 다른 공모들도 많고, 비키로타키 공모는 내년에도 참가할 수 있어. 너 아직 열여덟밖에 안 됐잖아. 인생 그렇게 협소하게 사는 거 아니다, 너."

"하지만 내년에도 떨어지면요? 그럼 코치님한테 상금의 이십 퍼센트를 못 드리게 될 텐데, 그럼 어떡해요? 코치님이 저한테 쏟아부은 시간과 에너지는 어디서 보상 받아요? 만약 내년에도 떨어지게 된다면, 아니 떨어질 거예요. 분명히 떨어질 거예요. 거기 나온 애들 보통 애들이랑은 달라요. 무슨 소설 쓰는 기계들 같았어요. 인물, 사건, 배경, 장르 같은 게 머릿속에 다 저장되어 있어서 마음만 먹으면 서랍에서 물건 꺼내듯이 머릿속에서 끄집어 내서 자판을 두들겨 대는 기계들 같았다고요. 거기서 살아남을 자신, 저 없어요. 그러니까 선생님, 더 이상 저한테 시간 낭비 하지 마세요. 저 코치님 실망만 시켜 드릴 거예요. 저, 코치님 실망시켜 드리고 싶지 않아요. 그거, 되게 기분 안 좋아요."

내 얘기를 잠자코 듣고 있던 허 코치가 깊은 한숨을 내쉬고는 마침내 입을 열었다. 전화비가 엄청 깨지겠구나 생각했을 때는 이미 통화 시간이 삼십 분이 넘은 뒤였다. 다행히 아빠는 가게 밖에 있는 테이블에 앉아 스포츠 신문을 읽고 있는 중이었다.

"인마, 난 네가 다 컸는 줄 알았는데 아직 크려면 한참 멀었다. 아기구나. 완전히 아기야."

"코치님이 먼저 부담 주셨잖아요. 꼭 상 타 오라고. 비키로타키 공모에서 수상 못하면 인생 끝이라고."

"마, 그건 그냥 겁주려고 한 소리였지. 그만큼 바짝 긴장해서 좋은 결과 내라고. 그걸 말 그대로 받아들였단 말이지? 내가 너를 아기 같다고 하는 건 바로 그래서야, 인마. 이 어르신의 신조가 뭐냐? 한번 읊어 봐."

난 아무 말도 하지 않았다. 별로 얘기하고 싶지 않았다. 하지만 허 코치가 어서 말해 보라고 재촉하자 하는 수 없이 입을 열었다.

"죽는다는 각오로 임하라. 그럴 수 없다면 도전하지 마라."

"그래, 다시 한 번 복창한다. 시작."

"죽는다는 각오로 임하라. 그럴 수 없다면 도전하지 마라."

"좋다. '죽는다는 각오'로 임하라고 말했지, 죽으라고는 말하지 않았다. 말귀를 잘 알아들어야 한다. 난 정수선 네가 잘됐으면 좋겠어. 왜냐하면 잘됐으면 좋겠으니까."

"……그게 무슨 말이에요?"

나는 아빠가 가게 안으로 들어올까 봐 조마조마해하며 말했다. 가게 전화를 삼십 분째 쓰고 있는 걸 알면 당장 가게에서 쫓아낼

지도 몰랐다. 엄마는 텔레비전 앞에 마늘 봉지를 두고 앉아 꾸벅꾸벅 졸고 있었고 템보는 웬일로 독서에 심취해 있었다. 수화기 건너편에서 허 코치가 말했다.

"잘됐으면 좋겠는데, 뭐 이유가 있냐? 너는 너 자신이 행복했으면 좋겠다는 거에 이유가 있냐? 이유 같은 건 없어. 이유가 있으면 그게 더 이상한 거지."

"하지만 코치님은 정수선이 아니잖아요. 코치님은 허무식 선생님이잖아요."

"나는 인마, 박애주의자야. 몰랐냐? 인간, 인격의 휴머니티를 존중하고 평등이라는 사상에 입각하여 두루두루 널리 사랑하며 살자는 박애주의자, 몰라? 그러니까 내가 어르신이지, 이것아."

난 그가 하는 말을 도통 알아들을 수가 없었다. 정말로 그는 박애주의자일까? 그렇다면 그는 내가 아는 유일한 세계 평화주의자였다. 난 세계 평화 같은 것엔 조금의 관심도 없었다. 그냥 나만 행복하면 그걸로 족했다. 화장실 밖에서 기다리는 사람이야 어찌 되건 말건 난 변기 위에 앉아 피로로 뭉친 발을 주무르다가 변기 뚜껑에 기대어 눈을 붙이는 이기주의자였다.

"아무튼 좀 더 두고 보자고. 그 치타인가 표범인가 하는 놈이 할 일이 없어서 재미 삼아 그러는 걸 수도 있으니까. 만약 이번 주까지 계속 그런 식으로 장난을 치면 경찰의 도움을 받자. 놈이 대기업에 다닌다고 했지? 무슨 호텔에 묵고 있고. 그런 걸 보면 우리가 조금만 위협조로 나와도 거북이처럼 등껍데기 속으로 쏙 들어갈 놈이야. 가진 게 워낙 많아야지. 안 그래? 가진 게 많은 사람들은 항상 조심하고 사는 법이지. 신호 위반도 안 하고 길거리에 침도 안 뱉고 노상 방뇨도 못하지."

"무서워요. 밤에 누가 따라오는 기분이 든다고요."

그런다고 해서 허 코치가 보디가드 역할을 해 주지는 않을 거라는 걸 알았지만 엄살은 부려 볼 수 있었다. 그가 가장 현실적인 대답을 내놓았다.

"동생이나 아버지랑 같이 다녀. 너희 아버지랑 다니면 그 누가 덤빌 수 있겠냐?"

"우리 아빠 얼굴 보셨어요?"

그러자 허 코치는 일전에 한 번 본 적이 있다고 말했다. 우리 가게에 와서 고기를 먹고 갔을 때는 아빠가 아직 가게에 나오지 않았던 것 같은데. 언제 봤느냐고 묻자 그가 대답했다.

"예전에, 지하철역에서 잠깐 뵌 적이 있지."

"지하철역이요?"

"그래. 그날이 아마 교사들끼리 회식이 있는 날이었지. 술을 마셔서 지하철 타고 집에 가려고 플랫폼 의자에 앉아 있는데 계단 저쪽에서 누가 소리를 고래고래 지르고 있더라고. 아이, 잠도 못 자게 누구야, 하고 고개를 빼고 보니까 웬 아저씨가 여자애 머리채를 휘어잡고는……. 그래서 너를 알게 됐다, 이 두껍아."

그제야 그가 내게 잘해 준 것이 이해되기 시작했다. 그는 내가 불쌍했던 것이다. 이 지구상에 얼마 남지 않은 박애주의자로서,

불행의 늪에 빠져 가출 청소년이 될지도 모르는 한 청소년의 인생을 구제해 주자는 마음으로 지금까지 이런저런 호의를 베풀어 온 것이 분명했다. 그런 것도 모르고 난 그가 정말로 비키로타키 공모의 상금 이십 퍼센트를 목적으로 내게 잘해 준다고 생각했던 것이다. 어쩌면 그것도 한 가지 이유일지도 모르지만. 가슴이 답답해져 왔다. 아무리 어리더라도 자존심이란 게 있는 법이다. 그 자존심을 손상시키면 아무리 어리더라도 상대방을 마주하고 싶지 않게 된다. 도망치고 싶었다.

"말하지 말지 그러셨어요. 끝까지, 끝까지 밝히지 말지. 비밀로 남겨 두지."

"……마, 네가 물어봤잖아."

"인마라고 하지 마세요. 난 선생님의 인마가 아니에요. 장차 대한민국을 대표할 소설가 정수선이라고요."

진심이었다. 난 진심으로 그렇게 믿었다.

"하하, 그래. 누가 뭐랬냐? 그렇게만 된다면 나도 더 이상 바랄 게 없겠다. 정 작가님. 아무튼 지금 찌개도 끓이고 이것저것 하느라 바쁘니까 나중에 또 통화하자. 너 때문에 지금 찌개가 다 졸아들었어. 계란 프라이랑 스팸도 다 타고. 먹을 게 없겠다. 알았지?"

난 대꾸하지 않고 전화를 끊었다. 그에게는 다시는 먼저 전화하지 않을 생각이었다. 치타가 또다시 날 괴롭히지만 않는다면.

26
백 분 토 론

드라마는 7부작이었다. '드라마 문학관'은 금요일마다 방송되는 프로그램이었으므로 '톨스토이의 사막'은 장장 칠 주 동안 방영될 예정이었다. 그리고 이제 1부가 방영된 것으로 첫 신호탄이 터진 것이다. 시작은 순조로웠다. 주말에 문 피디에게서 전화가 걸려 왔는데 시청률이 예상보다 많이 나왔다고 축하 인사를 건넸다. 문곰은 그런 사람이었다. 축하 인사를 받아야 하는 입장에서도 늘 다른 사람을 축하하고 칭찬했다. 그는 '덕'이 많아 보였고 항상 특유의 부처님 미소를 짓고 있었다. 난 모든 은공을 다 문 피디에게 돌리고는 앞으로도 시청률이 많이 나오도록 기도하겠다는 멘트와 함께 전화를 끊었다.

아빠는 드라마를 비디오테이프에 녹화해서 일부러 가게까지 가져와 손님들 앞에서 틀었다. 자기 딸이 쓴 각본이 드라마로 나왔다고 자랑하기 위해서였다. 난 내가 쓴 것은 각본이 아니라 원작 소설이라고 아빠의 실수를 교정해 주려 했지만 아빠한테는 각본이나 소설이나 그게 그거였다. 중요한 것은 자신의 딸이 쓴 작품이라는 사실이었다. 단골손님들은 드라마 작가가 돈을 많이 번다면서 딸한테 잘 보이셔야겠다고 덕담을 해 주었다. 하지만 아빠의 대답은 늘 똑같았다.

"우리 딸들은 항상 지들밖에 몰라서. 이다음에 늙은 부모 봉양 안 하려면 지금이라도 당장 나가 살라고 하는데, 안 나가고 있네요. 그런 걸 보면 아주 봉양을 안 할 생각은 아닌 모양이에요. 허허허."

그게 최저 임금에도 못 미치는 임금으로 사람을 부리면서 할 소리인가. 아빠는 항상 딸자식들이 자기 덕을 본다고 주장했지만 뎀보와 내가 보기에 엄마와 우리는 아빠라는 공장장에게 고용된 공장 직원들 같았다. 만약 딸자식들이 반항하지 않고 아무 군소리 없이 아빠의 일을 돕는다면 아빠는 오십이 다 된 지금이라도 또 자식을 볼 게 분명했다. 아무튼 내 덕분에 가게 단골손님들과 아빠는 녹화된 '톨스토이의 사막'을 보면서 드라마와는 아무 상관도 없는 얘기를 하며 연신 즐거워했다.

문곰 피디에게서 다시 전화가 걸려 온 것은, 2부가 방송되고 난 다음 날이었다. 또다시 시청률에 대해 얘기하려는 줄 알고 난 조금 긴장하고 있었다. 그런데 들어 보니 그건 아니었다.

"수선 양, 일하는 중 아니에요? 잠깐 얘기 좀 나눌 수 있어요?"

"네, 말씀하세요, 피디님."

나는 슬리퍼를 신고 재빨리 가게 밖으로 나왔다. 그리고 화장실 벽 앞에 서서 앞치마 주머니에 손을 찔러 넣은 채 핸드폰에 대고 말했다.

"지금 밖에 나왔어요, 피디님. 무슨 하실 말씀이라도 있으세요?"

"그게……, 어제 2부 방송 나가고 나서 어떤 남자한테 방송국으로 전화가 걸려 왔다고 해서요. 이름은 밝히질 않고, 자기가 '톨스토이의 사막' 원작자라고 주장했다고 하는데, 혹시 여기에 대해서 수선 양이 알고 있는 게 있나 해서 전화해 봤어요. 아닐 거라고 생각은 하지만…… 혹시 그 작품이 표절이라거나 저작권에 문제가 있는 작품이에요?"

가슴이 철렁 내려앉는 것 같았다. 치타였다. 치타가 2부 방영이 끝나자마자 방송국으로 전화를 걸어 자기가 원작자인 것처럼 행동해 나를 물 먹이려고 한 게 분명했다. 나는 핸드폰을 반대쪽 귀에 바꿔 대고는 말했다.

"아니에요. 그 소설, 제 작품 맞아요. 제가 천둥대학교 공모에 응모하려고 직접 쓴 소설이에요."

"그렇죠? 아, 갑자기 이상한 전화가 걸려 왔다고 해서 얼마나 놀랐는지. 근데 왜 그런 생뚱맞은 전화가 걸려 왔지? 알 수가 없네. 혹시 뭐 짚이는 구석 없어요?"

난 망설이다가 결국 말하는 게 좋겠다고 판단을 내리고는 문 피디에게 그간 있었던 일에 대해 얘기해 주었다. 이보험 작가는 몰라도 문 피디라면 믿고 진실을 말할 수 있겠다는 생각이 들어서였다. 난 동호회에서 치타를 만나서 그의 요구대로 소설을 써 준 이야기, 그리고 그에게서 소설의 저작권을 팔라고 협박 받은 이야기까지 차례대로 늘어놓았다. 내가 쓴 소설은 물론 치타의 꿈 이야기에서 그 아이디어만 살짝 빌려 왔을 뿐 전체적인 내용은 완전히 다르다고, 나 자신의 정당성을 주장하는 것도 잊지 않았다. 그러자 문 피디는 잠깐 고심하더니 치타가 보내 준 꿈 이야기를 이메일로 보내 줄 수 있겠느냐고 물었다. 나는 가게 일이 끝나고 집에 가자마자 메일을 보내 주겠다고 약속했다.

"노파심에서 보겠다는 거니까 너무 신경 쓰지는 마요. 우리 둘만 연계된 문제가 아니라 방송국하고도 연결돼 있는 일이라 뭐든지 명확하게 확인하는 게 모두한테 도움이 될 거예요. 늦은 시간에 전화해서 놀랐죠? 나도 방금 방송국에서 전화 받고 놀라서 전화한 거니까 이해 좀 해 주고요."

"아, 아니에요. 피디님이 놀라셨겠어요. 그럼 들어가 쉬세요."

공손하게 전화를 끊고 나자 가슴이 다시 벌렁거리기 시작했다. 잘못한 건 치타인데, 내겐 아무것도 거리낄 게 없는데, 왜 이렇게 불안하고 초조하지? 치타가 금방이라도 어떤 사고를 칠 것만 같은 불길한 예감에 숨을 제대로 쉴 수가 없었다.

역시 그 소설을 공모에 낸 건 내 실수일까? 허 코치의 말대로 문제가 될 소지가 다분한 일을 내 멋대로 밀어붙인 건 아닐까? 어쩌면 내가 큰 실수를 한 걸지도 모른다는 생각에, 난 일분일초라도 빨리 집에 가서 치타의 꿈 이야기와 내 소설을 다시 비교해 보고 싶었다. 어디가 얼마나 비슷한지, 내가 그의 이야기를 '도용'해 소설로 만든 거라고 입증될 수 있을 만한 수준인지, 꼼꼼히 확인해 봐야 했다.

 방송국 회의실 문을 열고 안으로 들어가자, 문 피디와 이보험 작가, 그리고 치타 이렇게 세 사람이 앉아 있었다. 마침 비가 왔기 때문에 회의실에서는 곰팡이가 슨 듯한 시멘트 냄새가 났고 사람들의 옷은 습기에 차서 눅눅해져 있었다. 누가 가져다 놓았는지 테이블 위에는 찻잔 세 개가 각자의 앞에 얌전히 놓여 있었다. 치타는 남자들이 자가용 트렁크에 구비해 놓는 엄청난 크기의 1단 우산을 자기 옆에 세워 놓고 있었다. 여차하면 그걸 마음대로 휘두르기라도 할 기세였다. 조금의 타협도 허용치 않겠다는 듯 그의 얼굴에는 굳은 각오가 비석 위의 글씨처럼 새겨져 있었다.
 나와 허 코치가 치타의 맞은편에 앉자 잠시 후 문 피디가 문을 열고 밖에 있는 누군가에게 두 사람 분의 차를 내오도록 지시했다. 허 코치는 치타와 이보험에게는 대충 인사하고 문 피디에게는 예의 바르게 안부를 묻는 것으로 자신의 감정을 솔직히 드러내는 것을 잊지 않았다. 나는 그냥 누구에게랄 것도 없이 한 번에 인사를 했다. 솔직히 가슴이 떨려서 정신이 반쯤 나가 있었다. 맨 먼저 입을 연 것은 문 피디였다. 그는 치타에게 차를 권한 뒤 섬세함이 묻어나는 '솔' 톤의 말투로 치타를 설득했다.

"아까도 대략적인 말씀을 드린 바 있지만, 선생님의 이메일 내용과 정수선 학생의 작품이 동일하다는 증거는 작품 어디에도 나와 있질 않습니다. 단순히 작품의 배경과 인물의 직업이 일치한다는 것은 표절이나 저작권 도용 문제로 취급하기에는 부족한 점이 너무나 많죠. 물론 저희도 수선 양한테서 일의 추이를 듣긴 했습니다. 선생님이 주신 꿈 이야기를 토대로 수선 양이 소설을 완성시켰다고요."

그러자 치타가 손을 뻗어 자기 앞에 놓인 찻잔을 집어 들었다. 그리고 녹차를 한 모금 마셨다. 그것은 내가 회의실 안에 들어오고 나서 처음으로 보는 치타의 움직임이었다. 어떤 목적 없이는 몸을 함부로 움직이지 않는 모습이 정말로 정글 속 나무 위의 치타를 닮아 있었다.

"그건 제 꿈이었어요. 제가 잠들면 항상 꾸는 꿈이었다고요. 게다가 전 저 여자애한테 그 꿈 이야기가 적힌 이메일까지 보냈습니다. 그게 아직도 제 메일함에 증거로 남아 있고요. 이건 명백한 저작권법 위반입니다. 만약 이쪽에서 남은 방송을 취소하지 않겠다면 전 고소할 생각까지 하고 있습니다. 그냥 이쪽에서 조용히 덮겠다고 한다면, 저도 더 이상 큰 소란을 피우지 않을 생각이고요."

생각보다 일이 심각해지고 있었다. 치타는 도저히 물러날 기세가 아니었다. 이렇게 강경하게 나올 거였으면서 왜 그동안은 전화만 하고 아무 말도 못한 거지? 어쩌면 법적인 소송 문제를 알아보러 다녔을 수도 있으리라. 문 피디가 나를 힐끗 쳐다보고는 다시 부드러운 목소리로 치타에게 말했다.

"하지만 선생님, 저작권이라고 하는 것은 엄밀히 말해 문학, 학술 또는 예술의 범위에 속하는 창작물인 저작물에 대한 독점적 권리를 말하는 것입니다. 다시 말해서 선생님이 수선 양에게 이메일로 보내신 꿈 이야기는 저작물이라고 규정짓기가 어렵다는 얘기죠. 그건 그냥 이런 얘기도 있다, 들어 볼래, 라고 말하는 하나의 메시지에 지나지 않습니다. 그건 그냥 대화의 내용을 문자로 남긴 것에 불과하죠. 어디를 가서 물어보셔도 마찬가지일 거예요."

문 피디가 그렇게 얘기하자 마음이 좀 놓였다. 사실은 나도 소설을 공모에 보내기 전에 인터넷 질문 해결 코너에서 저작권법 전문 변호사한테 상담을 받아 본 적이 있었다. 그때 변호사는 단순히 아이디어만으로는 저작권법의 보호를 받을 수 없다고 했다. 그는 상당히 어려운 말들을 섞어 가며 저작권법에 대해 설명을 해 줬는데 내가 잘 못 알아듣자 쉬운 말로 바꿔 주기도 했다.

"만약 저작자가 자신의 독특한 아이디어를 편지로 털어놓고 당신이 그 아이디어로 소설을 썼다면 그것은 저작권 침해가 아닙니다. 영화 제작자가 그것을 영화를 만드는 데 이용했다 해도 역시 저작권 침해가 아닙니다."

난 그 변호사의 답변을 아직도 메일함에 간직하고 있었다. 그렇게 확인 절차를 거쳤기 때문에 당당하게 천둥대 공모에도 소설을 제출할 수 있었던 것이다. 치타는 가만히 피디의 얘기를 듣고 있더니 핸드폰을 꺼내 어디론가 전화를 걸었다. 허 코치와 문 피디, 이보험 작가와 나는 멍청한 얼굴로 치타의 알 수 없는 행동을 지켜보았다. 잠시 후 치타가 핸드폰 너머의 상대방과 인사를 하더니 문 피디에게 전화를 넘겨주었다. 문 피디가 누구냐고 묻자 치타가 대답했다.

"제가 아는 변호사 형인데, 한번 받아 보시죠."

변호사? 이건 또 무슨 시추에이션이야? 문 피디는 치타가 아는 변호사와 잠시 전화로 얘기를 나누었다. 가끔 네, 네, 하면서 상대방의 말을 들어 주기도 하고 어떨 때는 아니죠, 그런 건 아니죠, 하고 반박하기도 했다. 하지만 나머지 사람들은 무슨 얘기가 오가는지 도무지 알 수가 없었다.

그러는 사이 치타와 나는 눈이 딱 한 번 마주쳤는데 왠지 나는 그가 살아 있는 사람 같지 않았다. 나처럼 피와 살과 뼈로 이루어져 있는 인간이라기보다는 24세기쯤에서 넘어온 기계 인간처럼 느껴졌던 것이다. 그건 내가 동호회에서 그를 처음 봤을 때도 어렴풋이 느꼈던 이미지였다. 그는 '인간적인', 혹은 '친숙한'이라는 단어들과는 거리가 멀었다. 약 십오 분간의 전화 통화가 끝나자 피디가 치타에게 전화기를 넘겨주었다. 그러고는 치타와 우리 세 사람을 한번 휘 둘러보았다. 문 피디의 입에서 무슨 소리가 나올지 몰라 나는 잔뜩 경직되어 있었다. 표정이 왠지 심상치 않았다.

"이 변호사라는 분이 그 이메일 내용으로 책을 묶으실 생각이라고 하시는데……. 구체적으로 어떤 책입니까? 에세이집 같은 겁니까?"

치타가 고개를 끄덕였다.

"예전부터 소소한 이야기들을 엮은 수필집을 한 권 내고 싶었었는데 그 꿈 이야기도 넣을 겁니다. 그 꿈 이야기가 메인 테마이기 때문에 빠뜨릴 수 없어요. 이건 내가 아주 오래전부터 준비해 왔던 일입니다. 피디님은 이해하시겠죠? 만약 내가 그 이메일 내용으로 책을 엮는다면 그건 그 이야기가 하나의 저작물이 된다는 얘기나 마찬가지죠. 안 그렇습니까? 난 내 저작물을 보호받고 싶은 겁니다. 단지 그뿐이에요. 다른 사람의 이름으로 텔레비전에 방영되고, 내 허락도 없이 자기들끼리 계약금을 주고받고, 그런 걸 더는 두고 보고 싶지 않아요. 난 마땅한 내 권리를 찾으려고 하는 것뿐입니다. 아시겠어요?"

치타가 흥분했는지 상체를 앞으로 잔뜩 내밀고 우리 네 사람에게 울분을 토해 냈다. 그럴 때의 그의 모습은 치타가 아니라 치졸한 하이에나 같았다. 마치 법정에라도 들어와 있는 듯한 기분이었다.

이보험 작가는 문 피디를 쳐다보았고 문 피디는 허 코치를, 허 코치는 나를 쳐다보았다. 난 누구를 쳐다봐야 할지 알 수가 없었다. 피디가 도와줄 수 있는 선을 넘은 것 같다는 생각이 들었다.

이 사건은 나와 치타로부터 발단된 것이니 우리 둘이서 해결하라는 신호 같기도 했다. 당장 모레 저녁 9시 50분에 방송이 나가기로 되어 있는데 만약 치타에게 굴복하게 된다면 그 빈 시간을 무엇으로 메운단 말인가. 방송국 홈페이지에는 시청자들의 불만이 쇄도할 것이다. 피디의 얼굴은 벌써부터 그런저런 걱정으로 얼룩져 있었다. 피디는 고시 공부를 하는 사람처럼 손으로 이마를 짚은 채 깊은 시름에 잠겨 있더니 잠시 후 치타를 향해 말했다.

"알겠습니다. 일단 저희끼리 상의를 좀 해 본 뒤에 다시 연락드리도록 하죠. 바쁘다고 하셨으니 일단 댁으로 돌아가 좀 기다려 주십시오."

치타는 자신의 재킷을 걸쳐 입고는 우산에 의지해 자리에서 몸을 일으켰다. 그리고 핸드폰 액정 화면을 다시 한 번 보고는 재킷 주머니 속에 집어넣었다.

"당장 드라마 방영을 취소해 주세요. 모레 저녁에 3부가 방영되는 걸로 알고 있습니다. 만약 이렇게까지 했는데도 3부가 방송된다면 그땐 저도 강경 대응 할 거니까 그렇게 아시고요. 이 일, 시끄러워지지 않고 조용히 마무리됐으면 좋겠네요. 저 역시도."

치타는 나를 힐끗 쳐다보고는 재킷을 다시 한 번 추스른 뒤 회의실 밖으로 나갔다. 다른 책상에 떨어져 앉아 있던 여자 스태프 하나가 치타가 열고 나간 문을 닫고 다시 자리에 앉았다. 적이 사라지자 이보험 작가는 긴 한숨을 내쉬고는 찻잔에 든 커피를 한 모금 마셨다. 하지만 곧 인상을 찡그리면서 여자 스태프를 향해

"블랙이라고 말했잖아요." 하고 불평을 늘어놓았다. 여자 스태프는 "다시 타 드릴까요?" 하고 물었다. 이보험 작가는 차갑게 "됐어요." 하고 말하고는 문 피디에게 말했다.

"어떡하실 거예요? 뭐 뾰족한 수라도 있으세요?"

그들은 나의 안위보다는 방송 펑크에 대해 걱정하고 있었다. 이것은 당연한 결과였다. 나를 걱정해 주는 건 바라지도 않았다. 문 피디가 허 코치와 나를 바라보면서 말했다.

"제 생각에는 추지훈이라는 그 사람, 무슨 수를 써서라도 드라마가 방송되는 걸 막을 사람처럼 보여요. 이유는 잘 모르겠지만, 자기 아이디어를 취한 수선 양한테 이를 드러내는 게 아니라 방송권을 가지고 있는 우리한테 이를 드러내고 있으니까. 만만한 상대가 아니에요."

"이상한 사람 같아요."

내가 말했다. 하지만 문 피디는 내 말에 대꾸하지 않고 허 코치에게 말했다.

"에세이 출간 얘기도 그 꿈 얘기를 '저작물'로 만들기 위해서 급조해 낸 것 같은 느낌이 팍팍 들고. 하지만 너무 걱정하지는 마세요. 아직 수선 양이 저작권법을 침해했다는 증거는 어디에도 없으니까. 아직 꿈 얘기가 에세이로 출간되지도 않았잖아요? 아직은 그 아이디어를 저작물로 구별할 수 없어요. 우리도 법을 위반한 건 아니고요."

그러자 이보험 작가도 맞장구를 쳤다.

"그렇죠. 아, 그 사람이 갑자기 왜 그러지? 아까 읽어 보니까 소설에 쓰인 내용이랑 이메일 내용이랑 완전히 똑같지도 않던데. 문 피디님, 그 정도면 그냥 구렁이 담 넘어가듯이 넘길 수 있는 수준 아니에요? 각색 수준도 안 되는 것 같은데."

"지금으로 봐서는 상대방이 법을 들이대고 자시고 할 상황이 못 돼요. 아까 통화한 변호사라는 사람도 법 쪽에 종사하는 사람인 건 맞는데, 진짜로 변호사라고 확신할 수도 없고요. 그냥 자기한테 유리한 상황을 만들기 위해서 연극을 하고 있다고 볼 수도 있죠."

연극이라니. 난 치타를 이해할 수가 없었다. 만약 그 꿈 이야기가 그렇게 소중한 것이었다면 애초부터 내게 이메일을 보내거나 소설로 써 달라고 부탁해서는 안 되는 일이었다. 자신의 뜻대로 된 지금에 와서 이렇게 아이디어의 권리를 주장하는 것은 비겁한 짓이었다. 내가 그 얘기를 하자 문 피디가 말했다.

"근데 왜 갑자기 태도가 바뀌었지? 처음에 소설로 써 달라고 부탁한 건 그 사람이었다면서? 왜 갑자기 소설을 보고 나서 태도를 완전히 바꾸었을까."

그러자 허 코치가 말했다.

"작품이 마음에 들었으니까 갑자기 주인 행세를 하려고 드는 거겠죠. 뭘 그런 거에 의문을 품으세요?"

하지만 문 피디의 생각은 달랐다.

"그럴 수도 있겠죠. 그런데 제가 하나 이해할 수 없는 것은, 만약 자신의 저작물에 대한 권리를 주장하고 싶었다면 소설이 드라마로 만들어지기 전에, 그때 저작권에 대해 끝까지 물고 늘어졌어야 한다는 점이에요. 수선 양이 공모에 응모하기 전에 자기는 그 꿈 얘기를 에세이로 출판할 거니까 그건 내 거다, 손대지 마라, 라고 했어야 한다는 겁니다. 하지만 추지훈 이 친구는 그러지 않았어요. 거의 포기했다고 봐도 될 만큼 미지근한 반응이었죠. 소설이 드라마가 되어 2부가 방영되기 전까지만 해도 그랬던 친구란 말입니다."

거기에 대해서는 내가 맞받아쳤다. 나는 잔뜩 주눅이 들어 있긴 했지만 떠오르는 생각조차도 말하지 못할 정도는 아니었다. 뇌가 하나라도 더 있다면 뭔가 도움이 될 텐데.

"뒤늦게 방송을 본 걸 거예요. 1부는 놓쳤지만 2부는 챙겨 봤을 수도 있죠. 또 드라마 예고를 하루에도 몇 번씩이나 때리잖아요? 화면 밑에 자막으로도 나오고. 저도 가게에 있으면서 예고 방송을 하루에도 서너 번은 본 것 같아요."

"그게, 해외 올 로케이션 촬영 때문에 그래. 제작비를 평소의 두 배로 썼는데 시청률도 그만큼 나와 줘야 하지 않겠어? 그리고 이번에 피디님이 '아시안 드라마 어워즈'로 이름을 알리실지도 모르고."

"드라마 어워즈요? 그게 뭐예요?"

내가 물었다. 이보험 작가는 문 피디를 힐끗 쳐다보았다. 피디는 갑자기 얼굴이 굳어져서는 그건 확정된 일도 아니지 않느냐면서 꽁무니를 뺐다. 하지만 이보험 작가는 뭐 어떠냐면서 기대해 볼 만한 일이 있다는 건 좋은 게 아니냐고 말했다.

"이번에 드라마가 하도 잘 나와서 '아시안 드라마 어워즈'에 출품해 보라는 제의가 들어왔대. 뭐, 미장센 영화제나 선댄스 영화제의 드라마 버전이라고 보면 되지."

문 피디는 그 얘기는 별로 하고 싶지 않은 듯 화제를 돌렸다.

"그 얘기는 그만하시고요. 중요한 건 드라마 어워즈가 아니라 내일모레 당장 방송이 제시간에 나갈 수 있느냐 하는 거잖아요. 허 선생님은 어떻게 했으면 좋겠습니까? 밀어붙이는 게 낫다고 보십니까? 제 경우는, 저작권과 관련해서 크게 문제될 건 없다는 생각이 들어요. 이 친구가 변호사다, 고소다, 해서 우리한테 겁을 주고는 있지만, 제가 이 바닥에서 십 년을 구른 사람이에요. 그 으르렁거림이 그냥 겁주기용인지 아니면 정말로 형사 고소감인지 정도는 구별할 수 있어요. 이건 말도 안 되는 얘기예요. 게다가 소설이랑 이메일 내용 보셨죠? 꿈 이야기에서는 주인공이 살인하는 내용이 전혀 없어요. 그냥 서너 시간 사막 한가운데에서 길을 헤매다가 간신히 안전하게 차로 돌아오는 얘기죠. 하지만 소설에서는 주인공이 살인을 저질러요. 인디언들의 주술에 걸리고 비를 맞자 사막에서 친구를 칼로 찔러 죽이고 그 시체를 차까지 옮기죠. 이게 어떻게 같은 이야기라고 볼 수 있다는 겁니까? 안 그래요?"

그러자 허 코치가 고개를 끄덕였다. 이보험 작가는 더 얘기할 가치도 없다는 듯 여자 스태프에게 "블랙으로 다시 좀 타 주세요."라고 주문했다. 아무래도 여기가 방송국 회의실이 아니라 다방이라고 착각하는 모양이었다. 분위기가 그렇게 돌아가자 나도 차츰 마음의 안정을 되찾아 갔다.

"저도 이미 그렇게 얘기했어요. 완전히 다른 이야기라고. 그랬더니 당분간 연락을 안 하더라고요. 근데 드라마로 방영되자 갑자기 또 발칵 뒤집어엎으려고 하는 거예요."

내 말에 문 피디가 고개를 끄덕였다.

"아무튼 원작자가 미성년자니, 이 사건은 제가 수선 양을 대신해서 추지훈 그 사람한테 전화를 걸게요. 아이디어라는 건 먼저 쓰는 사람이 임자예요. 그럼 이 얘기는 이렇게 일단락 짓는 걸로 알고 있겠습니다."

허 코치가 자리에서 일어서서는 문 피디에게 고개를 꾸벅 숙이며 악수를 청했다. 허 코치는 피디를 존경이라도 하는 것 같았다. 하지만 이보험 작가에게는 그냥 고개만 꾸벅 숙여 보이고는 나와 함께 회의실을 나왔다. 허 코치와 나는 방송국을 나와 근처 김밥집에 가서 만두와 떡볶이를 시켜 먹었다. 난 어묵 국물을 떠 먹으며 허 코치에게 물었다.

"괜찮겠죠?"

"뭐가?"

"치타 말이에요. 방송 나가도 별일 없겠죠?"

"……그거야 알 수 없는 일이지."

난 허 코치를 가만히 쏘아보다가 차곡차곡 쌓아 왔던 분노를 터뜨렸다.

"그냥 잘될 거라고 얘기해 주면 어디가 덧나요?"

"왜 나한테 화풀이야, 인마. 너 때문에 평화로운 일요일에 꼭두새벽부터 일어나서 잠결에 면도하느라 턱에 반창고까지 붙이고 있는 거 안 보여? 고맙다고는 못할망정. 더 이상 아무 말 말고 만두나 먹어."

나는 턱 밑에 붙어 있는 반창고를 물끄러미 바라보았다. 제일 작은 사이즈의 밴드였는데 거즈 안쪽으로 피가 배어 나온 흔적이 보였다. 또 엄청나게 나를 욕했겠군. 난 더 이상 아무 말 않고 만두를 집어 초간장에 찍어 먹었다. 맛있었다.

27
순수한 상상력

 문 피디에게서 만나자는 전화가 걸려 온 것은 드라마가 모두 방영되고 난 지 한 달쯤 뒤였다. 한창 학기 중이고 공모도 몰려 있을 때라 난 이래저래 정신없이 지내고 있었다. 문 피디는 내게 전화를 걸어 이번에는 허 코치 없이 단둘이 만났으면 좋겠다는 뜻을 밝혀 왔다. 이보험 작가도 나오지 않을 거라고 했다. 달리 거절할 이유도 없고 해서 난 지난번 계약 때 봤던 가로수길 커피숍에서 만나자고 약속을 잡았다.
 왜 단둘이 보자고 했을까. 문 피디가 내게 이성적인 매력을 느꼈나 하는 말도 안 되는 상상까지 하면서 커피숍에서 그를 기다렸다. 그는 약속 시간보다 오 분 늦게 도착해서 내 맞은편에 앉았다.
 "밥은 먹었어요?"

그렇게 인사처럼 말하면서 그는 중절모를 벗었다. 한 달 만에 보는 그의 얼굴은 처음 여름에 봤을 때보다 훨씬 하얬다. 미백 크림이라도 바르시냐고 했더니 그런 건 쓰지 않는다면서 예전보다 하얘졌다면 다행이라고 말했다. 그는 내 몫까지 커피를 두 잔 주문하고는 잠시 내 얼굴을 뚫어져라 쳐다보았다. 나는 내 얼굴을 손바닥으로 훑고는 물었다.

"왜요? 제 얼굴에 뭐 이상한 거 묻었어요?"

드라마에 나오는 전형적인 진부한 표현이라는 건 알고 있었지만 그렇게밖에 물어볼 수가 없었다. 그는 고개를 젓고는 가방에서 둘둘 말린 신문 한 부를 꺼내 테이블 위에 올려놓았다. 나는 신문을 집어 들고 기사를 훑어보았다. 신문에는 U-20 청소년 월드컵에 이어 U-17 대회에서도 한국 선수들이 8강 진출에 성공했다는 기사가 나와 있었다. 붉은 유니폼을 입은 선수들이 팔을 높이 치켜들고 박수를 치고 있었다. 문 피디를 올려다보며 나는 축구에 대한 기사는 봐도 모른다고 말했다. 내게 스포츠의 룰은 너무 복잡하고 방대한 지식이었다. 문 피디는 그걸 보라고 한 게 아니라며 신문을 완전히 펼친 뒤 사회면에 난 기사를 가리켰다. 그곳엔 어디서 본 듯한 낯익은 얼굴의 남자가 팔을 위로 치켜들고 얼굴을 가린 채 경찰서에서 나오는 사진이 실려 있었다. 기사의 제목은 「아들 죽는 장면이 드라마에, 충격!」이었다.

나는 문 피디의 얼굴을 힐끗 보고는 기사를 계속 읽어 나갔다. 그 기사를 읽는 동안 난 마치 내가 다른 세계의, 전혀 모르는 사람이 되어 있는 듯한 착각에 빠져들었다. 하지만 분명히 난 서울의 한 카페에 앉아 있었다. 그건 부정할 수 없는 사실이었다. 이제는 날이 꽤 쌀쌀해져서 테라스 밖으로 나가 앉아 있을 수도 없었다. 유리창에는 온도 차 때문에 김이 뿌옇게 서려 있었다.

아들 죽는 장면이 드라마에, 충격!
인도 타르 사막으로 여행을 갔다가 친구를 칼로 찔러 살해한 것을 9년 동안이나 까맣게 잊고 살았던 남자가 지난 6일 경찰에 붙잡혔다. 지난 9월 SBC 특집극이었던 '톨스토이의 사막'을 시청한 한 씨(53세)는, 드라마의 내용과 자신의 아들이 인도의 타르 사막에 친구인 추 씨(34세)와 함께 여행을 갔다가 강도를 만나 살해당한 상황과 너무 비슷하다는데 놀라 경찰에 신고했고, 경찰 조사 결과, 9년 전의 살인 사건으로 숨진 권모 씨(사망 당시 25세)와 함께 여행을 떠났던 친구 추 씨의 범행이었던 것이 뒤늦게 밝혀졌다. 범행 당시 추 씨는 강도를 만나 친구가 살해 당했다고 진술했으며 그 충격으로 한동안 정신과 치료를 받았었다. 하지만 범인은 강도가 아니라 숨진 권모 씨의 친구 추 씨였다. 검찰에서 추 씨는 그 역시 9년 동안이나 자신의 범행을 전혀 기억하지 못하고 있었다며, 단지 비슷한 꿈을 반복적으로 꿔 자신도 이상하게 생각하고 있었다고 진술했다. 신경정신과 전문의 고자란 원장은 추 씨가 앓고 있는 질병을 '스트루프 효과'의 진화된 형태라고 설명하며, 수용하기 어려운 정보를 처리하는 데 남들보다 훨씬 많은 시간이 소요되는 증상이라고 말했다. 고자란 원장은 어린 시절 학대 받은 경험이 있는 사람은 일상적이지 않은 특수한 장소와 상황에서 이상행동을 할 가능성이 높으며, 추 씨가 9년간 자신의 범행을 망각하고 있었다는 것은 사실일 것이라고 말했다. 현재 추 씨는 서울 강남경찰서 형사과에서 수사를 받고 있으며 정신과 상담 역시 병행하고 있다.

기사를 다 읽고 난 뒤 문 피디를 쳐다보았다. 그는 다 읽었느냐고 묻고는 머그잔을 들어 아메리카노를 한 모금 마셨다. 난 너무 놀라 커피조차도 마실 수 없었다. 문 피디가 말했다.

"놀랐죠? 나도 깜짝 놀랐어요. 근데 지금 그것 때문에 너무 떠들썩해서, 만나서 직접 얘기하지 않으면 일이 진척되지 않을 것 같아서. 그래서 보자고 했어요. 대충 어떤 상황인지는 알겠어요?"

나는 천천히 고개를 저었다. 상황 파악을 할 수 있었다 하더라도 나는 고개를 저었을 것이다. 이런 상황에서는 정말이지 그럴 수밖에 없었다. 내가 무슨 짓을 한 거지?

"아직도 내가 잘 이해가 안 가는 건, 수선 양이 어떻게 추지훈이라는 친구가 말하지도 않은 살인 사건에 대한 이야기를 소설 속에 집어넣을 수 있었는가 하는 점이에요. 혹시 그 친구가 수선 양한테 살인 사건에 대해 얘기한 적 있어요? 친구를 죽였는데 그 죄책감 때문에 매번 똑같은 꿈을 꾼다고 털어놨다든가, 아니면 그 비슷한 기색이라도 내비쳤다든가……."

나는 아무 말도 하지 않았다. 치타는 그런 적이 없었다. 그냥 평범한 꿈 이야기라고 했다. 하지만 몇 년 동안이나 반복해서 꾼 꿈이기 때문에 이제는 누군가에게 말하지 않고는 견딜 수 없다고 했다. 그리고 그 대상이 운 나쁘게도 소설을 쓰는 내가 된 것뿐이었다.

"내 얘기 듣고 있어요?"

문 피디가 내 앞으로 손을 휘휘 내저었다. 난 가까스로 정신을 차리고 그를 바라보았다.

"네, 말씀하세요."

"만약 추지훈 이 친구가 그런 적이 없다면, 어떻게 꿈 이야기와 살인 사건을 결합시킬 생각을 했던 거지? 마치 구 년 전 살인 사건이 일어났던 타르 사막에 가서 사건 현장을 처음부터 끝까지 두 눈으로 지켜보기라도 한 것처럼……. 경찰에서는 그 점을 이상하게 생각하고 있어요. 그래서 방송국으로 전화를 걸어 원작자를 만나게 해 달라고 하더라고요. 일단은 미성년자이기 때문에 내가 먼저 만나서 의사를 묻고 형사에게 연락을 준다고 했지만……. 나도 뭐가 뭔지 모르겠네요."

나도 모른다. 픽션으로 지어낸 이야기가 어떻게 구 년 전 실제로 일어난 살인 사건과 똑같다고 판명난 건지. 난 그냥 이야기를 지어냈을 뿐이다. 꿈 이야기를 들려준 치타를 주인공으로, 내가 느꼈던 그의 이미지와 캐릭터를 이용해 그가 사막에서 겪었을 법한 일을 쓰다 보니 살인 사건이 등장했고, 그러다 보니 장르가 미스터리가 된 것뿐이었다. 나도 이야기를 시작할 때까지만 해도,

아니 본격적으로 이야기가 전개되기 전까지만 해도 이 작품이 미스터리물이 되리라고는 전혀 생각지 못했다. 오히려 난 희망적인 이야기를 쓰고 싶었다. 젊은 날 사막을 횡단하면서 땀을 흘리고 인내와 인생의 막막함을 맛보면서 성장하는 두 젊은이들의 이야기, 이를테면 「모터 사이클 다이어리」 같은 청춘 성장기를 쓰고 싶었던 것이다.

하지만 완성하고 보니 까뮈의 『이방인』 같은 느낌이 들어 내가 은연 중에 까뮈의 영향을 받았나 하고 고개를 갸우뚱했었다. 그런데 내가 나도 모르는 사이에, 내가 의도했던 것도 아닌데, 치타의 눈빛과 몸짓과 말투와 행동에서 그가 구 년 전 자신도 모르게 저지른 살인 사건을 읽어내고 그것을 작품에 반영시켰다니. 갑자기 나 자신이 끔찍하게 느껴졌다. 나는 영매도 무당도 주술사도 아니었다. 그냥 소설을 쓰는 평범한 여고생이었다. 온몸의 털들이 일제히 쭈뼛거리며 일어나 그 자세 그대로 꼿꼿하게 서 있었다. 몇 초가 흘렀는데도 털은 여전히 곤두서 있었다.

"괜찮아요?"

문 피디가 물었다. 난 고개를 끄덕였다. 이제 어떻게 해야 하지? 문 피디는 주머니에서 핸드폰을 꺼내 테이블 위에 올려놓고는 내게 말했다.

"형사는 오늘이라도 당장 수선 학생을 만나 보고 얘기를 좀 나눠 봤으면 좋겠다고 하는데, 어때요? 괜찮겠어요?"

나는 망설이다가 괜찮다고 말했다. 난 잘못한 게 없었다. 그냥 치타의 꿈 이야기를 메일로 받고, 그것을 소설로 각색한 것뿐이다. 내 기억이 정확하다면 난 구 년 전 치타의 인도 배낭여행에 따라간 적이 없었고, 그때 난 겨우 아홉 살에 불과했다. 창수 초등학교 2학년 4반 반장을 맡고 있었지만 가끔 버스정류장에서 무서운 선배들에게 삥을 뜯겼다.

형사가 커피숍에 도착한 것은 문 피디가 내게 허락을 구한 지 삼십 분이 지나서였다. 경찰서가 코앞이라 십오분 만에도 올 수 있었는데 차가 막혀서 그 두 배가 걸렸다고 했다. 형사는 배불뚝이 아저씨였다. 할리우드 영화에서 보면 구릿빛 근육질 몸매의 날카로운 눈빛을 가진 형사들이 잘만 나오던데 내가 태어나서 처음으로 얼굴을 마주한 형사는 그냥 공무원 아저씨 같았다. 좀 더 심하게 말하면 그냥 옆집 아저씨 같았다. 형사가 물었다.

"추지훈 이 친구한테 무슨 얘기 들은 거 없어요? 꿈 얘기 말고, 뭐 그보다 좀 더 나아간 얘기. 이를테면 사막에서 그 친구랑 있었던 일이라든가."

난 고개를 저었다. 형사는 문 피디를 통해 치타가 내게 보낸 이메일 내용까지 확인하고 온 상태였다.

"그런 말 한 적 없어요. 그냥 사막을 돌아다니는 꿈이라고만 했어요. 친구랑 같이 헤맸다는 말도 없었어요. 친구가 자기한테 사막에 갔다 오라고 차를 빌려 줬는데, 친구는 숙소 같은 곳에서 자기를 기다리고 있었다고 했던 것 같아요. 그리고 치타는 차를 세워 둔 채 거리가 얼마나 되는지 걸어서 사막을 횡단했던 거고요."

"치타?"

형사의 눈이 날카롭게 빛났다. 나는 고개를 저으며 말했다.

"그냥 제가 붙인 별명이에요. 왠지 느낌이 치타 같아서."

형사는 다리를 반대편으로 꼰 뒤 무의식적으로 문 피디의 머그잔으로 손을 뻗었다. 하지만 커피의 주인이 피디라는 것을 알아채고는 종업원을 부르려 했다. 문 피디가 잔을 건네며 자신은 별로 목이 마르지 않으니 그냥 자기 커피를 마시라고 말했다. 형사는 고맙다고 고개를 살짝 숙여 보인 뒤 다시 나를 심문하기 시작했다.

"그럼 어떻게 사막을 헤맸다는 꿈 이야기만 듣고 구 년 전 있었던 일을 소설 속에 그대로 재현해 낸 거지? 그게 말이 되나? 정 학생은 그게 말이 된다고 생각해요?"

그는 내가 정씨(氏)고 학생이라서 나를 '정 학생'이라 줄여 불렀다. 그렇게 부르니 왠지 기분이 음산해졌다. 내가 형사의 기에 눌려 약간 움츠러들자 문 피디가 중간에서 중계를 했다.

"형사님이 다그치시는 건 아니고, 그냥 설명이 부족한 부분들을 물어보시는 거니까 너무 겁먹을 필요 없어요. 그냥 아는 대로 솔직하게 대답해 주면 돼."

"제가 아는 건 그게 다예요. 그 남자한테서 메일을 받았고 그걸 상상력을 이용해서 소설로 고쳐 썼어요. 다른 얘기는 전혀 못 들었어요. 들을 필요도 없었고요."

"들을 필요가 없었다. 왜지? 얘기를 더 자세히 들으면 들을수록 상황이 명확해져서 소설로 바꾸는 데 도움이 됐을 텐데. 상상력이라는 것도 한계가 있잖아?"

형사가 비아냥거리며 말했다. 아니, 사실은 그냥 되물은 것뿐일 수도 있지만 내게는 비아냥거리는 것처럼 들렸다. 그렇다 해도 할 말은 없었다. 그의 말에도 일리는 있었으니까. 나는 두 손을 무릎 위에 올려놓은 채 다리에 잔뜩 힘을 주고 있었다. 얼마나 힘을 줬는지 발끝에 쥐가 나는 것 같았다. 나는 작게 한숨을 내쉬며 다리에서 서서히 힘을 뺐다. 겨드랑이는 이미 축축해져 있었다. 10월이었고, 난 교복에 야구 점퍼를 걸친 차림이었다. LA다저스인지 뉴욕양키즈인지 하는 영어 로고가 야구 점퍼에 박혀 있었다.

"……치타가, 아니 그 남자가, 사막 끝에 도달했을 땐 두 시간이 걸렸지만 차가 있는 곳까지 돌아올 때는 네 시간이 걸렸다고 했으니까요. 남은 두 시간 동안 중간에 무슨 일이 있었을 거라고 생각했어요. 무슨 일이 있었을까 상상했더니 치타가 친구를 살해하는 장면이 머릿속에 그려졌어요. 치타는 꿈 속에서 친구와 함께가 아니라 혼자서 사막을 횡단했다고 했지만…… 인도에서의 첫 배낭여행을 혼자서, 그것도 끝없이 펼쳐진 사막을 혼자서 걸어 다녔을 것 같지는 않았어요. 그래서 상상했어요. 사실은 친구와 같이 있었을 거라고. 그리고 빈 두 시간 동안 사막에서 누군가를 만났거나 친구와 어떤 일이 있었을 거라고. 말다툼을 하거나 잠시 다른 방향으로 갔다거나, 아니면……."

"아니면?"

형사가 팔짱을 낀 채 상체를 내 쪽으로 내밀었다.

"사고가 있었을 거라고, 상상했어요."

말을 마치자 형사는 손톱 끝으로 테이블의 유리판을 톡톡톡, 두들겼다. 마치 카지노에서 슬롯머신이 잭팟을 터뜨리기 전에 그러는 것처럼 경쾌하면서 리듬감 있는 소리를 냈다. 형사가 문 피디를 쳐다보며 말했다.

"어떠세요, 피디님은 정 학생의 말에 동의하십니까?"

'동의'라는 생경한 어휘 선택에 문 피디는 약간 당황하며 되물었다.

"동의라니요?"

아무래도 형사들은 일반인들이 쓰는 어휘와는 좀 다른 어휘를 쓰는 모양이었다. 그 배불뚝이 형사만 그런 것일 수도 있지만. 난 호기심 어린 눈동자로 그 두 사람의 대화를 지켜보았다. 형사는 성냥갑을 꺼내 그 모서리로 테이블을 톡톡 두드리다가 종업원에게 메모지와 볼펜을 달라고 부탁했다. 종업원이 종이와 펜을 갖다주자 형사는 종이에 A와 B점을 찍고는 그 둘을 선으로 연결한 뒤 말했다.

"여기 A에서 B까지의 행로가 있습니다. 출발점은 A로 하고 도착점은 B로 합시다. 단순하게 생각해서 A에서 B까지 두 시간이 걸린다 하면 돌아오는 시간도 두 시간이라고 생각하는 게 지극히 일반적인 일이죠. 그런데 이번 사건의 용의자 같은 경우는 돌아오는 데 걸린 시간은 네 시간이라고 진술했습니다. 구 년 전의 사건 일지에도 그렇게 기록되어 있습니다. 인도 검찰 당국에서도 관여한 일이었지만 피해자와 목격자가 둘 다 한국인이었기 때문에 국내로까지 넘어와 몇 달간이나 조사가 계속되었던 사건이죠. 아무튼, 일반적으로 생각하면 A에서 B까지 가는 데 걸린 시간이 두 시간이라면 오는 데도 두 시간이 걸려야 맞는 겁니다. 하지만 이건 이 사람이 A가 어디 있고 B가 어디 있는지 명확히 알고 있을 때의 얘깁니다. 그런데 추지훈은 길을 몰랐어요. 초행길이었고 인도라는 나라 자체도 처음이었습니다. 출발지와 도착지가 어디 있는지, 자기가 어디쯤에 서 있는지도 모르는 사람한테 오는 데도 두 시간 가는 데도 두 시간이라는 공식은 성립이 안 됩니다. 길을 잃고 헤매면 두 시간은 물론, 세 시간, 네 시간, 아니 하루 종일 걸려도 도착 지점으로 못 돌아올 수도 있다는 얘깁니다. 제 말, 무슨 뜻인지 아시겠어요?"

나는 형사가 무슨 말을 하고 싶은지 종잡을 수가 없었다. 그의 말은 너무 장황했고, 어지러웠다. 마치 일부러 상대방을 교란시키려고 술책을 부리는 듯한 말솜씨였다. 미치광이 화가가 영감을 받아 화선지 위에 제멋대로 그림을 그리는 것을 보는 기분이었다. 문 피디가 혼란스러워하는 표정으로 입을 열었다.

"그래서 하시고 싶은 말씀이……?"

형사는 성냥갑에서 성냥 하나를 빼 들고는 이 사이에 끼어 있는 찌꺼기를 끄집어 냈다. 그래도 작은 고춧가루 하나가 그의 송곳니와 잇몸 사이에 들러붙어 자신의 생명력을 자랑하고 있었다.

"정 학생의 상상력이 지나치게 뛰어나다는 얘기죠. 그 얘기를 드리고 싶은 겁니다. 이 학생은 형사를 능가할 정도로 추리력이 대단합니다. 사람을 일단 보기만 해도 그의 행동 패턴, 말투, 사고방식을 유추해 낼 수 있는 능력이, 이 애한테는 있다는 얘기죠."

난 아무 말도 하지 않았다. 문 피디도 할 말을 잃은 듯 난감하다는 표정으로 나를 쳐다볼 뿐이었다. 나는 빨리 이 심문의 압박에서 벗어나 가게로 돌아가고 싶었다. 돌아가면 일을 해야 하지만 이 배불뚝이 형사 앞에서 계속 긴장한 채 발가락 끝에 힘을 주고 있자니, 차라리 아빠의 구박을 받으면서 그릇을 깨는 게 더 나을 것 같았다. 그때 전화벨이 울렸고 형사가 문 피디에게 양해를 구한 뒤 전화를 받았다. 어, 알았어. 그래, 갈게. 좀만 기다리라고 해. 그런 식으로 통화를 끝낸 형사가 핸드폰을 재킷 안주머니에 넣고는 자리에서 일어나며 말했다.

"됐습니다. 일단은 여기까지 하도록 하죠. 만약 뭔가 더 물어볼 게 생기면 정 학생에게 연락하겠습니다. 전화번호 좀 알 수 있을까?"

나는 내 전화번호를 형사에게 불러 주었다. 내키진 않았지만 치타가 가게로 찾아와 내게 복수할까 봐 두려워서라도 형사를 도와줄 수밖에 없었다. 형사는 공소시효도 아직 끝나지 않았고 치타가 범인이라는 것이 백 퍼센트 확실시되면 재판 후 바로 수감될 거라면서, 중간에 경찰서를 탈출해 내게 해코지를 하는 일은 없을 거라고 나를 안심시켰다. 듣던 중 반가운 소리였다.

형사는 의자를 테이블 안으로 밀어 넣으면서 문 피디에게 농담조로 한마디 툭 던졌는데, 난 그것을 아직까지 기억하고 있다. 그냥 농담이라고 흘려듣기에는 너무 와 닿는 말이었기 때문일 것이다.

"작가들이 과학수사를 하는 줄은 몰랐네요."

그건 아주 틀린 말은 아니었다. 사람들은 작가들이 순수한 상상력으로 모든 일을 해낸다고 생각하지만, 사실은 과학적 절차가 없다면 상상력 같은 건 아무 짝에도 쓸모없게 되어 버리기도 한다. 세상에 '순수한 상상력' 같은 것은 아예 존재하지도 않는 걸까?

28
천재 소녀 작가의 탄생

이제는 듣지 않아도 되는 수업을 듣기 위해 학교 건물 본관 쪽으로 걸음을 옮기는데 문 앞에서 허 코치가 몽둥이를 어깨에 둘러멘 채 서 있는 모습이 보였다. 나는 천천히 그 쪽으로 걸어갔다. 허 코치가 몽둥이로 자신의 왼쪽으로 살짝 기울어진 어깨를 툭툭 치며 내게 말했다.

"인터뷰는 잘했냐?"

"만날 그 질문이 그 질문이에요. 세 번째 인터뷰부터는 그냥 이메일로 함걸 그랬어요, 사진 찍어 놓은 걸 보내 줬으면 이렇게 번거롭지 않아도 됐잖아요."

나는 신문이나 잡지에서 인터뷰를 요청할 정도로 유명해졌다. 한 남자의 꿈 이야기를 듣고 소설을 썼는데, 그 내용이 우연히 그 남자가 과거에 저지른 범죄와 일치했다. 이런 이야기는 어떻게 설명해야 하는 걸까? 나는 이보험 작가의 추천으로 소설집을 낼 기회도 얻게 되어 책도 출간했다.

허 코치는 자신이 목에 두르고 있던 짝퉁 버버리 체크무늬 목도리를 풀어 내 목에 둘러 주었다. 나는 그에게서 한 발자국 물러나 그 자리에 우뚝 섰다. 어느덧 계절은 바뀌어 교정의 나무들은 앙상하게 헐벗고 있었다.

"이러지 마세요. 학교에서 이러면 애들이 오해해요. 선생님이 저 좋아한다고."

허 코치는 피식 웃으면서 한 발자국 앞으로 다가와 목도리를 더 꽉 졸라맸다. 혈관이 터질 것 같았다. 난 켁켁거리면서 목도리를 느슨하게 풀어 헤쳤다. 그는 크림빵을 사기 위해 매점 쪽으로 나를 데려가며 말했다.

"내가 너를 좋아하면 안 되는 거냐?"

대답하기가 귀찮다. 처음 들었을 땐 충격적이었지만 두 번째 들었을 땐 농담이라는 걸 알았고 세 번째 듣는 지금은 날 우습게 보는 거라고 생각한다. 허 코치는 날 여자로 보는 게 아니다. 통통하게 살을 잘 찌워 잡아먹을 애완 병아리 정도로 본다면 모를까.

"하지만 선생님은 이제 곧 마흔이잖아요. 전 이제 시작이에요. 아직 스무살도 안 됐다고요."

"그래도, 좋아할 수는 있는 거잖아. 크림빵을 좋아하고 나이키 운동화를 좋아하듯이, 그렇게 너를 좋아할 수 있는 거잖아? 안 그러냐?"

허 코치가 그렇게 말하면서 크림빵을 두 개 집어 하나를 내게 건넸다. 매점 아저씨는 천 원짜리 지폐를 건네받으면서 허 코치에게 꾸벅 인사를 했다.

내가 크림빵을 베어 먹는 것을 물끄러미 바라보던 허 코치는 도서실 앞 창문 앞에 서서 햇볕을 쪼이며 느닷없이 자신의 진실을 고백하기 시작했다. 이제 누군가가 자기 얘기를 들어 달라고 하면 겁부터 나지만 들어 주지 않으면 지옥 끝까지 쫓아올 테니까 그냥 잠자코 듣기로 했다. 허 코치가 크림빵 봉지를 부스럭대면서 말했다.

"내가 왜 그렇게 비키로타키 공모에 집착하는지 궁금하다고 그랬지? 그 얘길 해 주마. 이젠 너도 알 나이가 된 것 같아."

"내키지 않으면 안 해 주셔도 돼요."

허 코치는 내가 '톨스토이의 사막'이라는 소설집으로 유명해진 뒤 지나치게 친절해졌다. 돈을 벌게 된 것이 마치 성인이 됐다는 뜻이나 마찬가지라는 듯, 요즘 내게 '책임', '성숙', '어른' 같은 단어들을 부쩍 많이 사용한다. 듣기 싫을 정도로 말이다.

"사실은 나, 너처럼 고2 때 비키로타키 공모에 나갔었어. 지금이랑 똑같은 공모는 아니었지만 아무튼 주최 기관이 비키로타키였고, 상금도 당시로서는 파격적인 수준이었지. 그리고 수상하게 되면 상금과 대학 등록금은 물론이고, 앞으로 창작집을 꾸준히 낼 수 있도록 지도해 주는 시스템도 있었어. 선생님이 작품을 읽어 주고 공모 정보도 보내 주고, 소설을 써서 보내면 그걸 책으로 엮어서 홍보도 해 주고 하는 제도였지. 훌륭했어. 그 시절에 그 정도로 피라미 작가를 후원해 주는 기관도 드물었지."

나는 포장지를 바스락거리며 크림빵을 계속 베어 먹었다. 하지만 크림은 싫어했기 때문에 입에 물었다가 매점 밖 뜰에 뱉어 버렸다. 어차피 뜰 안에는 아무것도 자라고 있지 않았다. 자라고 있다고 해도 크림은 거름으로 요긴하게 쓰일 거다.

"그래서 죽기 살기로 공모를 준비했는데, 결국은 떨어져 버렸어. 삼 년 내내. 문학 캠프엔 매년 참가했는데 이유가 뭔지 본선에선 계속 탈락. 결국 너처럼 삼 년 내내 참가상만 받다가 끝나 버리고 말았지."

"전 아직 일 년이 더 남아 있어요. 똑같이 얘기하시면 안 돼요."

책을 낸 뒤로 왠지 당당하게 반박할 수 있게 되었다. 그리고 허코치도 내 반박을 '인마'라든가 '두껍아' 같은 말로 얼렁뚱땅 넘기는 일이 줄어들었다. 그는 이제 내 말을 진지하게 받아들였다.

"그래. 열심히 한번 해 봐. 그래서 내 한을 좀 풀어 다오. 사실 말이 나왔으니 말이지. 내가 그때 비키로타키 청소년 문학상을 받았으면 지금 같은 인생을 살고 있지는 않을 거야. 재단의 후원을 받으며 전업 작가가 되어 해외 유수 대학들을 떠돌아다니면서 베스트셀러를 쓰고 앉아 있겠지. 비행기에서도 쓰고, 호텔에서도 쓰고, 미친 듯이 쓰고 있을 거야. 그런데 내가 왜 여기서 너희들의 창의력을 갉아먹는 수업이나 하고 있는지 아니? 내가 왜 만수산 드렁

칡이 얽혀진들 그 어떠하리, 하고 시를 읊고 있을까?"

"……왜요?"

나는 마지막 남은 크림빵 조각을 입에 넣고 우물거리며 말했다. 허 코치는 수업이 비는 시간이 유난히 많은 것 같다. 고3 때 운 좋게 허 코치가 내 담임이 되면 더 여유 있게 소설을 쓰며 학교에 다닐 수 있을 것이다. 허 코치가 내 손에 들린 빈 빵 봉지를 꾸깃꾸깃 접어 주머니 속에 넣으며 말했다.

"십팔 년 전에 비키로타키 청소년 문학상을 받지 못해서. 그래서 이렇게 된 거야. 몸만 다 컸지 머리는 망아지 같은 놈들의 뒷바라지나 해 주면서 요 모양 요 꼴로 늙어 가고 있는 거 안 보이냐? 넌 절대로 나처럼 돼서는 안 돼. 남은 일 년이 너한테 가장 중요한 시기야. 지금까지는 다 연습 게임이었다고 생각해. 그래서 한 번뿐인 인생, 멋지게 살아보는 거야. 너도 조앤 롤링이나 무라카미 하루키가 될 수 있어. 왜 안 돼? 가능해. 왜냐고? 넌 이 어르신의 제자니까."

매점 옆 조리실 쪽에서 들척지근한 국 냄새가 풍겨 오고 있었다. 오늘의 메뉴는 무국에 잡곡밥. 가장 사치스러운 메뉴는 역시 타르타르 소스를 얹은 생선가스다. 보기만 해도 속이 느글거리는 타르타르 소스. 나는 코를 벌름거리며 말했다.

"무라카미 하루키처럼 되고 싶지 않아요. 조앤 롤링도 너무 늙었고요. 제가 되고 싶은 건 따로 있어요."

"그게 누군데?"

허 코치가 왠지 자기라고 해 주길 바라는 듯한 간절함이 깃든 눈으로 나를 바라보았다.

"메간 폭스. 섹시 스타가 되고 싶어요. 그게 제 꿈이에요. 소설은 사실 그냥 대학 가려고 쓰는 거예요."

허 코치는 기가 막혀 하며 절망감이 가득 깃든 목소리로 말했다.

"넌, 안 돼. 왜냐면……."

그는 그렇게 말하며 내 가슴 쪽을 내려다보았다. 알고 있다. 내 가슴이 건포도라는 것을. 난 허 코치를 잠시 째려보고는 복도를 지나 계단을 올라갔다. 허 코치는 내 제자처럼 뒤를 졸졸 따라왔다. 나는 심호흡을 하며 계단을 힘겹게 올라오는 허 코치를 뒤돌아보고는 말했다.

"난 섹시 스타가 되고 말 거예요. 가슴 수술 받고 탑 모델이 되어 란제리 화보도 찍을 거라고요. 그때 가면 코치님을 거들떠나 볼 것 같아요?"

그러자 몽둥이를 휘두르며 맞아야겠다고 고함을 지를 줄 알았던 허 코치가 왠지 내 말에 수긍하는 듯한 표정으로 나를 올려다보았다. 뭐야, 저 똥 마려운 강아지 같은 표정은?

"그래서 런웨이 위에서 이렇게 외칠 거라고요. 제가 이 자리에 올 수 없을 거라고 단언했던 인간이 바로 저기에 있습니다. 허무식 코치님! 제 모습이 보이시나요? 하지만 이젠 너무 늦었네요. 그렇게 터뜨려 줄 거라고요! 아셨어요?"

"수술하는 건 반칙이야. 자연산이어야지."

"시끄러워요! 그때 가서 후회해도 소용 없어요!"

나는 그렇게 외치고는 복도를 달려 교실로 들어갔다. 내가 아무리 모두에게 칭송 받는 소설가가 되어도 허 코치는 나의 부족한 면을 꼬집으며 내 자만심을 꺾으려 들 것이다. 그리고 자신의 필요성을 역설하겠지.

나는 다음 시간인 한문 책을 꺼내 책상 위에 올려놓고 자리에 엎드렸다. 한문 수업 대신 워킹 수업을 받고 싶었지만 대한민국 교육계의 현실은 너무도 비현실적이었다. 나는 한문 선생이 들어와 공책 가득히 한문을 빽빽이 쓰라고 시키기 전까지 그 자리에 꼼짝 않고 엎드려 있었다. 그렇게 하면 마음이 편하고 남들의 시선으로부터 자유로워질 수 있었다. 진정한 왕따가 되는 법과 진정한 작가가 되는 법은 어쩌면 이리도 비슷한지.

그래도, 아무리 세상이 내게 등을 돌리고 때론 내가 등을 돌려도, 난 계속 글을 쓸 거였다.

작가의 말

이 소설을 쓰는 데 무려 팔 년이 걸렸다. 컴퓨터 자판을 두들겨 쓴 물리적인 시간은 약 한 달에 불과하지만 이 소설 속의 모든 글감이 준비되기까지는 꽤 긴 시간이 걸린 것이다.

글을 쓴다는 것은 참 예측할 수 없는 일투성이 같다. 어떤 등장인물이 나올지, 어떤 이야기가 탄생할 것인지, 이 소설의 운명이 어떻게 될지에 대해서는 나 자신도 예측불허였다. 그 광활한 미지의 세계에서 탄생한 결과물이 바로 이 『번데기 프로젝트』다. 작가는 작품으로만 말해야 한다고 나의 스승님이 말씀하셨지만 이번 작품에 대한 얘기는 즐거운 마음으로 풀어 놓고 싶다.

나는 성인보다 청소년을 주인공으로 할 때 더 신선하고 다양한

이야기들이 나올 수 있다고 남몰래 상상해 왔다. 별일 아닌 일에 울고 웃고, 타인의 시선에 민감하고, 자아 정체성에 골머리를 앓는 시기가 청소년기이기 때문이다. 그래서 나는 열여덟 정수선을 중심으로 실제 내 주변에서 살아가고 있는 사람들을 소설에 담았다.

정수선과 그녀의 가족, 석차밖에 모르는 담임과 숨은 공로자 허무식 선생, 온화한 피디와 범죄까지 저지르며 자신의 병을 모른 채 살아온 치타, 그리고 이보험 작가까지, 모두 실제로 존재하는 사람들이다. 물론 그들의 직업과 처한 상황, 외모 등은 어느 정도 변형했다. 나는 여러 사람들을 만나면서 어떤 '냄새'를 맡았고, 그 냄새가 주는 정보들로 '이야기'를 만들어 낼 수 있었다. 언제나 그렇다. 내가 하고 싶은 이야기를 한다기보다는 인물들이 하고 싶어 하는 대로, 그들이 풀어내는 욕망과 약점을 그냥 받아 적기만 할 뿐이다. 그래서 소설을 쓰는 매 순간, 내가 마치 등장 인물들의 미래를 예언하고 있는 듯한 기분마저 들기도 했다.

세상은 비극으로 차고 넘치지만 그것을 반드시 진지하게 받아들여야 할 의무가 청소년들에게 있는가. 조금은 코믹하게 비틀어 볼 수도 있지 않을까. 사실은 그게 진짜 현실에 가깝지 않을까. 나는 이 소설을 통해 청소년들에게 "사실 네 상황은 그렇게 비극적이지만은 않아. 봐, 웃기잖아?" 하고 위로의 말을 건네고 싶다.

『번데기 프로젝트』를 쓰기 전까지 무수히 많은 시행착오를 거치는 동안 나는 '작가 지망생'보다는 연구와 실험을 거듭하는 열혈 과학도에 가까웠다. 소설은 인간이 만들어 낼 수 있는 감동적인 발명품이라 생각하기에, 나는 내 발명품을 만들어 내는 동안 자만할 수가 없었다. 하루에 100매씩 쓰기를 몇 달간 강행한 끝에 시력이 별안간 떨어져 버렸고 척추는 한쪽으로 휘어 버렸다. 목은 거북이 목이 되었다. 내 몸에게 미안한 마음도 들지만 나는 결코 멈출 수가 없다. 십이 년 동안 소설을 내 인생의 1순위로 생각하고 노력한 시간을 돌이켜보면 과연 이것을 '재능'이라고 불러도 좋을지 모르겠지만, 가끔은 이 '재능'이 날 먹어 치워 버릴 것 같기도 하다. 숨을 쉴 수가 없다.

  소설에 미친 열혈 과학도에게 '작가'라는 칭호를 선물해 주신 심사 위원 선생님들과 비룡소 식구들, 그리고 함께 어려운 시기를 극복한 가족, 나의 소중한 연인이자 뮤즈 광석 오빠, 마치 자신의 일처럼 기뻐해 주신 하일지, 김사인, 이만희 교수님, 친구들에게도 깊은 감사의 말을 전하며 이 공포에 사로잡힌 작가의 말을 이만 줄일까 한다. 부디 오래 살아 있기를.

이제미

블루픽션 47

| 1판 1쇄 펴냄 | 2010년 11월 5일 |
| 1판 10쇄 펴냄 | 2020년 12월 14일 |

지은이 이제미
펴낸이 박상희
편집주간 박지은
편 집 장은혜
디자인 이승욱
펴낸곳 (주)비룡소
출판등록 1994.3.17. (제16-849호)
주소 (06027) 서울시 강남구 도산대로1길 62 강남출판문화센터 4층
전화 영업 02)515-2000 편집 02)3443-4318,9
팩스 02)515-2007 홈페이지 www.bir.co.kr
제품명 어린이용 반양장 도서 제조자명 (주)비룡소 제조국명 대한민국 사용연령 3세 이상

ⓒ 이제미, 2010. Printed in Seoul, Korea.

ISBN 978-89-491-2301-1 44810
ISBN 978-89-491-2053-9 (세트)

| 블루픽션 시리즈

1. 스켈리그 데이비드 알몬드 글/김연수 옮김
  안데르센 상, 엘리너 파전 문학상, 카네기 상, 휘트브레드 상, 마이클 L. 프린츠 상,
  어린이도서연구회 권장 도서, 책교실 권장 도서, 중앙독서교육 추천 도서

2. 운하의 소녀 티에리 르냉 글/조현실 옮김
  소르시에르 상, 어린이도서연구회 권장 도서

3. 내 이름은 미나 데이비드 알몬드 글/김영진 옮김
  안데르센 상, 엘리너 파전 문학상, 카네기 상, 휘트브레드 상, 마이클 L. 프린츠 상

4. 0에서 10까지 사랑의 편지 수지 모건스턴 글/이정임 옮김
  밀드레드 L. 배첼더 상, 어린이도서연구회 권장 도서

5. 희망의 섬 78번지 우리 오를레브 글/유혜경 옮김
  안데르센 상 수상 작가, 밀드레드 L. 배첼더 상, 머더카이 상, 아침햇살 선정 좋은 어린이 책,
  중앙독서교육 추천 도서, 책교실 권장 도서, 책따세 추천 도서

6. 뤽스 극장의 연인 자닌 테송 글/조현실 옮김
  프랑스 '올해의 청소년 책', 소르시에르 상, 어린이도서연구회 권장 도서, 열린 어린이가 뽑은 좋은 책

7. 시인 X 엘리자베스 아체베도 글/황유원 옮김
  카네기상, 내셔널 북 어워드, 마이클 L. 프린츠 상, 보스턴 글로브 혼 북 상, 골든 카이트 어워드

9. 이매지너리 프렌드 매튜 딕스 글/정회성 옮김

10. 초콜릿 전쟁 로버트 코마이어 글/안인희 옮김
  미국 도서관 협회 선정 도서, 뉴욕타임스 선정 도서, 어린이도서연구회 권장 도서

11. 전갈의 아이 낸시 파머 글/백영미 옮김
  뉴베리 상, 국제 도서 협회 선정 도서, 마이클 L. 프린츠 상, 책교실 권장 도서, 어린이도서연구회 권장 도서

13. 나의 산에서 진 C. 조지 글/김원구 옮김
  뉴베리 상, 미국 도서관 협회 선정 도서, 어린이도서연구회 권장 도서,
  열린 어린이가 뽑은 좋은 책, 책교실 권장 도서

14. 먼 산에서 진 C. 조지 글/김원구 옮김

15. 우리 형은 제시카 존 보인 글/정회성 옮김

17. 푸른 황무지 데이비드 알몬드 글/김연수 옮김
  안데르센 상, 엘리너 파전 문학상, 스마티즈 상, 마이클 L.프린츠 상, 어린이도서연구회 권장 도서

18. 킬리만자로에서, 안녕 이옥수 글김
  학교도서관저널 추천 도서

19. 레모네이드 마마 버지니아 외버 울프 글/김옥수 옮김

20. 기억 전달자 로이스 로리 글/장은수 옮김
  뉴베리 상, 보스턴 글로브 혼 북 명예상, 어린이도서연구회 권장 도서,
  열린 어린이가 뽑은 좋은 책, 교보문고 추천 도서

22. 내 인생의 스프링캠프 정유정 글
세계청소년문학상, 문화관광부 교양 도서, 어린이도서연구회 권장 도서,
교보문고 추천 도서, 학도넷 추천 도서

23. 줄무늬 파자마를 입은 소년 존 보인 글/ 정회성 옮김
아일랜드 '오늘의 책', 행복한 아침독서 추천 도서, 교보문고 추천 도서

24. 이상한 나라에 빠진 앨리스 지은이 알 수 없음/ 이다희 옮김
고래가 숨쉬는 도서관 추천 도서, 교보문고 추천 도서

25. 파랑 채집가 로이스 로리 글/ 김옥수 옮김
어린이도서연구회 권장 도서

26. 하이킹 걸즈 김혜정 글
블루픽션상, 한국문화예술위원회 우수문학도서, 책따세 추천 도서, 학도넷 추천 도서

27. 지구 아이 최현주 글
제11회 블루픽션상 수상작

28. 나는 브라질로 간다 한정기 글
황금도깨비상 수상 작가, 소년조선일보 추천 도서, 중앙일보 추천 도서

29. 키싱 마이 라이프 이옥수 글
한국문화예술위원회 우수문학도서, 어린이도서연구회 권장 도서, 교보문고 추천 도서,
전국독서새물결모임 추천 도서, 학교도서관저널 추천 도서

30. 꼴찌들이 떴다! 양호문 글
블루픽션상, 행복한 아침독서 추천 도서, 교보문고 추천 도서, 책따세 추천 도서,
경기도학교도서관사서협의회 추천 도서, 중앙일보 북클럽 추천 도서

31. 우연한 빵집 김혜연 글
문학나눔 선정 도서, 학교도서관저널 추천 도서, 책따세 추천 도서, 아침독서 추천 도서,
어린이도서연구회 추천 도서

32. 생쥐와 인간 존 스타인벡 글/ 정영목 옮김
미국 도서관 협회 선정 도서, 국립어린이청소년도서관 추천 도서

33. 두 개의 달 위를 걷다 샤론 크리치 글/ 김영진 옮김
뉴베리 상, 미국 어린이 도서상, 스마티즈 북 상, 영국독서협회 상 수상작,
경기도학교도서관사서협의회 추천 도서, 학도넷 추천 도서

34. 침묵의 카드 게임 E. L. 코닉스버그 글/ 햇살과나무꾼 옮김
스쿨 라이브러리 저널 선정 최고의 책, 에드거 앨런 포 상 노미네이트,
경기도학교도서관사서협의회 추천 도서, 아침독서 추천 도서

35. 빅마우스 앤드 어글리걸 조이스 캐럴 오츠 글/ 조영학 옮김
스쿨 라이브러리 저널 선정 최고의 책, 미국 도서관 협회 선정 최고의 청소년 책,
뉴욕 공립 도서관 추천 도서, 학교도서관저널 추천 도서

36. 서쪽 마녀가 죽었다 나시키 가오 글/ 김미란 옮김
소학관 문학상, 일본 아동문학가협회 신인상, 한국간행물윤리위원회 청소년 권장 도서,
어린이도서연구회 권장 도서, 아침독서 추천 도서, 책따세 추천 도서

37. 닌자걸스 김혜정 글
   전국학교도서관담당교사모임 추천 도서, 아침독서 추천 도서

38. 첫사랑의 이름 아모스 오즈 글/ 정회성 옮김
   안데르센 상, 제브 상

39. 하니와 코코 최상희 글
   블루픽션상, 사계절문학상 수상 작가, 학교도서관저널 추천 도서

40. 파랑 치타가 달려간다 박선희 글
   제3회 블루픽션상 수상작, 학교도서관저널 추천 도서, 아침독서 추천 도서,
   어린이도서연구회 권장 도서, 책따세 추천 도서, 문화체육관광부 우수교양도서

41. 나는, K다 이옥수 글
   학교도서관저널 추천 도서

42. 어쩌자고 우린 열일곱 이옥수 글
   한국도서관협회 우수문학도서, 학교도서관저널 추천 도서

43. 앉아 있는 악마 김민경 글

44. 최후의 Z 로버트 C. 오브라이언 글/ 이진 옮김
   뉴베리 상 수상 작가

45. 스카일러가 19번지 코닉스버그 글/ 햇살과나무꾼 옮김
   뉴베리 상 2회 수상 작가, 학교도서관저널 추천 도서

46. 줄리엣 클럽 박선희 글
   제3회 블루픽션상 수상 작가, 대한출판문화협회 선정 올해의 청소년 도서,
   한국도서관협회 선정 우수문학도서

47. 번데기 프로젝트 이제미 글
   제4회 블루픽션상 수상작

48. 똥보가 세상을 지배한다 K.L. 고잉 글/ 정회성 옮김
   마이클 L. 프린츠 아너 상

49. 파랑 피 메리 E. 피어슨 글/ 황소연 옮김
   미국학교도서관저널, 미국도서관협회 선정 청소년 분야 '최고의 책',
   학교도서관저널 추천 도서, 책따세 추천 도서

50. 판타스틱 걸 김혜정 글
   제1회 블루픽션상 수상 작가, 대한출판문화협회 선정 올해의 청소년 도서,
   고래가 숨쉬는 도서관 선정 도서, 한국도서관협회 선정 우수문학도서,
   경기도학교도서관사서협의회 추천 도서

51. 어쨌거나 스무 살은 되고 싶지 않아 조우리 글
   제12회 블루픽션상 수상작

52. 우리들의 짭조름한 여름날 오채 글
   마해송 문학상 수상 작가, 한국도서관협회 선정 우수문학도서,
   국립어린이청소년도서관 추천 도서, 경기도학교도서관사서협의회 추천 도서,
   2017 순천시 One City One Book 선정 도서

53. 웰컴, 마이 퓨처 양호문 글
제2회 블루픽션상 수상 작가, 대한출판문화협회 선정 올해의 청소년 도서,
경기도학교도서관사서협의회 추천 도서

54. 초록 눈 프리키는 알고 있다 조이스 캐럴 오츠 글/ 부희령 옮김
미국 내셔널북어워드, 오헨리 상 수상 작가, 경기도학교도서관사서협의회 추천 도서,
국립어린이청소년도서관 추천 도서

56. 메신저 로이스 로리 글/ 조영학 옮김
뉴베리 상, 보스턴 글로브 혼 북 명예상 수상 작가, 경기도학교도서관사서협의회 추천 도서

59. 고백은 없다 로버트 코마이어 글/ 조영학 옮김
전미 도서관 협회 선정 청소년을 위한 최고의 책,
퍼블리셔스 위클리 선정 최고의 책, 북리스트 편집자의 선택

61. 개 같은 날은 없다 이옥수 글
2013 서울 관악의 책, 목포시립도서관 추천 도서, 울산남부도서관 올해의 책,
책따세 추천 도서, 한국간행물윤리위원회 청소년 권장 도서, 한국도서관협회 우수문학도서,
국립어린이청소년도서관 추천 도서

63. 명탐정의 아들 최상희 글
제5회 블루픽션상 수상 작가, 문화체육관광부 우수교양도서

64. 갈까마귀의 여름 데이비드 알몬드 글/ 정회성 옮김
안데르센 상, 엘리너 파전 문학상, 카네기 상, 휘트브레드 상 수상 작가

65. 파랑의 기억 메리 E. 피어슨 글/ 황소연 옮김

67. 하필이면 왕눈이 아저씨 앤 파인 글/ 햇살과나무꾼 옮김
카네기 메달, 가디언 어린이 픽션 상

68. 반드시 다시 돌아온다 박하령 글
제10회 블루픽션상 수상작, 학교도서관저널 추천 도서, 세종도서 문학나눔 선정 도서

69. 원더랜드 대모험 이진 글
제6회 블루픽션상 수상작, 국립어린이청소년도서관 추천 도서, 아침독서 추천 도서

70. 나는 일어나, 날개를 펴고, 날아올랐다 조이스 캐럴 오츠 글/ 황소연 옮김
미국 내셔널북어워드, 오헨리 상 수상 작가

71. 칸트의 집 최상희 글
제5회 블루픽션상 수상 작가, 아침독서 추천 도서, 세종도서 문학나눔 선정 도서

72. 태양의 아들 로이스 로리 글/ 조영학 옮김
뉴베리 상, 보스턴 글로브 혼 북 명예상 수상 작가

73. 마법의 꽃 정연철 글
푸른문학상 수상 작가, 세종도서 문학나눔 선정 도서, 학교도서관저널 추천 도서

74. 파라나 이옥수 글
학교도서관저널 추천 도서, 사계절문학상 수상 작가, 책따세 추천 도서, 국립어린이청소년도서관
추천 도서, 세종도서 문학나눔 선정 도서, 아침독서 추천 도서

75. 그 여름, 트라이앵글 오채 글
　　마해송 문학상 수상 작가, 국립어린이청소년도서관 추천 도서, 아침독서 추천 도서

76. 밀레니얼 칠드런 장은선 글
　　제8회 블루픽션상 수상작, 학교도서관저널 추천 도서, 아침독서 추천 도서

77. 아르주만드 뷰티 살롱 이진 글
　　블루픽션상 수상작가, 한국출판문화진흥원 우수 콘텐츠 제작 지원 당선작

78. 굿바이 조선 김소연 글

　　⊙ 계속 출간됩니다.